庫

大野 晋

源氏物語

岩波書店

目次

一　はじめに――何を読むか

物語や小説はどう読まなくてはいけないということはない。読み手が好きに読んで楽しめばそれでよいものだと思う。だが作者は一体この作品で何を言いたかったのか。この作品をどうして書く気になったのか。そんなことを読み手が問題にし始めると、それを考えるにはいくつかの手続きを踏まなくてはならなくなってくる。作品が古い時代のものであれば、今読んでいる本文は正しいものか、言葉の意味は当時の意味をちがえずに理解できているのかなどがすぐ問題になるだろう。読み手は作品をただ味わうだけでなく、内容を分析して問題の正しい答えに近づこうとする。それには、時の距りによって分らなくなっているその時代の生活の習慣や、社会の組織の今日との相違を心得ておくことも必要になる。

平安時代の物語の中で、『源氏物語』ほど精密な言葉づかいで書かれた作品は他にはない。その言葉づかいのこまやかさが分るようになれば『源氏物語』は面白さがさらに深まってくる。一見何でもないように見える表現の薄衣《うすぎぬ》を通して、実は明確な像を作者が透かし彫りにしていることが読み取れるようになればなるほど、『源氏物語』は魅力をましてくる。個々の単語は、ほのかな香り、かすかな陰翳をたたえて使われている。作者紫式部は日本語について用意が広く、深く、鋭敏である。与謝野晶子、谷崎潤一郎、円地文子といぅすぐれた歌人や小説家が何年にもわたってこれの現代語訳に没入して来たのは、そうした歌人や小説家の鋭い日本語感覚からしても、あえかで、しなやかで、かつ緻密、的確な原作の表現に、飽かず引きつけられるものがあるからだろうと思う。

私は古典語学にたずさわるもののはしくれとして、この作品のこころを汲むに役立つと思われる言葉の解釈を、いくつか提出してみたいと思う。また、この作品の内容をどう理解するかについて、少しばかり述べてみたい。

最初にも書いたように、物語や小説はどのように読まなくてはいけないということはないものである。『源氏物語』も同じである。この五十四巻の物語は、その一つ一つがどの巻でもそれぞれに面白い。全部を通読するのではなく所々を読んで味わうこともできる。ことに初めの方の②帚木、③空蟬、④夕顔(②③④は現在の巻の順序を示す。以下同じ)などは短篇仕立てで、どの巻も面白い。だから気に入った所を読むのも一つの読み方である。また『源氏物語』は①桐壺から始まり54夢の浮橋で終わる長編の物語でもあるから、巻を追って読み進めばそこに事柄として何が書かれているかということは勿論分るはずである。

しかし『源氏物語』については他の作品と少し事情の異なるところがある。というのは『源氏物語』は全五十四巻のうち、はじめ三十三巻までは現在並べられている順序で書かれたものではない。三十三巻まではⓐ系とⓑ系という二つの系列に分離される。ⓐ系に属する十七巻が最初に書かれ、㉝藤裏葉《ふぢのうらば》で話は一度完結した。その後でⓑ系十六巻が順次書き足されて、ⓐ系の中途に点々と挿み込まれた。その結果が現在の順序である。その後でⓐ系の人物とⓑ系の人物とを綜合的に登場させて㉞若菜巻以降が書き継がれ、全五十四巻の『源氏物語』が成立した。この見解は戦後になって明確な結論として提出されたものであるが、私はこの見解に賛成なのである。そしてこの見解を認めた上で『源氏物語』を読むことが必要だと考えている。

単に制作の順序としてⓐ系十七巻が先に書かれⓑ系十六巻が後で書かれたことが判明したということならば、それは大して意味を持たない。現代の映画の制作では最後のシーンを最初に撮影するというようなことは日常茶飯事で、制作の順序は作品として意味を持たない。ところがこのⓐ系とⓑ系とでは作品を造形する手法が違う。扱う主題が違う。推測すれば作者の想定した読者層も異なっている。ⓑ系はⓐ系とは異質で、極端な言い方をすれば別の作品だと言ってもよい。そうした異質のⓑ系がⓐ系のところどころに追加され、挿み込まれたのであるとすれば、これは『源氏物語』全体を一つの作品として理解する上で重要な視点を提供すると私は思う。だからその研究を私は本書で紹介したい。

実はこの読み方は、平安・鎌倉・室町の各時代を通じて、江戸時代の初期までは『源氏物語』の構造の理解の仕方としておよそ伝承されて来たらしいものである。ところが江戸時代の国学者の『源氏物語』研究以後、それは分らなくされてしまった。

私は本書で、もう一つのことを扱いたいと考えている。それは『紫式部日記』のことである。紫式部は、作品として『源氏物語』の他に『紫式部集』という歌集と『紫式部日記』とを残している。『源氏物語』は物語でありフィクションである。その仮構の中に作者が表現した真実をいかに読むかが読み手の一つの興味である。それと同時に、彼女の残した歌集や日記からわれわれは何を読み取ることができるか。それが物語の理解とどうかかわるのか。それについて私の考える所を書いてみたい。

「日記」は当然「真実」にしっかりと足を突っ込んで書かれるはずである。しかし全面的に事実が書かれた回想録などはありうべくもない。片足は事実に突っ込んでいても、いま一つの足は挙げたまま踏み出されずにあったり、時にはあらぬ方向に踏み込んだかのように書いてあったりする。その実と虚との間を読み取ることはつまり作者の生を読むことである。作者の喜びや苦しみや祈りあるいは転機がその記述を通して、また記述の無いことを通して目に見えることがある。私は『紫式部日記』について私なりの読み方を少しばかり書いてみたい。『紫式部日記』と『源氏物語』とを混線させてはいけないというのは一つの常識であると思う。しかし私は、『源氏物語』を理解する上でも『紫式部日記』は大事な役割を果すと思っている。

作品を読む人は原文に即して原文を忠実に読まなくてはならない。しかも読み手はそこから想いをはばたかせ自由に心を飛翔させる。作品をめぐっての遊弋《ゆうよく》を楽しむことこそ文芸作品を読む最も基本的な悦楽である。私は『紫式部日記』と『源氏物語』とをめぐって私の飛翔をこころみたい。

こうして私は『源氏物語』のことばを読む、筋によって中味を読む、また作者自身を読むという三つのことをしてみるつもりでいるのだが、『源氏物語』の時代には現代と異なる生活があり、慣習があり、また社会の組織もあった。それを心得ないと『源氏物語』は全く間違って受け取られる。そこで今日の若い読者、また、この物語にも平安時代にもまだあまり親しんでいない読者のために、いくつかの解説的な文章を加える必要を私は感じる。たとえば当時の婚姻の慣習とか、当時の学問の実際とか、あるいは大臣家と下級貴族の生活程度の相違とか、宮廷や貴族に仕えていた「女房」なる女性たちの生活の実態などについてである。これを知らないと『源氏物語』の基本的なありようが分らなくなる。そこでそれらについて初歩的なことを、その場その場に応じて多少書き加えるつもりである。これは平安時代の文学に馴染んでいる人々にとっては常識にすぎず、改めて読まされることはあるいは苦痛だろうと思う。しかし、何も知らずに『源氏物語』に近づこうとする人もある。その人々のための文章として寛大に見すごして頂きたいのである。

二　まずは平安時代の婚姻について

何と言っても『源氏物語』は男と女との間に生じるさまざまの事件を扱う作品である。こうした男と女の間の出来事は、結婚の仕方についてのその時代その社会での慣習あるいは倫理によって位置づけられ、意味づけされることが多い。従って私はまず当時の結婚の風習一般について説明しておきたい。

全体的にいえば婚姻についての日本の慣習は、奈良時代から少しずつ変化して、現代に至るまでの間にかなり大きい変化を経ている。だから、奈良・平安時代の婚姻についての一夫一婦制だけを正しいとする眼で見ると間違った判断に陥ることが少なくない。大づかみに言えば、奈良時代には「妻問い婚」、平安時代には「婿取り婚」、鎌倉時代を経て室町時代に至って「嫁取り婚」が行われたと言ってよいだろう。注

『万葉集』を見ると、しきりに「妻問ふ」という言葉が出てくる。「妻問ふ」とは夜になってから女の家を訪問し、そこに泊まり、翌朝暗いうちに起きて女と別れ、自分の家に帰るという結婚の仕方である。奈良時代には男が道で女に会ったり、人の集ま

る市《いち》で女を見かけたりして気に入ると、女に「家は何処」「あなたの名は何」と尋ねる。名を聞くのは女に姉妹がある場合があるから間違えないようにとの配慮である。家の在処《ありか》と名を聞くのが求婚のしるしである。女はその男が気に入れば自分の家の在処と自分の名とを男に教える。男はそれを頼りに夜になってからその女の家を訪れ、外から女の名を呼ぶ。家の外で歌を歌ったりする。予告なしに家の外から中の女に呼びかける男もある。そういう場合に、気が進めば女は男を自分の家に招じ入れる。

男は昼間は自分の生まれた家の労働に従事しており、女もまた自分の家の田畠の労働や洗濯・水汲みなどの仕事に従事する。そして夜になって男は女を訪問する。奈良時代やそれ以前の例では、結婚すると「主屋《おもや》」の傍に「端屋《つまや》」を建てて、そこで男を迎えたようだ。が、男はそこに同居するのではなく、夜来て朝帰る。つまり通い婚である。子供が生まれれば、それは「主屋」を中心とするその一族の子供として一族が力を貸して育てる。父親は通って来るだけである。当時は女は女で土地を分け与えられ、それを自分の財産として持っていた。また、娘は住む家を女親から継承する。このように女は自分なりの財産があり、それによって生活していたので、通って来る夫に経済的に依存して生きていたわけではなかった。

通って来ていた男がいくら待っても通って来なくなる場合もあった。離婚である。

また、女が男を嫌いになって門を閉じて男を家に入れなくすることもあった。これも離婚である。離婚といっても特に離婚の宣言をすることもなく、離婚によって財産の分与をすることも無かった。離婚にあたる当時の言葉は「はなれ」とか「たえ」である。「絶え」とは通いが「とぎれてしまう」ことである。「はなれ」ても「たえ」ても、女は女で自分の財産を持っていたから直ちに困窮してしまうということはなかった。

このように女は自分の家に居り、男が女の家を訪ねるのが奈良時代の習慣で、これが妻問い婚である。こうした「訪婚」の慣習は世界各地に見られた習俗であるという。

平安時代になっても男が女を探して訪ねて行く結婚の仕方は続いていた。『源氏物語』や『堤中納言物語』その他に、貴公子が街を歩いて行くと家の中から琴の音が聞える。そこで破れた築地の脇からその家の中に入って歌を歌うとか、笛を吹いては、女の心をひくという話がいくつもある。これは奈良時代からの伝統的な求婚の形式を踏まえていると見てよいと思われる。

こうした形式の他に、直接女に働きかけず親を通して話を持ちかける仕方もあった。まず娘についての噂を耳にした男がその親を通して歌を送る。手紙を送る。それを度重ねて娘の気持をやわらげ、その上で通って行く。『かげろふの日記』の著者に通った藤原兼家(当時二十五歳)は、まず娘の許に通いたいと娘の親の藤原倫寧《ともやす》にほのめかした。はっきりと返事ももらわないうちに歌を届けさせ、初夏の頃から秋まで歌と手紙を繰り返し送った。娘の方では、周囲の人々が返事の仕方を娘に教えたり、また兼家なる人物を品評して娘に助言したりしている。そうした末に娘も承知したのであろう、秋になると兼家は通いはじめている。

こうした通い婚ではあるが、その通い婚を正式に認めて婿として取るのが平安時代の婚姻の方式であった。つまり「婿取り婚」である。正式な婿とされても男は女の家に住みつくのではなく通うだけで、気が向かなくなると男はその娘の家へ行かなくなる。

家ゆすりて取りたる婿の来ずなりぬる、いとすさまし。(能因本枕草子二二段)

とある。家中大騒ぎして迎えた婿が通って来なくなる。全く「すさまし」というのである。「すさまし」とは当時「ぞっとする」という意味であった。光源氏も左大臣家の葵の上の正式の婿になったのだが、気に入らなかったのであまりその邸に行かなかった。

通い婚という習俗の中では、男はただ一人の女の許に通うのではなく、何人もの女のところに通うこともあった。つまり一夫多妻の状態である。藤原道長の祖父藤原師《もろ》輔《すけ》には少なくとも次のような五人の女性がそれぞれ師輔の子供を生んでいる。

武蔵守藤原経邦女盛子(七人生む)
右大臣顕忠女(二人生む)
常陸介公葛女(一人生む)
醍醐皇女雅子内親王(四人生む)
醍醐皇女康子内親王(二人生む)

師輔はこの他に四人の女性のところに通ったことが分っている。それでもそれを不道徳だとする扱いは無かったことが注意されなくてはならない。男は女の家に通うので、生まれた子供はそれぞれの女性の家で養育される。師輔がこの五人の女性のところに通った時期にはずれもあるが、同じ時期に通っていた人もあり、今の言葉でいえばそれは重婚であろう。当時の法律でも重婚に関する禁止規定はあったが、それは貴族が正妻を二人持つことはできないということで、複数の女に通ってはならぬということではなかった。実際的には無意味な規定で古来の慣習の方が強かった。

一人の男が通って来なくなったときに、その女のところへ別の男が働きかけて来たりすると、女がその新しい男の通いをうけ入れることもある。女の所へ新しい男が訪ねて来ているときに、久しく来なかった以前の男が来合わせたというような例も記録されている。ここでは、一妻多夫ともいうべき状態が生じたのである。

ここに一人の女が数々の男と結婚したという例をあげておこう。才女として知られ、多くの歌を残した女房伊勢は、宇多天皇の中宮温子に仕えていた。はじめ藤原仲平《なかひら》を通わせていた。仲平との間が絶えた後に天皇に召された。そして皇子を生んだ。宇多天皇三十一歳、女房伊勢二十三歳くらいのことである。この皇子は八歳で亡くなった。その後、宇多天皇の存命中にその第四皇子敦慶《あつよし》親王が伊勢に親しみ、伊勢はその子を生んだ。(敦慶親王は「玉光る君」といわれていたという。) 親王二十数歳、伊勢三十歳台の半ば頃のことである。つまり伊勢は宇多天皇と、その皇子の敦慶親王との子供を生んだわけである。伊勢のもとに通った男としては、他に藤原時平《ときひら》、平定文《さだふん》、源敏《とし》相《すけ》、凡河内躬恒という名が知られている。これら大臣や有名な歌人になった人々を通わせたからとて、伊勢は特に不道徳な女だと扱われてはいない。

このように一人の男が複数の女に通っている事実はいくらもあり、むしろ普通のことであった。また、女の所へ複数の男が通っていることもあったわけである。しかし一人の男が通う複数の女が、すべて平等な資格で扱われたとはいえないようである。

中国風に妻と妾とを峻別すること、つまり子供の扱いで嫡子と庶子とを明確に区別することなどは一般の庶民の間ではあまり確かでないようだが、その頃「本《もと》つ妻《め》」とか「北の方」という言い方がある。「北の方」は普通一人に限られている。身分の高い家の娘がこれになることが多い。「北の方」は男と同居していることが多いようで、今でいう「正妻」に近い。子供の出世も「北の方」の子の方が位が高い。他の女たちは「北の方」にいちもく置いている。大体、女たちは別々の家に住み、そこへ男が通うのだから、女たちが面と向かって傷つけ合うようなことは起らなかったのだが、次のような例がある。

『かげろふの日記』の著者のところに藤原兼家が通いはじめたとき、兼家は従四位上右京大夫摂津守藤原中正女、時姫《ときひめ》のところにも通っていて、すでに道隆《みちたか》という第一子が生まれていた。道綱の母はそのことを承知の上で兼家の通いを承け入れた。つまり時姫はいわば「北の方」扱いで、五人の子供を次々に生むが、『かげろふの日記』の中では時姫に出産があったということについては一言の記事もない。ところが、ただ一人の息子道綱の母となった直後に兼家が別の女のところに通いはじめたことに気がついた彼女は、その「小路の女」に対しては敵意を抱き、さまざま書きとどめている。「小路の女」のところに子供が生まれたと聞いた時には、道綱の母は逆上に近い怒りと怨みとを表明している。そしてその子供が死んでしまったと聞いたときに「万歳！」と叫ぶに似た感想を記している。これはやはり道綱の母の心の中で、自分は第二番目の妻であり時姫は「北の方」なのだという承認の気持があるのに反し、「小路の女」に対しては自分への愛を奪った新しい女だという害意を抱いていたのだろう。『源氏物語』でいえば鬚黒《ひげくろ》大将が玉鬘を迎えたとき、それが単に複数の夫人のうちの一人に玉鬘を加えるのであればあの騒動は起きなかっただろう。特に高く遇される女として玉鬘を迎えようとしたから、それまでその位置にいた式部卿宮の娘の狂乱がつのったといえる。

婿取り婚はこうした状態のものであったが、平安時代に入ってから、男が女を自分の家などに連れてくる「するゑ」という結婚の方式が広がって来た。

すでに述べたように大体奈良時代には女たちは「主屋《おもや》」を中心にして生活し、その傍に「端屋《つまや》」を建てて男を迎えたようだ。彼らは「主屋」を中心とした集団をなしていたから、年老いてからもその集団の中で庇護を受けて生きて行くことができた。親を亡くした娘もその集団の一員として保護を受け、暮らして行けたわけであろう。人々は皆、生産労働に従事し、何らかの役目を負って働いていた。貴族の妻でさえも自分の田を持ち、そこに出向いてみずから労働していたと覚しい。ところが平安時代になると新しい変化が生じた。平安京の都市生活が発達するにつれて、生産労働に直接従事することなく、国からの給与あるいは親の遺産にたよってもっぱら消費生活を営む人々が生じ、それが次第に増加して来た。その人々の生活は、家邸は昔のままの広さを保ち家格は高くても、実際の生活は当主に収入が乏しくて次第に困窮する方向にある。その中には、母親の急死によって取り残されて同居の祖母に育てられる娘、祖母などもすべて亡くして孤独に暮らさざるを得なくなった娘、または助けてくれる子供を亡くしてしまった老女などがいた。かれらは由緒ある家筋の者である場合にも、都市の中でわびしく暮らさなくてはならなかった。家柄や血筋が高くても、生産活動との縁が切れていたこれらの都市生活者たちは、農村で見られるような大家族集団の中での扶助も庇護も受けられず、不如意と窮乏に陥った。これは当時の社会での新しい現象であった。

かばってくれる人もなく暮らしているこういう女たちを、男たちはいつも求めてまわった。貴公子が街を行くとあばら家の中から琴の音がきこえるという場合など、その一つの典型である。その家の内に気に入った娘でもいるとそれを自分の家にさらって来る。あるいは適当な家邸を用意して、そこに定住させる。それは自分の意志で女を「一か所に動かないように置く」ことなので、女を「すゑ」ると言われていた。このように「すゑ」られること、つまり男に引き取られて生きるのは一般の風習に反することで、「すゑ」られた女は低く見られることがあったと覚しい。というのは、女は家を持ち財産を受け継ぎ、自分では動かずにそこへ男を通わせるのが普通だったからである。しかし考えてみれば、「すゑ」られることは、特定の男の持続的な庇護をうける安心な暮しである。女としては男の通いがいつ途絶えるかという不安の中で生活するよりも、「すゑ」られることはむしろ望ましくもある生活だという考えが生じて来た。これが平安時代になってから都市において発生した新しい男女の結合の形である。こういう形からやがて男の家に女をはじめから迎え取る嫁取り婚が発達したわけである。

そうした事情であったから、光源氏が紫の上を連れ出して来て自分の邸に住まわせて養い、教育したという仕方は、当時としては注目される行動だったに相違ない。しかし、格づけという点から見れば、紫の上は多少の引け目を感じざるを得なかっただろう。光源氏が多くの女性たちを六条院の区画の中に住まわせたのは、みな「すゑ」の行き方であり、女の側からすれば安心のできる新しい生活の形であったことが理解される。もっとも、三人も四人も「すゑ」るのは物語的な誇張であるといえそうである。

すでに見たようにその頃は男が女のもとに通わなくなれば結婚は終わりであり、一度とだえても、また通い始めれば再開されるということで、庶民の生活ではそこに重婚とか離婚とか姦通とかいう厳格な社会的な規制は成り立っていなかったようである。

その点では今日とかなり相違している。しかしそのことにかかわる当事者にとってはそれは深刻な苦痛を受ける問題なのだった。

事のついでに、天皇、または皇子の結婚のことに触れておこう。当時は今日のような一夫一婦制では無かったから、天皇には何人かの配偶者がいた。皇后が正式の配偶である。皇后は二人は立てない制だったが、一条天皇の時、藤原道隆の娘、定子が入内して皇后になっていたところへ、藤原道長の娘の彰子も入内して中宮と称し、皇后と同じ扱いとした。以後、皇后が二人になるときは、後で皇后になったものを中宮と呼んで皇后と区別した。しかし資格に相違は無かった。女御は多くは内親王、女王の中からなるものだったが、親王や大臣の娘もそれに選ばれた。女御の中から皇后に進む者も出たから、誰が女御に選ばれるかについて、摂関家や大臣家などでは神経をとがらせていた。更衣は女御の下の級に属した。それは親が納言及びそれ以下である者の娘だからである。

これらの他に、天皇への奏上や、天皇からの宣下を扱う内侍司《ないしのつかさ》の長官である尚侍《ないしのかみ》がいた。これは二位・三位の高い位を保ち、天皇や東宮の寝所に侍する関係にあることが多かった。

裁縫をする御匣殿《みくしげどの》の別当は、尚侍の下にあったが、これも天皇と特別の関係にあった。

周知のように、当時は娘を皇后の位置につけ、その生む男子が次代の皇位に就くことを待ってその外戚として政治権力をふるうことを大臣家の人々は期待していたから、女御・更衣に誰を推すか、その娘が男子を生むか否か、そのためには、誰が帝寵を最も多く得るかに鋭い関心が集まっていた。

まずはこうした知識を前提として、『源氏物語』の本文を読み進むこととしよう。

三　桐壺巻の位置――物語の設定

①桐壺の巻は次の文章で始まっている。原文について読んで行く部分はいささか教壇の講釈のようになってしまうことをお許しいただきたい。

いづれの御時にか、女御・更衣あまたさぶらひ給ひけるなかに、いとやんごとなき際にはあらぬが、すぐれて時めき給ふありけり。

（どの帝《みかど》の御代であったか、女御・更衣が数多くお仕えになっている中で、それほど高い身分ではない方が他よりすぐれて帝の御寵愛を得て、人々から羨望されていたとのことです。）

○いづれの御時にか

作者は作中事件の年代を明示せずに、まず巻頭に「どの帝の御代であったか」と漠然とそれを提示している。この一句は、女房伊勢の『伊勢集』の冒頭に似ている。『伊勢集』は、

いづれの御時にかありけむ、大御息所《おほみやすんどころ》ときこゆる御つぼねに、大和に親ある人さ

ぶらひけり。

という文章で始まっている。紫式部は伊勢を文筆の上の先輩と認めていたらしく、『源氏物語』の空蟬《うつせみ》の巻の終りに、伊勢の歌をそのまま引用している。そうしたことがあるからこの『源氏物語』のはじめは、『伊勢集』の文章の影響を受けているかもしれない。実際のところは、この物語は紫式部の時代より百年ほど昔の延喜年間(九〇一―九二三)に時代を設定したと推定されている。

○女御・更衣あまたさぶらひ給ひけるなかに

天皇の近くにはこうした女性が何人も仕えているのが常だったから、その女性の間で誰が最も大きく深く、天皇の寵愛を受けるかが最大の関心事である。

○いとやんごとなき際にはあらぬが

「やんごとなき」とは、ここでは地位・家柄が第一流で高貴であるという意である。この言葉は、尊いとか打ち捨てておけないとかいう意味にも使われた。もともと「止《や》むことなし」の転である。「止むことなし」がどうして第一流とか貴い、恐れ多いという意味へ展開するのかといえば、これは、地位・身分の下の者が地位・身分の上の人に対する気持を表わす言葉であったかららしい。

ヤムとは「雨が止む」、「風が止む」と使う言葉で、古くは「気持が静まる」という意味にも使われた。「わが恋止まむ」といえば「私の恋の苦しい気持が静まるだろう」ということである。だから人に仕えている人間にとって、「やむこと無き人」(自分の気持が静まることのない人)とは、「仕えていて、自分の落ち度はないだろうかといつも気にかかって気持の安まることのない人」、つまり位の高い、尊貴な人をいうのだった。そこで「やんごとなし」と一語になった場合に、主観的には「いつも心にかかって捨ててはおけない」という気持を表わし、客観的には「身分が第一流の」という状態を表現した。

帝の寵愛を受けるのは、多くは大臣・摂政・関白などの高い家筋の娘たちであった。そうした中に、この物語では、第一等の家柄の出ではない更衣が帝寵を一身にあつめて登場して来るわけである。

○すぐれて時めき給ふありけり。

「すぐれて」とはぬきん出てということ。スグレは「選《え》りすぐる」のスグルと同じ語根の言葉であり、また「身のほどに過ぎたり」という場合の「程度を超える」という意のスグとも同じ語根の言葉と考えられる。程度を超え同輩からぬきん出ての意である。

「時めく」とは、ここでは寵愛をうけることである。トキはそれだけで「盛りの時」

とか「栄える時」とかの意にも使う言葉だった。さらに宮廷関係では「羽振をきかせること」「時を得て権勢をほこること」の意にも使われていた。「時とられて」といえば「花々しく御寵愛をうけていた、その威勢を他の人に奪われて」の意であったし、「時にしたがふ」といえば「権勢ある人に従う」ことだった。つまり時めいているということは単に「寵愛を受ける」だけではない。数多くの女性がお互いに嫉妬し反目し合っている宮廷では、「時めく」とは同等の位置の人々からは嫉視の対象となることであり、本人は気づかなくても周囲の人の心を傷つけ激しく波立たせることを意味する。

しかしこのところは注意して読まなくてはならない。これがまずこの物語の最初の設定だからである。普通、身分の高くない人の娘は親元の財力が乏しいから、まず自分自身の美しい着物を整えることが難しかった。当時財力ある人々は九州の博多に人を出して高麗や中国から入る船が持ち込む見事な織物を買い付け、それを娘たちに着せた。それは現在パリやローマからの輸入品を女性が貴重に思うよりも、はるかに度を超えたことであっただろう。のみならず当時の婿取り婚の時代には女方は婿の着物を用意するのが習慣だったから、男の着物についても立派な仕度をする必要があり、その他万事につけて親元の財力が豊かでないと、男に対する満足なつとめは不可能だった。だから先に見たように親の身分が低くては帝の寵愛をもっぱらにするなどということはとてもあり得なかった。それを、三位である大納言の娘が父の死後宮廷に上って帝寵をうけ、他の女御・更衣をさし置いたという。これがまず第一の設定である。貴族とは言っても世間には五位どまりの仕官懸命の男の方がはるかに多かった。その娘たちは、華麗な衣裳に包まれた大臣家の娘が帝の寵愛を受けるのを見聞きするばかりだった。宮仕え女房もまた大概は財力の乏しい親の娘たちであった。しかしこの物語を書き始めるとき、作者が読者として想定したのはそうした地位や財力の高くも強くもない貴族の女性たち、殊にその中で文学趣味のとりこになっている人たちだった。彼女らは心の底では自分のような位の低い生れの女でも帝の寵愛を受けられるものならば受けたいと願っていた。大臣家の娘たちが得ている華美な仕合せを見るばかりの、多くの女性たちの心に深く潜んでいるこの羨望に、文字の上で応えるところにこの種の物語の出発点がある。そうした女性たちの期待にどう応えようかと作者が想を練った結果、三位の大納言である父をすでに失った娘が帝の寵愛を得るという設定がここになされた。

「すぐれて時めき給ふありけり」の「けり」という言葉は、物語のはじめによく使われる言葉である。「昔、男ありけり」(伊勢物語)「今は昔、竹取の翁といふ者ありけり」(竹取物語)のように。この「けり」は過去を表わすと習っている人が多いかもしれない。しかしそれだけではちょっと違う。過去を表わすだけならば「き」という助動詞もある。

「き」という助動詞は自分の記憶にたしかだということを表現した。だから自分の体験をいうときには「き」を使うことが多かった。『竹取物語』の中で、東海の蓬萊という山から銀を根とし、金を茎とし、白玉を実《み》として立つ木の一枝を取って来るようにという難題を出された倉持皇子《くらもちのみこ》は、「命を捨ててその玉の枝を取って来ました」と嘘をいう。そして確かさを示すために、蓬萊の国では私はこんなことに出会いましたと起った事件を列挙する。

鬼のやうなるもの出で来て殺さんとしき。

行く末も知らず海にまぎれんとしき。

草の根を食ひ物としき。

実はこれらはすべて虚偽なのだが、それを真実自分の経験だと主張するために、倉持皇子は「き」を繰り返し使っている。「き」とは確実・真実の記憶をいう助動詞であった。

これに対して「けり」はその意味が違う。現在我々は「今日は運動会だったっけ」

という。「今気がついてみると今日は運動会の日だったんだ」という意味である。この「け」は「けり」の後身で、いわば「けり」の忘れ形見である。「けり」は従来、単に過去の助動詞と教えられることが多かったが、「気づきの助動詞」と名を変える方が本質をよく言い表わしている。

平安時代初期にこんな例がある。如来大師が舎利《しゃり》をこの世に残されたことは、

　普《アマネ》ク衆生ヲ益セムトナリケリト知リヌ。（西大寺本金光明最勝王経）

この「けり」は過去を直接表わすものでは全然なく、「気がついてみると、衆生を救おうというつもりだったのだ」と悟ったという意味である。また、最愛の王子の死を惧《おそ》れて八方手を尽くして捜索したとき、

　諸《モロモロ》ノ人コトゴトク共ニ伝ヘテ言ハク、「王子ハ死ニタマヒケリ」トイフ。（同右）

とある。これは「死にたまひき」というのと異なっている。「き」といえば確実に自分の体験だということになり、「亡くなったことを自分自身、見た」という意味を表明する。これに対して、「死にたまひけり」といえば非体験、不確実、伝聞の意を表わし、「聞くところでは王子は亡くなったとのことです」の意味になる。

こうした「き」と「けり」の区別は、『源氏物語』でも鮮明である。『源氏物語』の会話文には「けり」は一四一五の用例があるが、「気がついた」という用法がその六

七%を占め、その他は次のように使われている。[注]

自分の体験でない、伝聞であること、あるいは不確実なこと、推定である、意識にたしかでないことを表わす。　二四%

その他　九%

こうした使い方を見ると、「けり」は直接的に明確な記憶があるとして過去を表現する「き」とは異なり、現在の時点で気づいてみるとこれこれだという言い方である。いわば間接的であり、また不確実でもある。だからこれが「今は昔、竹取の翁といふものありけり」(竹取物語)のように、物語の冒頭の形式として使われたのである。つまり「けり」は「確実に自分が見たわけではないけれど、話によるとこれこれのことだということです」という伝承を表わすのである。その「けり」がこの『源氏物語』の最初のところに使われている。このことによって『源氏物語』がそうしたフィクションの物語だということ、そして聞き伝えた女房がそれを書いているのだという姿勢を最初に明らかにしている。

さて話は進んで、帝と最愛の更衣との間には玉のように美しく賢い皇子が生まれた。しかし同輩のねたみ、そねみに傷められ、更衣は病を得て亡くなってしまった。帝はその桐壺の更衣に特に三位の位をおくるなど、朝夕に追慕の念はあつく、食事も形ばかりしかお取りにならないほどだった。

皇子は七歳に達して読書を始めたが恐しいほど賢く、音楽にもまたすばらしい才能を発揮したし、高麗人と詩のやりとりもした。(このあたり、作者は先行の作品に見習っている。『宇津保物語』に「この七歳なる子(俊蔭)父をもどきて高麗人と文を作りかはしければ……」とある。『源氏物語』は、こうした『宇津保物語』とか、さきに述べた『伊勢集』とかの先行作品の型を真似て出発している。また、最初の主題の設定にあたっては民話を借用している。それについては先で述べよう。)

その頃、高麗人の人相見が来朝したので皇子の身分をかくして見せた。すると「帝王という無上の位にのぼるべき相をお持ちですが、その位につくと国が乱れ、民が苦しむことが起こるでしょう。しかし、臣下となって天下の政を補佐する役をなさるかと見ると、それも違っています」と、いく度も首をかしげてあやしんだ。かねて日本流の人相見も同じことを言っていたので、あらためてインド流の星占いに見せると、それの答えも同じだった。そこで帝はこの皇子を親王とせず、臣下にくだして源氏とされた。

作者はここでまた一つの大きな課題を提示した。「帝王という無上の位につく相があるが、それでは国が乱れるかもしれない」。しかし「臣下として帝王を補佐する人かと見るとそれも違う」。これは高麗・日本・インドという三つの流儀による人相見が一致した見立てであった。だが考えてみると予言者のいうような地位があり得るだろうか。帝王にはただ一人の存在である。帝王にあらざれば臣下である。ところが、帝王でもなく、さりとて臣下でもないと、三つの流儀の人相見が重ねて判断したという。作者はここに一つの宿題を自ら課して読者にこの不可思議な事態の解明を約束している。我々はこの約束を見落してはならない。(作者は㉝藤裏葉巻でこれに答えを与える。)

帝は桐壺の更衣を亡くし、悲しみにくれて時を送っていたが、先帝の第四の皇女が桐壺の更衣と顔かたちがそっくりであると分り、その皇女を藤壺に迎えた。それで帝はやや心慰むのだった。世人から光る君といわれていた皇子は自分の母によく似ているといわれるこの藤壺の女御に心ひかれ、いつも藤壺の部屋に入りびたっては馴れむつまじくしたいと思っていた。

皇子は十二歳で元服した。その式は皇太子に劣らず立派に行われた。元服の夜、光る君は左大臣の意向によってその娘の所に婿入りした。左大臣はその娘を東宮の妃にという話があったのをとりやめて、わざわざ光る君を婿として迎えたという。

ここにも一つの設定がある。当時の社会で、東宮の妃にと望まれてそれを拒否する親が実際にあっただろうか。東宮の妃とは将来の皇后である。それを拒んで親王にもされない光る君を左大臣家では婿にとった。これはまさしく設定である。つまり光る君は東宮に匹敵する位置にやがて就くことがここに読み取られるはずなのである。ところがこの光る君は、藤壺の女御を慕ってその左大臣の娘である葵の上のところに泊まりに行くことは少なかった。帝はもとの桐壺の更衣の実家の二条院を改築させて光る君にあてた。光る君は気に入った人を妻としてこうした所に住まわせたいと思った。この光る君という名は高麗人がつけたのだということである。

これで桐壺の巻は終わっている。このあら筋によって分るように、いくつかの現実にあり得ないことが設定されている。第一に親の位の低い桐壺の更衣が帝のあつい寵愛を得たこと。第二にそこに生まれた光る君は容姿美麗、才能は驚くべく豊かで、しかも「帝王の位にはつかず臣下でもない人間になる」という予言を得たこと。第三に左大臣がその娘を東宮妃にせずに、光源氏を婿にとったことなど。その他に、あり得ないこととは言えないが、光る君は父帝の愛する藤壺を慕い、葵の上を好ましく思っていないこと。こうした条件があれば、当然何かが生起しそうである。読者はそのロマンティックな物語の具体的な展開を巻を追って楽しむという仕組みである。

四　桐壺巻と帚木巻は連続しない

(一)　『源氏物語』を解く手懸り

ついで②帚木の巻に読み進むと、その巻頭の文章はかなり難しい。しかしここには『源氏物語』を読み解く大事な鍵が多く秘められている。そこでまた原文を引用して講釈をすることにする。

光る源氏、名のみことごとしう、言ひ消たれ給ふ咎《とが》多かんなるに、いとど、かかる好きごとどもを末の世にも聞き伝へて、軽びたる名をや流さむと忍びたまひける隠ろへごとをさへ、語り伝へけむ人の物言ひさがなさよ。さるは、いといたく世をはばかり、まめだちたまひけるほど、なよびかにをかしきことは無くて、交《かた》野《の》の少将には笑はれ給ひけむかし。

（光源氏は評判ばかり仰々しくて、女房たちが言葉をにごしてしまうような咎が多いという噂ですのに、さらにこんな好き事《すごと》(情事)のかずかずを末代まで聞き伝えて、軽々しいという評判を流すのではないかと御本人が秘密にしておいでだった隠しごとまで語りつたえたという人の、何と意地のわるいことなんでしょう。とは言うものの、光源氏はひどく世間体を気にかけて、真面目そうに振舞っておいでしたから、特に風流で、ひとふし面白いお話は無く、女のことにかけては有名な交野の少将には、大したこともないなと、笑われておしまいになったことと思われますが。)

○光る源氏、名のみことごとしう

「光る」とは桐壺の巻の「光る君」を承けている。「源氏」とは皇族を臣下に下すときに与える姓氏の一つである。嵯峨天皇が皇子・皇女を臣下の列にくだしたとき、最初に「源《みなもと》」という姓を賜わって以来、皇族が臣下に降下するときはみな「源」という姓を賜わる慣習が生じたという。従って「光る源氏」とは「光る」という名の、臣籍降下の皇子という意味である。

「名」とは「実」に対するもの。つまりうわさ、評判である。「評判ばかり大層で」というからには、すでに世間に何らかの評判が大きく立っていると読み取れる。「名のみことごとしう」とある以上、「実は」という対立観念が用意されているはずである。

○言ひ消たれ給ふ咎《とが》多かんなるに

ここの「言ひ消たれ」は普通「非難され」と訳され、「非難されるような欠点が多い」と口語に置きかえられている。勿論、それでも通るところであるが、「言ひ消つ」の例を吟味してみると、『源氏物語』やその模倣の作品である『狭衣物語』などに十例あまりが見出される。例えば次のようなものである。

「はつるる糸は」と末は言ひ消ちて、（源氏物語椎本）

聞えさせやるべきかたもなくなど、所々言ひ消ちて、（源氏物語早蕨）

このように「末は言ひ消ちて」「所々言ひ消ちて」と使ってあるのが目につく。『狭衣物語』での例を見ると、すべて歌で気持を述べたその後に「……と言ひ消ちて」という形をとっている。歌の末を「言ひ消つ」とは、歌を終りまで、はっきり言うことをしない意である。「所々言ひ消つ」とは「所々言葉をにごす」ことである。つまり何か言いたい事を胸に持っているが、それを消してしまって明確には言葉に出さないのが「言ひ消つ」の中心である。相手に対する遠慮、話題についての気兼ねから、物事を終りまではっきり言わず、言葉をにごすのが「言ひ消つ」である。この「言ひ消つ」の意味は、その尊敬語「のたまひ消つ」においても、およそは同様である。

「非難する」「けなす」という意味の「言ひ消つ」の例としてよく知られているのは

『徒然草』の一六七段にある。

をこにも見え、人にも言ひ消たれ、禍をも招くは、ただこの慢心なり。

たしかにこの例などは「非難され」と訳してあたる。しかし人に「言ひ消たれ」るとは、「あの人は……と、先は言葉をにごされて」というところから発展して強い意味に使われたものである。『色葉字類抄』に「譙 イヒケツ」とあるが、漢字、「譙」は「とがめる」意だと字書にある。何か言いたいことが胸にあって、その「言ヒ(言葉)ヲ消ツ」意から発して、胸にあって、事をとがめる意へと展開したものであろう。

およそ貴族の社会では、家長の行動にたとい咎められるべきことがあったとしても、使用人がそれを公然と非難することはありうべくもなかったはずである。まして輝くばかりの皇子、光源氏の行動に対しては、女房たちが口もとまで出て来る言葉をにごすと取るのが『源氏物語』の雰囲気を解することである。こういうやわらかい言葉の意味を受け入れて、物語の場の空気を感じ取る心の用意が『源氏物語』を読んで行く上で大事なことなのである。

○いとど、かかる好きごとどもを末の世にも聞き伝へて

「いとど」は「いと」とは違う。「いと」は、非常に、大層。「いとど」は、その上、ますます。「好きごと」とは異性が気に入って他を顧みずにそれにかかわって引き起

こす事件である。スキとは本来、気に入ったものに向かってひたすら心の走ることをいう。恋に走る、趣味に徹する、芸道に打ち込む、みなスキである。だから、「すこしは好きも習はばや」と言えば、「自分も少しは恋の道、女への打ち込み方を習いたいものだ」の意を表わす。スキを好色と訳すことがあるが、好色というと、現代ではすぐさま何かこのましくないことという印象を与える。しかし、スキとはそれだけでは決して悪いことではなかった。だから鎌倉時代以後、歌の道、茶の湯など風雅の道に心を注ぐことを「数奇《すき》」という(「数奇」は宛て字である)。

しかし、「男のすきといふものは、昔よりかしこき人なく、この道には乱るるためしどもも侍りけり」(夜の寝覚)とあるように、男が恋の道に突き進んでいくと、古来、賢明であり得る人は少なく、それに惑溺し乱れてしまう。だからスキズキシと使うと、単に一つことに熱中している、凝っているというだけでなく、男についても女についても異性との情事にふけっているとか色めかしい様子であるとか、女の側で使えば、いささか非難の気持をこめた意味を表わす場合が多い。そういうことを背後に記憶して「好きごとどもを末の世にも聞き伝へて」を読めば、これが「秘密の情事を末代まで聞き伝えて」の意味になることが理解されよう。ここで「好きごとども」とわざわざ複数形を使っているのは、一つだけの話でなく、いくつかを以下に挙げることを作者がここで約束しているのである。

○軽びたる名をや流さむと忍びたまひける隠ろへごとをさへ

「忍び」とは、じっと辛抱して隠すこと。「忍びの術」などと使うシノビである。「忍びたまひける」とあるのは、その事件をこの物語の話し手は実見していず、伝聞しているだけだということをこの「ける」で表現しているものである。この『源氏物語』を語っている女房も、自分の実際に見たことには「き」という助動詞を使って言い、はっきり知らないことや不確実なことをいうには「けり」を使っている。[注]

○語り伝へけむ人の物言ひさがなさよ。

「語り伝へけむ」。ここで作者は、「けむ」という助動詞を使っている。これは「けり」によって「伝承です」と表現するよりもさらに婉曲化の度の強い表現で、話をすっかりぼかしていう言い方である。

サガナシは、語源はどうも定かでない。用例を見ると、口がわるい、天性意地が悪いとでも訳すべき場合が多い。「さがなき継母」とか「御心さがなく、御物怨みなどせさせ給ふ」とか使う。鎌倉時代の『八雲御抄《やくもみしょう》』には「さがなし。よからず」と書いてある。根性がよくないという意味である。

ここまでが前段で、「光源氏は評判ばかり大層らしいが、女房たちが言葉をにごすような咎が多いという噂ですのに、その上、こんな情事まで聞き伝え、語り伝えた人の何と意地の悪いこと」と訳せよう。これによって、作者は、これからその「隠ろへごと」を暴露するつもりだと読者を緊張させているわけである。

○さるは、いといたく世をはばかり、まめだちたまひけるほど

ここからが後段である。「さるは」という言葉は、「実は」と言って、隠れた実情・実態、あるいは他の一面をあらわにして説明するための接続詞である。

重く煩ふ由申して参らず。さるは、そこはかと苦しげなる病にもあらざなるを、

（源氏物語若菜下）

（重病と称して不参の由であるが、実は大した病でもないという話だが）

というように使う。だから、前段で読者の心を大いに動かしておきながら、作者はここでちょっと言い訳をする趣となる。

この帚木巻の冒頭の文章には、二つ読み取るべき点がある。一つは、光源氏が「評判ばかりことごとしくて、言い消たれ給う咎《とが》が多くあるという噂なのに」と始まっていることである。ひたすら藤壺に心をひかれ葵の上が気に入らない若君、そして、改造された二条院に気に入った女の人を住まわせたいと思う光源氏の話で終わっている①桐壺から、②帚木に入ると、いきなり光源氏は「好きごと」の秘密を持った人物と

して登場してくる。人は当然そこに違和感を持つのだが、それについては後で詳しく考えることとして、今一つはこの文章の構成である。

光源氏には何か秘密がある。それは本人がまめだちて隠していた秘密である。これからそれを暴露するつもり、と作者は読者の気持を大きく突きあげる。ところが、「さるは」といって一転して実は大したことはないかもしれないと断り書きをつけている。この点が、かねて『源氏物語』の読み方として私の繰り返し言っているところで、作者紫式部の頭の働き方を見る上で、見逃してはならない重要な点である。

『源氏物語』を読んで行くと、それが『枕草子』と違う一つの文体を持つことがすぐ分る。その感じを言葉にすると、『源氏物語』の作者は、Aと表現すると必ずその後ろに、「しかし−Aでもある」とつけてくる。『源氏物語』の記述は決して一本道にAならA、BならBと単純に突っ走ることはない。『枕草子』の著者は視覚型の人で、目に見たところをすぱっと突く。その鋭い感覚はちょっとの隙も見逃さない。核心をついと斬る。読者は、はっと胸をつかれ、そうだと同意せざるを得ない。しかし『源氏物語』の著者は一本調子に対象をきめつけて描写したりは決してしない。いつもAといえば−A、右に向けば左、左を見ればすぐ右に眼を向ける。記述も描写も単純に割り切らない。萩原広道は江戸時代に、この物語では人物が対になっていると指摘しているが、注 人物だけでなく、事の描写とか記述とかについてもそれがあり、さらに、『源氏物語』の筋立ても、文章も、全体がAに対して−Aというような仕組みに構成されている。

その一つの見本がここ帚木の巻頭なのである。光源氏に関して何か面白い秘密のことがあると前置きして人の心を引きながら、「いや、たいしたことはないかもしれませんがね」と書く。つまりAに対して−Aを置く。この手法は『源氏物語』全体にわたっている。このことは個々の文章の構成を理解する上でも、この作品全体の構造を分析して行く場合にも重要な役割を果たすことなので、記憶にとどめておいて頂きたいと思う。

(二)　成立論の展開

さてこの②帚木巻の巻頭で読者が覚える違和感に最初に言及したのは、古く本居宣長である。彼は『源氏物語』研究の集成『源氏物語玉の小櫛』の第五巻で次のように述べた。

この巻のはじめに、「いひ消たれ給ふとが多かんなるに」とか、「かかる好きごと」

とかあるが、①桐壺巻にはそんなことは書いてない。だからこれはこれから後に書かれるはずのことを指すのである。「語り伝へけむ」というのもこれから後の事をいうのだと宣長は注を加えている。こう書いただけで宣長はこれ以上に問題を発展させることはなかった。

しかし和辻哲郎氏はこの点の重大さに気づき、②帚木巻の冒頭が含む問題をめぐる氏の見解を大正十一年に公けにした。ついで青柳(阿部)秋生氏が十数年後に、⑤若紫の巻を中心に考察を加え、その問題を大きく発展させた。そして昭和二十五年、武田宗俊氏によって確固たる見解が人々の前に提出された。それは次のような内容のものであった。

① 桐　壺(きりつぼ)
② 帚　木(ははきぎ)
③ 空　蟬(うつせみ)
④ 夕　顔(ゆふがほ)
⑤ 若　紫(わかむらさき)
⑥ 末摘花(すゑつむはな)
⑦ 紅葉賀(もみぢのが)
⑧ 花　宴(はなのえん)
⑨ 葵　(あふひ)
⑩ 賢　木(さかき)
⑪ 花散里(はなちるさと)
⑫ 須　磨(すま)
⑬ 明　石(あかし)
⑭ 澪　標(みをつくし)
⑮ 蓬　生(よもぎふ)
⑯ 関　屋(せきや)
⑰ 絵　合(ゑあはせ)
⑱ 松　風(まつかぜ)
⑲ 薄　雲(うすぐも)
⑳ 朝　顔(あさがほ)
㉑ 少　女(をとめ)
㉒ 玉　鬘(たまかづら)
㉓ 初　音(はつね)
㉔ 胡　蝶(こてふ)
㉕ 蛍　(ほたる)
㉖ 常　夏(とこなつ)
㉗ 篝　火(かがりび)
㉘ 野　分(のわき)
㉙ 行　幸(みゆき)
㉚ 藤　袴(ふぢばかま)
㉛ 真木柱(まきばしら)
㉜ 梅　枝(むめがえ)
㉝ 藤裏葉(ふぢのうらば)
……

『源氏物語』は五十四巻から成っている。巻は前のように並んでいる。だから当然この順序で書き続けられたものと本居宣長以来の学者は信じてきた。ところが、武田宗俊氏は研究の結果、次のような見解に達した。

(イ)『源氏物語』は今のような配列の順序で執筆されたものではない。

(ロ)『源氏物語』のはじめの部分三十三巻までは紫の上系と玉鬘系との二系列に分離される。

(ハ)紫の上系(①に始まり⑤⑦⑧⑨⑩⑪⑫⑬⑭⑰⑱⑲⑳㉑㉜の順で㉝まで。大野はこれをⓐ系と呼ぶことにする)が最初に続けて執筆されて、物語は一応完結した。

(ニ)玉鬘系(②に始まり③④⑥⑮⑯㉒㉓㉔㉕㉖㉗㉘㉙㉚の順で㉛まで。大野はこれ

ⓐ系	ⓑ系
① 桐壺	
	② 帚木 ③ 空蟬 ④ 夕顔 →
⑤ 若紫	
	⑥ 末摘花 →
⑦ 紅葉賀	
⑧ 花宴	
⑨ 葵	
⑩ 賢木	
⑪ 花散里	
⑫ 須磨	
⑬ 明石	
⑭ 澪標	
	⑮ 蓬生 ⑯ 関屋 →
⑰ 絵合	
⑱ 松風	
⑲ 薄雲	
⑳ 朝顔	
㉑ 少女	
	㉒ 玉鬘 ㉓ 初音 ㉔ 胡蝶 ㉕ 蛍 ㉖ 常夏 ㉗ 篝火 ㉘ 野分 ㉙ 行幸 ㉚ 藤袴 ㉛ 真木柱 →
㉜ 梅枝	
㉝ 藤裏葉	

を⒝系と呼ぶことにする）は後で順次書かれて紫の上系の中途に、それぞれ挿み込まれた。今その考えを表（前ページ）にしてみよう。

こうした武田宗俊氏の結論は、ある日突然得られたものではない。学問が進むときは一人の学者が疑問を提出し、それに関する意見を述べる。その疑問と意見を既定の認識とした次の学者がその立場で再び最初の疑問を考え直す。そして取材の範囲を拡大する。多くの事実が集められる。視野が広くなり論点が明確になる。すると一つの見通しがひらめく。研究はそこで一段飛躍する。（研究はだらだら坂を上るように進むものではなく、階段を上るように一段一区切り、一段一区切りと常に「画期的に」前進するものである。）

今ここに、成立論と呼ばれるこれらの研究の階段的な前進を跡づけてみよう。

①桐壺の末尾から②帚木へ読み進むと、読み手は内容の上で、おかしいなという感じを抱くと同時に、文章の調子がさっと変わっているのを感じる。

『源氏物語』全体を読んだ後で再び桐壺を読んで見れば、桐壺はこの物語の発端に置かれた、物語の基本的な筋の設定のための巻であることがはっきりと分る。この物語は長編なのだから始めに物語全体の基礎を構築するのは当然のことで、作者は桐壺巻ではその布石を置くことに努めている。だが桐壺巻の文章はいかにも生硬で、叙述は概念的・形式的であり、何といっても窮屈な筆づかいである。（ただ靫負命婦《ゆげいのみょうぶ》の弔問のくだりは文章がいくらかちがう。恐らくこの部分は、後ではめ込んで補ったものと見てよいと思う。「長恨歌」の引用もここに集中しているし、文章がその前後と異質である。）

靫負命婦のくだりを除いた①桐壺巻は、筋書きをつらねて行くばかりで個々の具体的描写も乏しく、筆は全く走っていない。ところが②帚木巻に入ると、作者は急に饒舌になり活気に満ちて語っている。この語りくちの極端な変化と、内容上の不連続が読み手に一つの違和感を与える。しかし普通の読み手は、②帚木巻の辺ではまだ『源氏物語』の文章に馴れていない。『源氏物語』の文章は、全体としていわゆる古文、平安朝の散文の中でも、格別に精緻であるから、①桐壺巻の文章と②帚木巻の文章の相違を初心ではちょっと見抜けないかもしれない。だから普通の読み手は違和感を感じ取っても自分が『源氏物語』を読み馴れないからだと思ってしまう。何か変だと感じるところがあっても自分の力が足りないからだろうと考え、その違和感をあえて見送ってしまう。また現在の順序で『源氏物語』を読み馴れてしまい、こまかい筋まで知ってしまった読み手は筋の進行の上での違和感を鋭く感じなくなってしまっている。

しかしこの点を明確に衝いたのがさきに述べた和辻哲郎氏である。和辻氏は鋭く問題を分析した。氏には理性と感性とのうるわしい協同がある。氏はいう。
我々は第一巻の物語によって、桐壺の更衣より生まれた皇子が親王とせられずして臣下の列に入れられたことを、すなわち「源氏」とせられたことを、知っている。またこの皇子がその「美しさ」のゆえに「光君」と呼ばれたことも知っている。しかし物言いさがなき世間の口に好色の人として名高い「光源氏」については、まだ何事も聞かぬ。幼うして母を失った源氏は、母に酷似せる継母藤壺を慕った、しかしまだ恋の関係にははいらない。十六歳の葵の上に対してはむしろ嫌悪を感じている。そうしてこの十二歳以後のことはまだ語られていない。我々の知るところでは、光君はいかなる意味でも好色の人ではない。しかも突如として有名な好色人《すきびと》光源氏の名が〔帚木巻の巻頭に〕掲げられるのは何ゆえであろうか。
〔中略〕
作者はここ〔帚木巻の巻頭〕で光源氏を恋の英雄として全体的に提示した。これは宣長も指摘したごとく、一つの物語の発端としての書き方である。そうしてここに我々は、何ゆえに突如として有名な好色人光源氏の名が掲げられたかの疑問を解くべき緒を見いだす。宣長はそれを追求しなかったが、この発端の語は、もともと桐壺の巻を受くるものとして書かれたのではなかろう。桐壺の最後には、

「光君といふ名は、高麗人の感《め》で聞えて、つけ奉りけるとぞ、言ひ伝へたるとなむ」という一句がある。それを受けて帚木は、いきなり、光源氏、と書き出している。言葉の上ではつながりがあるように見える。しかし高麗人の名づけたのは幼児光君である。それに反して〔帚木巻の〕光源氏は有名な好色人《すきびと》である。のみならず右の〔光君という名は云々の〕一句は、唐突に桐壺の巻末に付加せられたものであって、前文と何の脈絡もない。[注]

①桐壺の巻では、単に藤壺が好きで葵の上を心底から好きになれなかったに過ぎない光る君が、突如として好色人《すきびと》として②帚木巻の冒頭に登場して来るのは変だというのが和辻氏の問題提起である。帚木巻の始めにこのような記述があるのは、それ以前に「光源氏」についての何らかの知識を読者が得ていたからでなくてはならぬと和辻氏はいう。

　読者が光源氏を前以て知っているとすればそれには二つの場合がある。第一は紫式部がすでに光源氏について多くを書き、その後に帚木巻を書いた場合。第二は世間に光源氏の話が広く流布していて、誰もがそれを知っている場合。しかし帚木巻の巻頭の書き方は第二の場合のように読むべき必然性を具えていない。従って残るところは②帚木巻以前に、①桐壺以外の巻が書かれていたという結論にならざるを得まい。つまり『源氏物語』は、現在の順序を追って書かれたものではないだろう。それが和辻氏の一つの推理であった。更に和辻氏は次のように述べている。

最初に書かれたのは恐らく、継母藤壺との姦通や、六条の御息所と葵の上との争いや、御息所の生霊が葵の上を殺す話や、初々しい紫の上との関係や、朧月夜との恋などであったに相違ない。

このような的確な推定を下した後で和辻氏はいう。

もし現在のままの源氏物語を一つの全体として鑑賞せよと言われるならば、自分はこれを傑作と呼ぶに躊躇する。それは単調である。繰り返しが多い。従って部分的に美しい場面も、全体の鈍い単調さの内に溺らされてしまう。古来この作が人々の心を捕えたのは、ここに取り扱われる「題材」が深い人性に関与するものなるがゆえであり、また所々にきわめて美しい場面があるからであって、必ずしもその描写全体が傑れているゆえではなかろう。

和辻氏はもっぱら②帚木巻の冒頭を問題とした。そこで指摘したことは、②帚木巻は①桐壺巻を承けていない、②帚木巻以前に光源氏に関する多量の情報が読者の所有となっている、作者はその情報を前提として②帚木巻を書いたという三点である。そこを問いとした和辻氏の鋭敏な直観力は問題の底深さを洞察していた。

これを承けて十数年後に、青柳(阿部)秋生氏は⑤若紫を中心に、『源氏物語』のはじめの部分を分析した。氏は話の筋の展開を厳密に調べて次の事実を見出した。

(イ)　①桐壺は全巻にわたる総序としてひとまず別とすると、②帚木③空蝉④夕顔に展開する空蝉と夕顔とを相手とした事件は、②帚木の巻頭の雨夜の品定めで話題になった中の品の女の話で、その三巻は雨夜の品定めと結びついている。

(ロ)　これに続く⑤若紫の中には、前の②③④の三巻の事件との脈絡のある記事はない。雨夜の品定めにしっかりと結ばれていた話の筋の糸は全く切れてしまい、ここでは別の舞台に、紫の上と藤壺とが登場し、さらに六条御息所《ろくじょうのみやすんどころ》と葵の上とが加わって話が進展している。

(ハ)　⑤若紫は直後の⑥末摘花の巻を跳んで⑦紅葉賀《もみぢのが》に連続している。つまり⑥末摘花の内容は⑤と⑦との間に孤立している。

(ニ)　⑦紅葉賀の話は以下⑧花宴《はなのえん》⑨葵⑩賢木《さかき》から先へと続くから、これを若紫グループと名付けることにする。

(ホ)　②帚木③空蝉④夕顔⑥末摘花は別のグループとしてまとまり、若紫グループと区別される。このグループの事件は、ずっと後になって、⑮蓬生《よもぎふ》⑯関屋、さらには㉒玉鬘《たまかづら》に至って連絡がつく。つまり、②帚木③空蝉④夕顔、⑥末摘花、⑮蓬生

⑯関屋、㉒玉鬘は帚木グループを形成する。
このことは次のような表とすることができる。

若紫グループ	帚木グループ
	②帚　木
	③空　蟬
	④夕　顔
⑤若　紫	
	⑥末摘花
⑦紅葉賀	
⑧花　宴	
⑨葵	
⑩賢　木	
……	
⑬明　石	
⑭澪　標	
	⑮蓬　生
	⑯関　屋
⑰絵　合	
……	
㉑少　女	
	㉒玉　鬘
	㉓初　音
	……

『源氏物語』の話の筋を分析して得たこの事実について阿部氏はいう。

帚木グループの系列の事件と若紫グループの事件とは二つに対立してゐて、同じ様に光源氏にまつはる事件ではあるが、相互にはまるで見ず知らずの様に没交渉なのである。これは単に物語の手法として見過ぐすことは出来さうにない。〔中略〕この現象を説明するために、私は帚木グループの執筆を若紫グループの後に考へる以外に方途は遂に立て得なかつたのである。[注]

阿部氏はこのように結論し、その証拠としてそれぞれの巻に登場する人物について次の事実を指摘した。

(イ)　若紫グループに登場する人物は帚木グループにも登場する。

(ロ)　しかし、帚木グループに登場する中心的人物は誰一人として若紫グループには登場しない。

今、帚木グループの人物と若紫グループの人物という二群を区別すると、帚木グループに属する人としては、空蟬、夕顔、末摘花を中心としてこれにかかわる玉鬘、伊予介、紀伊守、伊予介の子、豊後介、小君、軒端荻、夕顔の乳母、右近、侍従の十三人があげられる。この十三人を帚木グループの人物とすると、これらの人物は若紫グループの話に全く顔を出さない。そして逆に若紫グループの人物は帚木グループの随処に出てくる。「まるで意地になってゐる様に」この区別ははっきりしている。阿部氏はその具体的な例を挙げてそれを説明した。

末摘花という女性は帚木グループの重要な人物で、⑥末摘花の巻の中心的役割を担っている。ところが、⑫須磨の巻で、いよいよ光源氏が須磨に引っこむことになり、出立の前にそれまで関係のあった女たちのところへ、それとなく別れを告げに廻る。ところがその女たちの中に末摘花の名は出て来ない。須磨で源氏は随分方々へ手紙を出しているが、末摘花へだけは手紙を出していない。また末摘花の方からも光源氏へ手紙を出さない。

また夕顔についていた右近は夕顔の死後は光源氏の側にいて、他の女房と共に紫の上の方に移ったと㉒玉鬘の巻でいっているが須磨の巻には名を出さない。

このように帚木グループの人物は若紫グループの中で現われてもよさそうな場所に姿を見せない。

逆に若紫グループの大事な人物、例えば頭中将、葵の上、藤壺、朝顔斎院、六条御息所などは、帚木グループにそれぞれ顔を出す。六条御息所のごときは若紫グループの⑨葵の巻で生霊となって葵の上にとりつき葵の上を苦しめるが、④夕顔の巻でもまた夕顔の死にからんで来るという具合である。

このようにして阿部氏は、若紫グループと帚木グループとを分け、帚木グループに活躍する人物は若紫グループでは全然働かないという、極めて重要な事実を明らかにした。

阿部氏の見解は和辻氏が②帚木巻冒頭の分析によって切り開いた方向を、⑤若紫を中心として鮮やかに展開したものである。阿部氏は②帚木から㉓初音までの巻々が若紫グループと帚木グループとに分離されることを、具体的な巻の名とともに明確にしたわけである。ただ阿部氏の論では私が先に①桐壺巻のあら筋を書いたときに強調したような、光る君の将来に対する三人の人相見、占者の一致した予言の意味はまだ重視されていない。その結果、光る君が「天皇の位にはつかないが、臣下でもない」人物になるという予言が実は㉝藤裏葉《ふぢのうらば》の巻で実現し、物語がめでたしめでたしの形で一応完結するという呼応を扱うところまでは至らなかった。

阿部氏におくれること十一年、武田宗俊氏の「源氏物語の最初の形態」という論考が現われ、本居宣長以来の『源氏物語』の読み方を否定して、本来の『源氏物語』理解への方向を確立した。それは昭和二十五年六月・七月の二か月にわたって雑誌『文学』に掲載された[注]。

それを始めて読んだ時の印象を私はよく記憶している。今ではもう跡形もないが、昔、信越線で軽井沢に行こうとすると、高崎を過ぎて松井田駅のところで汽車は進行方向が逆になり、後退した。変だと感じているうちにまた前進する。また後退する。それを何回か繰り返すうちに、いつか汽車は横川駅に着いた。その違和感を私ははっきりと記憶している。それと同じく『源氏物語』を巻を追って読み進むと、妙に筋が後退しまた前進しまた後退するという感じがした。これは一種の不愉快な印象を心の片隅に残すものだった。ところが武田氏の論を読み進むと、『源氏物語』をはじめて読んだ際の胸のつかえが、なるほどなるほどと、一つ一つ、次々にああそうだったんだと消えて行くのが感じられた。そしてその背後から『源氏物語』の本当の姿が鮮明に目の前に現われてくるのだった。

武田氏の論は、阿部氏が㉓初音までされた分析を㉝藤裏葉まで進めたものである。ついで氏は㊶幻巻の光源氏の死を以て第二の区切りとした。つまり『源氏物語』全体を、

第一部　①桐壺から㉝藤裏葉まで
第二部　㉞若菜上から㊶幻まで
第三部　㊷匂宮以下終わりまで

と区分けし、第一部を二つに分けて、紫の上系・玉鬘系の二系とした。紫の上系を私はⓐ系、玉鬘系をⓑ系と扱い、以下私はⓐ系、ⓑ系と書くことにする。（そして第二部をⓒ、第三部をⓓとする。）

武田氏はそのように第一部三十三巻をⓐⓑ二系に分離し、「所属のまぎらわしい巻はない」と判別した上で、次のことを明らかにした。

(イ)　『源氏物語』第一部三十三巻からⓑ系の十六巻を除き去っても、残り十七巻のⓐ系は、それだけで一貫した、欠ける所のない物語になっている。

(ロ)　ⓑ系はⓐ系を前提とし、ⓐ系に付随している。ⓐ系はⓑ系に影を落とす。しか

し、ⓑ系で生じた種子がⓐ系へと戻って活動することはない。ⓑ系の物語は、譬えていえばⓐ系という松にからみついた藤のようなもので、外見は両者一体となっているが、ⓑはⓐに付加されただけで、ⓑがⓐに融合してはいない。

その一例を挙げよう。

ⓐ系の話は⑤若紫から⑦紅葉賀へならばなだらかに進む。光源氏の年齢も⑤若紫では十八歳十月で終わり、⑦紅葉賀では十八歳十月から始まっている。ここに⑥末摘花が入り込んだため物語が切断され、年齢の上にも不自然な逆行が生じた。(これはすでに阿部秋生氏が明瞭に述べられたところである。) それを表にしてみよう。

⑤若紫　(十八歳三月から十月まで)
⑥末摘花(十八歳二、三月から十九歳春まで)
⑦紅葉賀(十八歳十月から十九歳秋まで)

ここでもし⑥を除けば、⑤から⑦への進展は時間的に極めて自然である。

⑮蓬生⑯関屋の場合も、この二巻が割り込んでいるために、前後に時の流れが逆行する。しかし、⑮⑯を抜き去ると、⑭から⑰への進行はなだらかである。これらの逆行は右のようにⓐ系、ⓑ系を分離し、かつⓑはⓐの後から書き加えたものと考えれば解消する。

武田氏はこの一貫した筋をもって進行し完結するⓐ系十七巻こそが最初に書かれた『源氏物語』であると断定した。

私は森村桂氏の「もう一つの学校」に招かれて『源氏物語』の講読をしたことがある。その時、原文でも現代語訳でもいいから「ⓐ系の十七巻だけを通読して御覧なさい」という夏休みの宿題を出した。そして話の展開に無理はないか、おかしな所はないか吟味して来なさいとリポートの提出を求めた。その結果ⓐ系には光源氏と六条御息所や朝顔姫君との馴れそめの記事が無いが、他は何もおかしいことはないという数多くの回答を受け取った。三十三巻から成る物語の途中から十六巻という多くの巻を除いてしまい、残りの十七巻だけを通読した場合に筋の展開に一つも無理が無いとは、一体何というべき事実であろうか。近代の手の込んだ小説ならばいざ知らず、平安時代において作者はそのような技巧を弄した長編小説を書いたのだろうか。

すでに阿部氏は帚木グループと若紫グループとの間に人物の配置に不思議なことがあることを明らかにしていた。帚木グループの人物十三人は若紫グループに登場しないということであった。武田氏はさらに徹底した図表を作成した。そして、ⓑ系の人物はⓐ系の話の中に全然顔を見せないことを明示した。

武田氏の表に基づいた次ページの表で明らかなように、㉒玉鬘巻以下十巻にわたる

ⓐ系ⓑ系登場人物一覧

□巻の中心人物◎重要人物○それ以外

		ⓐ系人物																				ⓑ系人物										
		頭中将	朱雀院	冷泉院	葵の上	藤壺	六条御息所	紫の上	朧月夜尚侍	朝顔斎院	花散里	明石御方	夕霧	雲居雁	秋好中宮	明石中宮	蛍兵部卿宮	柏木衛門督	弁少将	惟光	右近のぞう	夕顔	空蝉	末摘花	玉鬘	軒端荻	右近	小君	紀伊守	末摘花侍従	鬚黒大将	近江君
ⓐ系	桐壺	○	○		○	○																										
ⓑ系	帚木	◎			○	○				○												◎	◎		○			○	○			
	空蟬																						□			○		○	○			
	夕顔	○			○		○													○		□	○		○	○	○	○				
ⓐ系	若紫	○			○	□	○	□				○								○												
ⓑ系	末摘花	○			○	○		◎												○		○	○	□		○				○		
ⓐ系	紅葉賀	○	○	○	○	□		○																								
	花宴		○		○	○		○	□								○			○												
	葵	○	○	○	○	○	□	◎	○	○			○		○		○			○	○											
	賢木	○	○	○	○	◎	□	○	□	○			○		○				○													
	花散里										□									○												
	須磨	○	○	○	○	○	○	◎	○		○	○	○				○			○	○											
	明石		○	○		○	○	○			○	□								○												
	澪標	○	○	○	○	○	○	○	○		○	◎	○		○	○				○	○											
ⓑ系	蓬生																			○				□						○		
	関屋																				○		□					○	○			
ⓐ系	絵合	○	○	○		○	○	○	○						◎		○															
	松風			○				□			○	□				○					○											
	薄雲	○		○		○		◎			○	◎			○	○																
	朝顔			○		○		◎	○	□	○	○			○	○																
	少女	◎	○	○	○	○		○	○	○	○	○	□	□	○	○	○	○	○	○												
ⓑ系	玉鬘	○		○		○		○			○	○	○		○	○	○					○	○	○	□		◎					
	初音	○	○	○				○			○	○	○		○	○			○				○	○	□				○			
	胡蝶	○	○					○					○		○		○	○				○			□		○				○	
	蛍	○						○			○		○	○		○	○	○				○			□							
	常夏	○						○				○	○	○		○	○	○	○			○			□						○	◎
	篝火	○											○					○	○						□		○					○
	野分	○						○			○	○	○	○	○	○									◎		○					
	行幸	○		○	○			○					○	○	○		○	○	○					○	□						○	○
	藤袴	○		○				○					○		○		○	○				○			□						○	
	真木柱	○	○	○				○					○		○		○	○							□		○				□	○
ⓐ系	梅枝	○				○	○	○	○	○	○	○	◎	◎	○	○	◎	○	○	○												
	藤裏葉	◎	○	○	○		○	◎				◎	◎	◎	○	○		○	○													
第二部	若菜上	○	◎	○	○		○	◎	○		○	○	○	○	○	○	○	◎	○					○	○						○	
	若菜下	○	○	○	○		○	◎	○	○	○	○	○	○	○	○	○	□	○						○						○	○

中心人物玉鬘は、㉒から㉛真木柱までの間のすべての巻に現われてそこで大事な役を演じているが、㉜梅枝㉝藤裏葉という第一部の大団円ともいうべき巻々、そこにはそれまで光源氏に関係のあった多くの女性が勢ぞろいしているのに、その二つの巻に玉鬘は全く姿を見せない。それだけでなく、空蟬も末摘花もそこに全然登場しない。

この不可解な事実に対しては、ⓐ系が先に書かれてそれだけで完結した、その後でⓑ系が書かれて追加・挿入されたと見る以外の解釈を許さないだろう。

㈢　反論の解消

ところが、これまで述べて来た和辻・阿部・武田説について細かい事実をあげた反論が発表された。例えば長谷川(常磐井)和子氏の『源氏物語の研究』のごときである。[注]それは武田氏の挙げた論拠の中に細かい計数の誤りとか事実の脱漏とかがあることの指摘で、それとして実に尊重すべき有効な調査であった。これを見て武田説には容易に従えないと考えた人が少なくない。しかし大事なことは、そこに挙げられた数々の脱漏とか誤謬とかが指摘の通りであるとしても、それらは武田説に決定的な打撃を与えるものではないことである。つまりそこに挙げられている事柄そのものは武田説の

側に立っても、その反対側に立っても解釈できる事柄が多い。むしろ重要なことは、常磐井和子氏の挙げた事実を認めても、

(イ)　ⓐ系十七巻を通して読んだ場合、それだけで一貫した物語として不自然なく読み通すことができる。

(ロ)　ⓐ系の人物はⓑ系にも登場するがⓑ系に初登場する人物は後のⓐ系に登場しない。

という二点はゆるがないという点である。

武田氏は付随的な事柄までいろいろと挙げて証拠とした。例えばⓐ系とⓑ系とでは、光源氏や紫の上の呼び方に相違があるとか、それぞれの巻の最後の文の終結のさせ方に特徴があり、それがⓐ系ⓑ系によって区別できるとか。しかしそれらは必ずしも整然と区別できることではなく、異論の生じる余地が十分ある。武田氏の説に対する反対はこの部分についての論義である。それらは本質的に武田氏の結論の成否を左右するものではない。

しかしただ一つⓐ系の⑨葵の巻に問題の箇所がある。重要な所なので少し詳しく取り扱ってみることとする。

光源氏の妻、葵の上は夕霧を生むがお産の後で死んでしまう。葵の上と母親を同じ

くして源氏の親友でもある頭中将が弔問に訪れ、光源氏をなぐさめていろいろな話をする。その中には「例のみだりがはしきこと」があった。その話題の人物は源内侍《げんのないしのすけ》という好色の老女と末摘花という女性との二人であったとされている。

源内侍の話はⓐ系の⑦紅葉賀に出てくる話である。だから、同じⓐ系の⑨葵の巻でそれを承けていても何ら差支えない。しかし⑥末摘花の話はⓑ系に属するから、それがその後のⓐ系の⑨葵の巻で承けてあっては、ⓑ系はⓐ系を書き上げた後で追加したとする見解に対する反証となる。この一例だけで、ⓑ系後記説は成立不能となったと論じる人もあるくらいである。それ故、ここで改めて⑦紅葉賀⑨葵⑳朝顔に現われる源内侍について調べてみることにしよう。

⑦紅葉賀には次のようなことが書いてある。

夕立の名残で涼しい宵に、光源氏が温明殿《うんめいでん》のあたりを歩いていると、この内侍が琵琶をちょっと面白く弾いていい声で歌っていたが、少し品のわるい感じがした。鄂《がく》州《しゅう》にいたという昔の人もこんなふうに面白く人の歌を聞いたのだろうかと、光源氏の耳にとまった。そこで光源氏は、とかく源内侍と戯れ言をかわしたりする。光源氏の後をつけて来た頭中将は寝入った所まで一部始終を見とどけたので、おどしてやろうと思い、物も言わず刀を引き抜いて光源氏に切りつける恰好をするが、光源氏はそれを見破り、光源氏と頭中将は互いにおかしさに耐えず笑った。その後、この滑稽な事件は二人の間で「ともすれば事のついでごとに言ひむかふるくさはひ(言い合いをする話の種)」となった。頭中将は、何かの折に光源氏をおどす材料にこのことを使おうと考えたのだった。

次の⑨葵の巻の話とはこんなことである。

光源氏の北の方葵の上は頭中将と同腹なのだが、先に書いたように夕霧を生んだ後で死んでしまった。その葵の上の法事も済んだ後、四十九日まで光源氏は引き籠っていた。無聊をかこつ光源氏に対して、頭中将はいつも参上して、世間話をした。真面目なことも、また例の乱りがわしいことも話題に取り上げて光源氏を慰めたが、あの源内侍が二人の笑い話の「くさはひ」になった。光源氏は「まあ、かわいそうな。あの「祖母殿《おばおとど》」をそんなにからかわないように」と諫めるものの、いつも可笑しいと思った。「かの十六夜《いざよひ》のさやかならざりし秋の事」など、色々の秘密をお互いに洗いざらい話題にのぼせた挙句には、悲しいこの世の習いを語り合って涙をこぼしたりした。

ここに「かの十六夜のさやかならざりし秋の事」などを語り合ったとあるが、その時の相手の女性は、末摘花という女性だったと見るのが古来の注釈家の一致した解釈である。それが正しいとすれば、先に述べたようにⓑ系の⑥に出て来た末摘花の記事が⒜系の⑨の話の前提になっていることになる。それが問題なのである。

そこで光源氏が末摘花を訪れた「十六夜の」晩のことを書いた原文をよく調べてみると、それは春のおぼろ月夜の晩だったとある。すると、それを⑨葵の巻でいう「秋の事」とある本文にあてはめるのは無理である。その無理をつくろうために、「秋の事」とある本文は「春の事」の誤記だろうと主張する研究者もいる。しかし「秋」と「春」とは書き間違いも、読み間違いも起りそうにない。古写本にも「春」とか「はる」という本文は一つもない。だから⑨葵の巻の頭中将と光源氏との会話に出て来る「秋の事」とは、末摘花のことを指しているとは考えがたい。古来の注釈家は思いちがいをした疑いがある。

ではその「秋の事」とは誰との事件を指しているのかといえば、これは前に記した源内侍とのことを指すのだと考えられるのである。

というのは、この事件のところに、その日、夕立があったと書いてある。夕立は『源氏物語』のころより前には、秋のものだった。『万葉集』に、

夕立の雨ふるごとに春日野の尾花が上の白露思ほゆ　（巻十・二一六九）

と「夕立」と「尾花」とが一緒にあるから、夕立は古くは秋のものと知られる。しかし、『源氏物語』より後の『金葉集』には夕立は夏のものとして分類されているから、

その頃から後に夏のもの扱いに変ったわけであろう。つまり、古くは、夕立は秋のものだった。

また、源内侍との一件の記事の中に「鄂州にありけむ昔の人」という言葉がある。これは白楽天の詩を踏まえた表現なのだが、原詩は秋の夜のことを歌ったものである。そこで、この夕立のことと鄂州の詩のこととを考え合わせれば、源内侍との一件はまさに「秋の事」であり、二人が話題にしたのは末摘花のことではなく、例の源内侍の一件だったと考えられると吉岡曠氏は論じている。注

次に源内侍が登場するのは⑳朝顔巻である。源内侍はすでに七十歳を超した老尼になっていて、一見したところでは誰だか分らなかった。しかし昔に変らず好色の心を持った、歯の抜け果てた、老醜の妖気をただよわせた人物として描かれている。そして源内侍は光源氏に自分を紹介していう。

　私がこのお邸におりますことを御存知と思いましたが、人並みの人間のうちに数えても下さいませんので自分から参上いたしました。私のことを桐壺院は「祖母殿《おばおとど》」とお呼びになってお笑いになりました。

この自己紹介によって、この老尼が源内侍であると光源氏は思い出したと書いてある。つまり「祖母殿《おばおとど》」という極めて特殊な単語によって以前の人物と、眼前の人物と

が連絡したわけである。この「祖母殿」という言葉は、⑨葵の巻で頭中将が光源氏を慰問したときの会話に光源氏が使用した単語である。その特異な単語によって、前の人物とこれとが同一人であることを読者に知らせようとしているわけであろう。

作者は、わずかの巻にしか登場しない人物を同一人として連絡させるために一つの工夫を試みたのである。つまり⑦紅葉賀の巻では「言ひむかふるくさはひ(種)なるを」とある。「くさはひ」は⑨葵の巻でも使われ、源内侍が光源氏と頭中将の笑い話の「くさはひ」になったと書いてある。これは「くさはひ」という目立つ単語で⑦紅葉賀の源内侍と⑨葵の巻の源内侍とをつなごうとしているものである。それにつづいて「あの祖母殿《おばおとど》をそんなにからかってはかわいそうだ」とあるのは、すでに見たように⑳朝顔巻で源内侍自身がみずから「祖母殿」と自己紹介をしたというところと照応する。かくて、

⑦紅葉賀	くさはひ	
⑨葵	くさはひ	祖母殿
⑳朝顔		祖母殿

という連繫によって、時をへだてて登場する源内侍なる人物が同一人物であることを作者は読者に説明したのである。

⑳朝顔巻における源内侍との再会は光源氏にとっては往時を追想するよすがとなり、若かった盛りの頃に互いに挑み合い競い合っていた女御・更衣たちについての追懐、あるいは命薄く亡くなった人、願いむなしく世にさすらう人に対する感懐に光源氏をいざなう。

この源内侍という女性は、終始、老いと、色好みとをその属性として帯びて登場して来るが、原文について読んで行くと、その一面に人の世に生きる悲しさと死とを人に思わせる雰囲気をただよわしている。それは葵の上の死を機縁とする光源氏と頭中将との会話においても、また朝顔巻での再会においても明らかに見てとることのできることである。

これらを考え合わせるとき、⑨葵の巻での光源氏と頭中将との会話の中で、具体的に「みだりがはしきこと」の例となった人物は、源内侍一人であるということになる。末摘花という人物は関係がない。

かくてⓑ系の話がⓐ系の話の前提となるものは一つもなくなる。つまりⓐ系とⓑ系の区分はいよいよ明確なものとなる。

五　ⓐ系の物語

(一)　ⓐ系の仕組み——紫式部の漢学

このようにしてⓐ系ⓑ系の分離が確実であるとすると、それはどんな意味を持つのか。すでに述べたように単にⓐ系ⓑ系の執筆の順序が前と後とに分れていただけであるなら、その分離は『源氏物語』を読む上で、それほどの意味を持たない。例えば『源氏物語』をすべて短篇の集合と考えて読み味わう立場に立てば、どの巻が先に書かれたかはたいした意味はない。しかしこの長編物語の場合、ⓐ系とⓑ系とが分離されるとはそうした簡単なことではない。

ⓐ系の十七巻を通して読んでみる。次にⓑ系十六巻を通して読んでみる。このように分けて読むと、この両系の間にいくつかの顕著な相違のあることが明らかになる。

その一、ⓐ系とⓑ系との間には作品を展開させて行く手法の上で明らかな相違がある。

その二、ⓐ系を構成したときに作者が頭に描いていた主題と、ⓑ系を書き足したときの主題とは別のものである。

その三、ⓐ系の文章の作り方とⓑ系の文章の作り方の上に明瞭な相違がある。ⓑ系の文章の方が緩急、強弱のつけ方において、はるかに工夫がこらされている。ⓐ系の文章は構造が簡単である。

その四、男と女の間柄をとらえる作者の見方においてⓐ系を書いたときとⓑ系を書いたときとには相違がある。

その五、ⓐ系を書いたときとⓑ系を書いたときとでは想定した読者層が異なっている。

その他、さまざまの点でⓐ系とⓑ系とは明瞭な対照をなしていて、両者の間には、ある意味では別の作品だと言ってもよい距りがある。ところが現在の配列の順序のままに読むと、ⓐ系とⓑ系とが入り混ってしまうために、作品そのものの印象が溷濁《こんだく》し不明になる。

その溷濁した受け取り方を避けるためには、ⓐ系とⓑ系とを一度明確に分離して、二つの作品が混在しているのだということを認識する必要がある。そうした行き方が

『源氏物語』を正確に理解する上で必要である。だから、ⓐ系とⓑ系とを分離することが大事だと私は考えている。

ではⓐ系とⓑ系との相違をまず第一に制作の手法の上から見て行こう。

ⓐ系のうち①桐壺には光源氏の誕生前から光源氏十二歳までが書かれているが、これは発端として一応別にする。そしてⓐ系の第二番目にあたる⑤若紫以下を順次読んで行くと、一つの顕著な事実が目に入る。それは年と月とが物語の進行の標識として本文の中に順序よく正確に記述されていることである。一覧してみよう。

⑤若紫（光源氏十八歳）　○三月のつごもり　○七月になりてぞ　○秋の末つ方
　○十月に

⑦紅葉賀　○十月の十日あまり
（十九歳）　○朝拝（一月一日）　○二月十余日　○四月に　○七月にぞ

⑧花宴（二十歳）　○二月二十日あまり　○三月の二十余日
（二十一歳）　（桐壺帝退位。記事なし）

⑨葵（二十二歳）　○祭のほど（四月）　○八月二十余日　○しぐれ打ちして
（二十三歳）　○年もかへりぬ

⑩賢木　○九月七日ばかり　○〔九月〕十六日　○十月になりては　○十

二月の二十日なれば

(二十四歳)　○年かへりぬれど　○二月に　○秋の野の　○十二月十余日ばかり

⑪花散里《はなちるさと》　(二十五歳)　○年もかはりぬれば　○司召の頃(一月)　○夏の雨

○〔五月〕二十日の月

⑫須磨(二十六歳)　○三月二十日あまりのほど　○長雨の頃　○今宵は十五夜(八月十五日)　○冬になりて

⑬明石　(二十七歳)　○年かへりて　○二月二十日あまり　○三月一日に

○〔三月〕十三日に　○四月になりぬ　○三月十三日(回想の記事)

○〔八月〕十三日の月

⑭澪標《みをつくし》　(二十八歳)　○年かはりぬ　○七月二十余日　○〔八月〕十五夜の月

○十月

(二十九歳)　○あくる年の二月に　○三月一日　○五月五日　○八月に

○雪みぞれ

(三十歳)　(記事なし。ただし明石姫君の年から、ここに一年あることが分る)

⑰絵合(三十一歳)　○三月の十日

⑱松風　　　　　　　○秋の頃ほひ　○十二月にも

⑲薄雲　（三十二歳）　○冬になり行く　○年もかへりぬ　○三月には　○秋の司召に

⑳朝顔　　　　　　　○九月に　○雪うち散りて

㉑少女（三十三歳）　○年かはりて　○時雨うちして　○五節奉り（十一月）　○年の暮には

　　（三十四歳）　○〔一月〕一日にも　○二月の二十日あまり　○秋の司召に

　　（三十五歳）　○年かへりては　○八月にぞ　○九月になれば　○十月になん

　　（この間三年経過）

㉜梅枝（三十九歳）　○正月のつごもり　○二月の十日　○〔二月〕二十余日

㉝藤裏葉　　　　　○三月二十日　○〔四月〕七日　○十月の二十日あまりのほど

このようにⓐ系において作者は年月の進行を記載すること極めて忠実であり、年または月の改まるところを文章の段落としている場合も多い。それはちょっと見ただけでは分らない場合もあるが、年月は秩序をもって進み、年月の逆行した記述はわずかに一度、明石巻での回想の部分に現われるだけである。これに対してⓑ系の前半は、そうした年月の進行に依存した書き方をしていない。

紫式部がⓐ系をこの形式によって書いて行った背後には、彼女の意識の中におそらく一つの手本があったろう。それは当時の紀伝道で必修の教科書とされていた『史記』『漢書』『後漢書』の「本紀《ほんぎ》」の書き方である。「本紀」とはひとりの皇帝ごとに、年月を追って戦争・事件・天変地異など、その皇帝の事蹟を記載して行く部分で、その記述には一つの型がある。今、『史記』の孝文帝の本紀第十の一部分を見本として挙げて見る。

孝文皇帝元年十月庚戌、徙《シ》シテ故ノ琅邪王沢ヲ立テテ燕王ト為ス。……

十二月、上曰ク、法ハ治ノ正ナリ。……

〔二年〕正月、有司言シテ曰ク、……

三月、有司皇后ヲ立テンコトヲ乞フ。……

二年　十月、丞相平卒ス。復タ絳侯勃ヲ以テ丞相ト為ス。……

十一月晦、日之ヲ食スル有リ。……

十二月、望、日又食ス。……

〔三年〕正月、上曰ク、農ハ天下ノ本ナリ。……

三月、有司皇子ヲ立テテ諸侯王ト為サンコトヲ請フ。……

九月、初メテ郡国ノ守相ノ与《タメ》ニ銅虎符、竹使符ヲ為《ツク》ル。……

三年　十月丁酉晦、日之ヲ食スル有リ。

十一月、上曰ク、前日計リテ列侯ヲ遣リテ国ニ之《ユ》カシム。……

〔四年〕四月、城陽王章薨ズ。……

五月、匈奴北地ニ入リ、河南ニ居リテ寇《アタ》ヲ為ス。

鎌倉時代以後の古い注釈書が指摘するとおり、この記述の方式は全く『源氏物語』のⓐ系の進行のさせ方と同一である。『史記』の本紀は巻によってはこれほどに月を追う記述をせずに年単位で話が進むこともある。しかしともかくも皇帝の事蹟について年月を追って記述し、それを「本紀」とするのは『史記』以下の中国の史書の叙述の基本形式である。

光源氏は親王にはされなかった。また帝にもならなかった。だが、㉝藤裏葉において「準太上天皇」という取扱いを受ける。これは①桐壺に書かれた予言の実現であるから、作者は最初からこれを予定していたはずである。作者は天皇に準ずる地位につくその人物を皇帝と同等に扱い、その人物の一代記を、『史記』などの皇帝の事蹟の記述の方式に倣い、「本紀」に似せた体裁をとって書き進めたものと考えられる。

『源氏物語』のⓐ系はこのように年代記の体裁をとった、長い年月にわたる物語であるのに、作者は光源氏の年齢について極めてわずかしか本文の中に記していない。

㉝藤裏葉で「明けむ年四十になり給ふ」とあることと、①桐壺巻で十二歳で元服したという記事があるだけである。従って何気なくこの物語を読み進むものは、光源氏がその巻で何歳であったかを容易に知ることはできない。しかしⓐ系のそれぞれの巻での年月の進行を忠実にたどり、㉝藤裏葉において三十九歳であると位置づけると、逆算して光源氏は⑤若紫において十八歳と設定されており、その後は年齢が着々と進むことを確実に跡づけ得る。

作者は「光源氏年表」ともいうべき表を机上に置き、この時には何歳何か月とこまかく当てはめながらⓐ系を書き進めたと思われるような進め方である。ある巻では作者は筆をとどめて詳細に人の動きを描写し、人の世の有様や愛情のやりとりなどが記してある。またあるところでは極めて粗く筆をはこんで先に進む。しかしⓐ系はその「光源氏年表」を絶えず参看し、全体としては列車を時刻表に合わせて運行させるように話を進めている。

紫式部がこうした「本紀」の形式に従ってⓐ系を書いて行った背後には、並み並みでない漢学の素養があった。そこで、当時の学問一般のことに少し触れておくことにしたい。

当時、学問といえば、女の学問と男の学問とでは違っていた。

宮廷や大臣家での娘たちの学問は和歌であった。藤原師尹《もろただ》は娘に向かって、

第一に　仮名の習字

第二に　琴《きん》の演奏

第三に　『古今集』二十巻の暗誦

を奨めている。その娘、宣耀殿の女御は村上天皇の数多くの質問に対して『古今集』の歌の数々を一句も誤またずに答えたので、近来このような人はいないだろうと噂されたと清少納言が書いている。

『古今集』の暗誦は、当時の宮廷の女の教養として極めて重要であった。『古今集』の暗誦ばかりでなく、和歌のやりとりは今日の手紙のやりとりにまさる価値があった。和歌で上手に返事ができるか否かが、その人の能力の大きさ、心の深さ、機敏さなどを示す指標だった。そうした位置にあった和歌の一つ一つの作品の由来を語るのが「歌語り」であり、そこから『大和物語』のような作品が生まれて来た。一つの歌が語り継がれると、次にはそれの作歌事情が知りたくなる。その事情を聞いて人々は歌をよりよく理解する。その行き方の中から『伊勢物語』が作り出された。つまり在原業平の歌を中心としてその作歌事情を語るところから、古い時代の『伊勢物語』が作られた。和歌は日常生活の上でも必要な教養であったし、文学の上でも歌物語の素材

となり、重要な役割を果したことはよく知られている。

しかし男にとっては学問と言えば漢学であった。

奈良時代に日本に大学が設けられたとき学問の中心は儒学にあった。だが時代の進みのうちにこの政治哲学から史学、文学が独立し、ことに史学が学問として重んじられるようになってきた。日本では、儒学つまり抽象的な政治道徳の学問よりも具体的な歴史への関心が強く、文学も次第に重んじられるようになったのだった。そうした関心にこたえるように、大学の中に三史(『史記』『漢書』『後漢書』)と『文選』とを必修とし『晋書』の講義が併せて行われる「紀伝道」が確立された。紀伝とは「本紀」と「列伝」とを扱う学科の意である。「本紀」とはすでに述べたように、皇帝の事蹟を記す巻であり、「列伝」とは人臣の伝記を列ねた記録である。貴族の子弟も紀伝道で学ぶようになり(光源氏の子、夕霧がそこで学んだことは、『源氏物語』の中に語られている)、この紀伝道出身の学者からは大学寮の長官である大学頭となる者も現われ、菅原道真のように大臣に登るものさえ出た。当時、大学とか学問とかいえば一般には紀伝道を指すことが多いくらいだった。

こうした漢学は男子のするところで、女はしないのが一般であった。だから、女は仮名と易しい漢字しか書くことが出来ず、男の家集を書写するときにも、題詞などが難しい漢字で書いてあればそこは空けておき、後で男に書き入れてもらっている。少し後の例であるが例えば源実朝の『金槐集』を写した際に、それを受け持った「家の少女」は難しい漢字による題詞の部分は書かず、後で藤原定家が書き入れている。そうした一般の情況にもかかわらず、紫式部は広く漢籍に通じていた。

私はここで藤原定家の『源氏物語奥入《おくいり》』を用いて紫式部の漢学がどの程度のものであったかについて述べてみようと思う。『源氏物語奥入』とは定家の所持した『源氏物語』の写本の奥に書き込んだ注を集めたもので、『源氏物語』の注釈書としては最も古いものの一つである。そこには注といっても考証の類が多い。『源氏物語』の中の、日本の古い歌集、または漢籍、あるいは仏書に出典を持つ語句のうち、藤原定家や藤原伊行《これゆき》が気づいたものが挙げてある。

『奥入』は枡形本百二十枚程度の小さい本であるが、その中での出典のあげ方を示してみよう。『源氏物語』帚木の巻に「まどのうちなるほどは」という句がある。それについて『奥入』には、

まどのうちなるほどは

長恨歌

楊家有《ニリ》レ女初《テ》長成《セリ》　養《ハレテ》在《レバ》二深窓《ニ》一人未《ダ》レ識《ラズ》

と書いてある。[注]つまり先の『源氏物語』の本文「まどのうちなるほどは」を読んだとき、伊行や定家はそれが「長恨歌」の一句を踏まえた表現だとすぐに気がついた。そこでその詩の該当部分を注したのである。また②帚木巻の「ふたつ《二》のみち《道》うたふ《歌》をき《聴》け」という句に対しては、三十句からなる『白氏文集《はくしもんじゅう》』の原詩を書きつらねている。

　ふたつのみちうたふをきけ
　　文集　秦中吟
　天下ニ無シ二正声《セイセイ》一　悦ヨロコバシムルヲレ耳ヲ即チ為スレ娯タノシビト　〔以下略〕

この注は、『源氏物語』の「ふたつのみちうたふをきけ」という句を見たとき、これが、『白氏文集』の「秦中吟」に拠っていることに気付き、その詩を実際に三十句にわたって書いたものである。こうした漢籍に関する注の個数はその小冊子の中で約五十に及んでいるが、引用された文献の種類を挙げると次のようなものである。

長恨歌。長恨歌伝。白氏文集。文選。史記。漢書。晋書。毛詩。蒙求。古文孝経。遊仙窟。楽府。

この中で「長恨歌」『白氏文集』『史記』はそれぞれ十回以上にわたって挙げられている。中にはただ一度しか挙げられていないものもあるが、『白氏文集』の度数が極めて多いのは、紫式部の時代には日本で『白氏文集』が非常に愛好されていたことから見て当然であろう。それを別とすると、この書名の中には『文選』『史記』『漢書』『晋書』という大部の書物が含まれており、使われている度数も多い。前述のようにこれらは当時の大学寮の紀伝道で必修の古典とされていたものである。

漢籍に暗い私などは『源氏物語』を通読するときに、その語句が漢籍のどの作品のどこの部分を底に敷いた表現であるのかを個々に指摘することなどは到底できない。しかし漢籍の学習が当然の常識であった平安・鎌倉時代の学者、藤原伊行・定家らは、『源氏物語』を読み進む際に、そのヤマトコトバの表現の下地に漢籍の語句が透かし彫りに入れてあるのを見てとることができた。紫式部は清少納言が得意がったようなあらわな学識のひけらかしはあまりしなかったのだが、漢文の知識を具えた人々が『源氏物語』の文章を読むと、読み手の素養の光によって、紫式部の文章の後ろに、隠されている漢籍の彩《あや》が透けて見えたわけである。

紫式部の父親藤原為時《ためとき》は、文章生《もんじょうしょう》出身の、地方長官の階層の人物であった。為時は小国淡路国の国司の役が割り当てられたときに詩を作って天皇に哀訴し、大国越前国に任国を振りかえてもらったという。それはその前年、宋人が多数越前に漂着していたので、漢籍・漢語に明るい人物を越前国司に任命するのが適当だろうとする行政府の考慮もあったのだろうが、ともかくも漢詩による直訴によって大国の国司の職を得たということは当時有名な話であったらしい。また為時はその後も宴に侍して漢詩を作ったりしている。そうした学者である父親に漢籍を習った弟惟規《のぶのり》よりも、脇で聴いていた紫式部の方が訓み方を正確に覚えたという。それは彼女が『紫式部日記』にみずから書いていることである。

彼女の学習は、単に一、二の漢籍にとどまるものではなかった。彼女は中宮彰子に白楽天の「楽府《がふ》」二巻を講義している。だから彼女は紀伝道の学生が学ぶ課程を、おそらく彼女の父親からことごとく履修し終わっていた。そうした卓越した力を持つ紫式部であったから、「本紀」の形式に倣って光源氏の一代記を書いてみようと構想したわけであろう。

この「本紀」を手本とする書き進め方は、当時紀伝道で漢文の勉強をした官僚や、上層貴族の若者たちが『源氏物語』を手にしたとき、すぐさま気付いたことに相違ない。「この物語は三史の本紀の叙述の仕方に範を取っている」ということは一つの新しい興味を男たちに喚起したことだろう。これは『源氏物語』が流布する上で大きな力となったことであると思う。

本来、「物語」という文学の形式は、当時の貴族社会では、女・子供のなぐさみのためのものにすぎなかった。女手《おんなで》(平仮名)はその名のように女性用文字として発達して来たのだが、それを使って作品としての「日記」を書いたのは周知のように『土左日記』が最初であった。これによって散文による文章を作品化する道が開かれ、『竹取物語』とか『宇津保物語』とかが、女・子供のための読み物として制作された。

誰かがそれを読み上げると、女・子供は集まってそれを聴いた。もっぱら口伝えによる昔話の伝承を聴くばかりだった女性や子供にとって、文字を媒介とする創作の読み上げは、新鮮な興味を呼び起した。場合によってはその読み上げの場面に応じた絵が用意された。未知の世界を具象化したそれらの絵は、鮮明な印象を聴き手に与えた。しかしそれらは、はじめのうち、一人前の男子が正面から相手にするものとはされなかったものである。

この事情は、朝鮮で李朝時代(一五世紀)にハングル(朝鮮文字)が創作されたときと酷似している。漢文第一の男子はハングルの使用を喜ばず、ハングルは女が用い、口語体の物語を書くのに使われて女や子供が集まってその読み上げを聴いたという。

そうした物語が創作され始めたときには古い口誦の説話が主題として選ばれ、それを底に敷いた文字作品が創られた。それが「作り物語」というジャンルだった。

(二) ⓐ系は「致富譚」である

私はまず作者がⓐ系を書き進めた際の手法について述べた。このような手法を基本として作者は何を書いたのか。「本紀」ならば出来事を年月の順に並べればよいかもしれない。しかし『源氏物語』は、物語として一つの筋を持つはずである。その筋は何かに拠って構想されたのかどうか。それを考えるには、物語の筋の動きを一通り心得る必要がある。それもⓐ系だけをたどるとすれば、現在の順序から例えば②帚木、③空蟬、④夕顔、⑥末摘花という巻などを抜き去って読むことになる。

すでに『源氏物語』を読んだことのある方々にとっては、こうした筋の紹介など全く不要なのであるが、まだ『源氏物語』を読んでいない、あるいは特定の巻しか読んでいない方々のためにこれを記しておこうと思う。およその筋も分らなくてはこれからの話がつかみどころがなくなるかもしれないという、あるいは不要な配慮である。

ⓐ系は全体としては、桐壺帝の寵愛をうけた更衣が美貌多才な皇子を生むところに始まり、更衣の死、皇子の結婚へと展開して行き、その皇子が準太上天皇という高位に達して、翌年は四十歳の賀を迎えるまでを編年の体で追った年代記である。

光源氏は美貌ならぶものなく、漢学、和歌、書道、絵画、音楽、舞踏といったあらゆる技芸に人を超えた資質を授かっていた。⑦紅葉賀《もみぢのが》の巻で光源氏は青海波《せいがいは》を舞うが、その見事さは相手方をして「うたてゆゆし」と言わしめた。「ゆゆし」とは、神聖にして人が手を触れてはならぬという意味であり、穢《けが》れについても使い、畏怖すべく触れてはならぬ威力を持つという意味である。神聖であれ穢れであれ、「ゆゆし」は恐るべき力のはたらく神秘的な状態をいう。「うたて」とは事態が異様で人力ではとどめ得ないほどにその度合いが甚しいことである。「うたてゆゆし」という状態はただ光源氏の舞踏の見事さに限っていわれるものではなく、その賦与されたあらゆる資性にあてはまった。作者はそうした全能の子として光源氏をⓐ系の主役に任じた。

この子供は三歳のとき母を失う。それで光源氏の心の奥の奥には、母に逢いたい、母に甘えたい、母のやわらかな胸にやさしく抱かれてあやしてもらいたいという無意識の願望が深く根づいた。それは男なら誰しもいだく思いであるが、光源氏のように早く母親をなくした場合には、一層深刻な影をその行動の上に投げたのだった。光源氏は長ずるに及んで女人を見るたびごとに、この人は、幻のうちに求める母のように自分をいつくしんで優しく抱きしめてくれるだろうか、しなやかに自分をいたわり、自分を甘えさせ、自分のすべてを受け入れてくれるだろうかと、まず意識する存在であったといえる。作者はそれを光源氏の「例の御癖《おんくせ》」と言っている。光源氏がどの女性に対しても母を求める幻影をえがき、人々が予想もしないような女性に対してすら深い関心を寄せることを、女である語り手の立場では宜しからざる「癖」と把えたわけである。

光源氏は十二歳で元服し、左大臣家の姫君葵の上と正式に結婚したが、葵の上は年が光源氏より四つ上で万事につけて「うるはしき」人柄だった。現代語「うるわしい」は美麗であるの意であるが、当時は「礼儀正しい、折目正しい」という色彩が濃く、「固苦しい」という意味も持っていた。光源氏はこの格式ばっていて甘い情味に欠ける葵の上に心からなじむことはできなかった。この満たされない思いが光源氏の、亡き母の影をよその女人に求める習性の一つの基底になった。光源氏の女人遍歴は当時の婚姻の習俗においては自然な行動であったともいえるが、最初の女性が固苦しいばかりで豊かな情愛に乏しい女性であったことが大きくかかわっている。

光源氏の父桐壺帝は、亡き最愛の更衣に似ると伝え聞いて藤壺を女御に迎え、ようやく心静まる様子であった。幼少の光源氏は藤壺が母に似るということからそれを慕い、その局《つぼね》に入りびたった。そして後年、光源氏はついに藤壺に近づく機会を持つに至る。藤壺は源氏の子を宿し、男子を出産した(後の冷泉帝)。皇子は光源氏に生き写しで、光源氏と藤壺とはその罪におののいたが桐壺帝はその事情に気づかなかった。

光源氏は一方、学芸・趣味について、やはり人並みならぬ有能さを発揮し、すぐれた嗜好を持つ人にひかれるのだった。亡くなった東宮の妃、六条御息所《ろくじょうのみやすんどころ》は一人の娘と共に東宮におくれ、空閨をかこつ身であったが、趣味高く学芸に達した雰囲気をただよわすこの未亡人を弔問するうちに、光源氏は深い仲になって行った。しかしやがて夜離《よが》れが重なる。六条御息所は年下の源氏を求める焦燥と離れなければと思う気位の高さとの交錯に苦しみ、その執着は怨念の色を濃くする。それは本人も気づかぬうちに生霊となって現われ、出産になやむ葵の上にとりつき、ついて離れずこれを苦しめた。葵の上の死後、六条御息所は一人娘が伊勢の斎宮に卜定されて都を去るにあたり、意を決して同行し、光源氏から離れて行く。が、心は源氏に執していた。

一途に思いながらも思うままに藤壺に接近できない光源氏は、病気平癒の祈禱をうけに訪れた北山で一人の少女を見つける。それは藤壺の血筋につらなり、母の面影にかようという藤壺に似る少女だった。母を亡くして祖母に養われている、年の行かないその少女を光源氏は藤壺の代りとしたいと、さらって来て自分の家に「するゑ」た。後に紫の上といわれるこの少女は優しく、行き届いた心づかいがあり、教えられる技芸をよく飲みこむ素直な人柄だった。藤壺の代りとして育てたこの娘は葵の上の死後に源氏と新枕《にいまくら》をかわし、北の方の扱いをうけて、長く光源氏に添って行く。しかし紫の上にはついに子供が生まれなかった。

藤壺の生んだ男子は光源氏と瓜二つであった。その皇子を帝は喜んで光源氏に抱かせた。藤壺は皇后に立ち、源氏は参議へと昇進した。しかし桐壺帝は退位して朱雀帝が位につくと、政界の主導権は朱雀帝を生んだ弘徽殿の女御の父、右大臣側に移り、左大臣家につらなる源氏には政情は不利に展開した。源氏との危険な関係を絶ち、わが子である東宮の、政界での位置を無事に保ちたいと慮った藤壺は出家を断行する。

一方では光源氏は以前からなじんでいた尚侍朧月夜《おぼろづくよ》との密会を重ねていた。朧月夜は、右大臣家の出である大后の妹であり朱雀帝の寵を得ていた。二人の密会は右大臣に発見される。これは以前から源氏をこころよく見なかった右大臣方の人々、ことに大后に源氏攻撃の手がかりを与えた。朱雀帝に対する謀反の心があると讒言され、光源氏は官位を剝奪された。源氏は須磨に退去して浜辺の陋屋に蟄居する。

暴風雨に見舞われた光源氏は夢のお告げによって明石に難を避ける。明石には明石入道という国守が娘の栄達を期待していた。光源氏はその娘(明石の上)に逢い、はるか都の紫の上に対するうしろめたさを感じながらその娘に通う。明石の上は周到な心を持ったそして忍耐強い女だった。明石の上は後に女児を出産する。——(これがさらに後に今上帝の后に立つことになる。）

その頃都では朱雀帝は眼を病み、右大臣は死に、凶事が続く。天意の已れを去ったことを感じた朱雀帝は退位を決意し冷泉帝に位をゆずる。その後見として都に呼び戻された光源氏は官位を復して翌年内大臣に進み、実のわが子に対して臣下として日夜仕えることになる。冷泉帝は光源氏が自らの実の親であることを偶然の機会に知り、源氏を準太上天皇の位につける。光源氏は立派な六条院を造営し、関係ある女性たちをそこへ住まわせる。

これがⓐ系の物語の大筋であるが、それは結局何を書こうとしたものなのであろうか。

私はここで「物語の出で来はじめの祖《おや》」である『竹取物語』と民話との関係を顧みることとしたい。いうまでもなく『竹取物語』の最初の部分は竹取の翁の伝説と密接な関係がある。中心部にあたる求婚譚はいわゆる「難題婿」の説話の変形という体裁をなしている。「難題婿」の話ならば、難題の解決を課せられた婿が求婚の相手の女性の智慧ある助力を得て、めでたく結婚して終わるが、『竹取物語』では男たちは難題を真実に解決できずに求婚に失敗することで終わっている。[注]最後の部分のかぐや姫の昇天の話は、白鳥処女説話とか羽衣《はごろも》伝説とかを踏まえて、それの変形であるという解釈が行われている。つまり『竹取物語』は、竹取の翁の話と難題婿の話と白鳥処女説話という三つの民話を底に敷いて、その連結の上に構築されている。勿論、『竹取物語』は文字で書かれた作品であるから、漢文訓読体の文体、あるいは漢字による記録体の文体を取り込んでおり、それは学者としての知識を持たずには書けないような、文字の作品になりおおせている。しかし、女手による初期の作り物語は、このように民話を下敷にしてそれを精密な文字作品へと構築し、仕上げて行ったものであった。

そのような観点に立って『源氏物語』を見るならば、ここにもまた民話の一型が取り入れられていることは、既に多くの人が指摘している。それは「貴種流離譚」と呼ばれる一つの類型の存在である。「貴種流離譚」とは、英雄が真の英雄になるためには途中で苦難に遭遇し、各地をさすらう時期を持つという話の類型をいうもので、光源氏が須磨に退去する事件が「流離」に当るという。たしかにそれは言いうることである。しかしそれは『源氏物語』の中のほんの一部分における類似にすぎない。そのことだけをあまり重く視ることはできないと私は思う。

私はここでⓐ系の話全体の筋立てが、「貴種流離譚」とは別の一つの民話に基礎を持っているということを述べてみたいと思う。というのは、ⓐ系の話は、全体を見渡すと予告の実現という大筋を持っている。光源氏は最後には準太上天皇という高位に至り、壮麗な六条院を建造して、関係する女性をそこに住まわせるという大団円に至るが、それは桐壺巻での人相見、占者の予言の成就である。このような予言の究極的な実現という類型を民話に求めるとき、そこにわれわれは「致富譚」という一型のあることを見出すのである。

民話における「致富譚」とは何かといえば、登場する主人公が最後には巨富を得るという話である。その「致富譚」の大切な点は、最後の「致富」が、最初に人相見・占者・易者の言葉、あるいは神のお告げ、または夢見によって予告・予言された通りに実現することである。そのように予言・夢見の通りに最後に巨大な富を獲得するのが「致富譚」の型である。今、その一例である炭焼長者の話のあら筋を紹介してみよう。

昔、殿様が一人の娘を持っていた。仕合せを神様に祈ったところ、炭焼五郎の妻になれというお告げがあった。炭焼五郎は貧しい不遇な者にすぎなかったのだが、殿様の娘はそのみすぼらしい炭焼五郎の家に行き、その妻となった。その後、五郎の家の床に敷いてある蓆《むしろ》の合わせ目を見ると下からぴかぴか光が射していたので、蓆をめくって見ると、この家の床木は皆、黄金の延べ棒でできているのだった。驚いてこの床木は何処から持って来たのかときくと、炭焼五郎は、こんなものは炭を焼くと七壺かまからたくさん出るという。そこで行ってみると、黄金は山のように積んであったので、炭焼五郎夫婦は日本一の大金持になった。

（鹿児島県喜界島の民話）

橋の下で拾って来た樽から酒が湧いて来て何年たっても涸《か》れなかったとか、芋掘りに行って大きな千両箱を掘りあてたとか、または「わらしべ長者」の話など、民衆の巨富を求める気持に支持される「致富譚」に属する昔話は、関敬吾氏の編する『日本昔話集成』にはおよそ三〇〇篇ほど採集・記録されているが、右の話を一見した読者は、こんな縁もゆかりもない単純な話が、あの華麗豊富で鋭敏微妙な感覚に満ちた『源氏物語』のⓐ系と何の関係があるかといぶかしく思うかもしれない。しかし喜界島の炭焼五郎の話を分析すると次のことが判明する。

(イ) 神のお告げによって結婚の相手が決められたこと。

(ロ) 神のお告げの通りにすると、何でもないものが金の棒になったこと。

(ハ) その結果、日本一の大金持になったこと。

この例にならって数多くの「致富譚」を分析すると、一貫して次の事実がある。

(イ) 神のお告げ、神の命令、人相見・占者・易者の見立て、夢のお告げなどによって将来が予告される。

(ロ)　成行きとして、その予告が実現し、主人公は大金持、物持ちになる。

これが「致富譚」の基本的な型である。夢見などは致富譚以外では強い力を発揮しない。してみればⓐ系の筋立ては、まさしくその類型に属する。それを実際に検証してみよう。

先に書いたことだが、高麗式・日本式の人相見、インド式の占星者は光源氏の将来を「天皇の位にはつかないが臣下でもない者になる」と予言した。それが㉝藤裏葉《ふぢのうらば》で実現する。作者は準太上天皇という意想外の地位を用意していた。のみならず光源氏は六条院を経営し多くの女性をそこに「すゑ」る。まさに致富である。

第二の予言として⑭澪標《みをつくし》の巻に「御子三人、帝、后必ず並びて生まれたまふべし」という星占いの言葉がある。藤壺との密通によって生まれた男子は(冷泉)帝への道を進む。官位の剝奪にともなう須磨への退去も結局はそこでの明石の上との出会いをもたらし、明石の上に女児が生まれる。これが後に今上帝の后となる。葵の上から生まれた夕霧は「中の劣り」ではあるが臣下としての栄達の道を歩んだ。作者はそのように設定したのである。

「致富譚」においては、人相見や星占いだけでなく、夢見で予告の行われることもある。

暴風雨による落雷の後、光源氏が須磨から明石へ移ったのは夢に現われた故桐壺帝の導きであった。明石入道は夢見の啓示によって舟を出して光源氏を迎え入れた。その嵐の夜に桐壺帝は都の朱雀帝の夢にも現われ、機嫌悪しく朱雀帝を睨みすえた。それがもとで朱雀帝は光源氏の召還を決意している。また、明石の上の誕生に際しては明石入道は須弥山を右手にささげ、山の左と右から月光、日光が照らす夢を見た。右は女を意味し、左は男を意味し、最高の山である須弥山からその光がさすとは、子孫から中宮と東宮が生まれると解釈される夢であった。明石入道はこの夢とともに授けられた娘、つまり明石の上の一生を成功させるために、播磨の国司に転じて夢の成就への道を歩んだ。その結果、夢の予告が実現した。

このように明石巻関係の事件では、光源氏も朱雀帝も、また明石の国守の一族も夢によって行動を決定し、かつそれを実行している。

以上のようにⓐ系では予言や夢が進行の上で重大な役割を演じ、その予告が最終的に実現し、結果として最高の繁栄に至りつくというのが筋書である。これは根本において「致富譚」の類型に全く合致する話である。つまり、作者は口承されていた民話の「致富譚」の型を採ってⓐ系の文字文学を構成する土台としたといえよう。

このように予言の実現が物語全体の主導性を持ち、不可能を超えてそれが具体化される物語とは、いわゆるロマンティックな物語である。ロマンティックな物語とは、筋立てにおいて日常性の平凡から脱している物語である。その空想を約束として承認すれば、その展開は楽しく美しく、人間に活力と生きる喜びとを与える。それは見方によれば荒唐無稽なことでもある。ⓐ系は根本的な仕組みにおいてそうなっている。

こうした性格を持つ物語では、筋立ての無理を苦にしない。すでに述べたことであるが、それは設定として許される。東宮の妃にと望まれた娘であるのに、それを辞退して光源氏を婿に取るとか(葵の上)、親が大臣の位を保っていたのに国守として地方に隠棲して、しかも自分の娘が位の高い人間に逢うことを求める(明石入道)など、日常性の世界では矛盾である。また、第二夫人が生んだ姫君を第一夫人が引き取るとき、

稚児をわりなうらうたきものにしたまふ御心なれば、得て抱きかしづかばやと思す。(松風)

(幼な子を無性に可愛いものと思う御気性であったから、その稚児を引き取って、抱き育てたいものだとお思いになった。)

とあるが、第二夫人の生んだ娘を、子のない第一夫人が、本心から喜んで抱きたいと思うであろうか。おそらく心の奥底の不快がいつも胸の中をめぐるはずである。作者がこのように第一夫人の行為を描くところに人間の心のこまかい真実に対する配慮は

欠けている。しかしこうしたことはⓐ系全体がロマンティックであるという設定として見すごされるべきことなのである。

(三)『源氏物語』の表現

以上述べたようにⓐ系は「致富譚」の類型に属する主題を持つが、それは口づたえの話としてではなく、文字作品として制作されたのである。従って文字作品としてⓐ系はどのような表現上の特徴を持つものであるかについて述べることとしよう。

ⓐ系という考えはⓑ系との分離を念頭に置いてはじめて成立する考えであるから、ⓐ系の表現の特徴はⓑ系との対比において取り扱うべきものである。しかし、まず全体に通じる『源氏物語』の表現の特性を、他の作者の他の作品との比較によって浮きあがらせてみよう。

『源氏物語』を何か他の作品と比較するには、相手として『枕草子』を選ぶのが最も適当であると思う。共に女性の、女手による作品であり、ほぼ同時代の女房の筆になるからである。もっとも『枕草子』の方が先に世に広まっており、紫式部が『源氏物語』を書く際にはすでにそれを読んでいて、紫式部は明らかに『枕草子』に反撥した文章、俗な言葉でいえばあてこすった文章を『源氏物語』の中に書いている。そうした点からも『枕草子』と比較しながら『源氏物語』の表現の性格をまず論じ、その後でⓑ系以後に対するⓐ系の特徴を述べることとしようと思う。

『枕草子』と『源氏物語』の比較をするには、まず基本的に清少納言と紫式部とが属していた「女房社会」の性格の相違から述べて行くのが順序である。『紫式部日記』にも明確に書かれていることだが、宮廷・大臣家などに多くいた「女房」たちは、その属している皇后、中宮、斎院などを中心に集団をなし、それぞれの集団は自己の個性ともいうべき色彩を保っていた。彼女らはそれを自覚しており、互いに品評し合って負けじの心をあらわに見せていた。

清少納言が仕えていた定子皇后の周囲では、軽快で気転のきくすばやい反応が愛好されていただろう。それに対して紫式部が働いていた彰子中宮の方は、しっとりとした空気がただよっていたに相違ない。『枕草子』に取り上げられている定子皇后の周辺の話題は明るくはずんだものが多い上に、漢文や古典の教養が日常のこととして会話にのぼり、『白氏文集』の語句などが、言葉のやりとりの素材として使われることが多かったように見える。一方『紫式部日記』によると、紫式部は、人目を避けて中宮彰子に「楽府《がふ》」の講義をしたとある。そのことを書いている紫式部の筆づかいでは、あたかも彼女の学識を他人に見せないための用心をしたかのように読み取れるが、これは、中宮彰子が一条帝との接触において漢文の素養の必要を痛感して、その結果、学習を紫式部に求めたものなのだろうと思う。一条帝の文芸趣味は定子との間では互いに映発していたので、定子皇后の後を襲う彰子は定子の周辺に対抗する必要上、漢籍の教養を身につけるべく、紫式部からの学習を秘匿したかったのだと見るべきではないかと推量される。

また、『枕草子』の著者の美意識と紫式部の美意識との間にも気質的、本来的な相違があった。一方が才気煥発を愛すれば一方は行き届いた周到な心づかいを大切にする。『枕草子』と『源氏物語』の文章の上にもそれは顕著に現われている。『枕草子』は歯切れのよい短い文章をたたみかける。『源氏物語』はそれに比して長い文章を連ねて容易に判断を下さない。紫式部はⓐ系執筆の当時まだ中宮彰子の許に出仕してはいなかったのだろうと思われるが、趣味として清少納言の文章や言動に賛同し得ないものを感じていたのだろう。彼女は、『源氏物語』の登場人物である光源氏をして『枕草子』を論評させ、清少納言をいささか揶揄している。

> 雪のいたう降り積りたる上に今も散りつつ、松と竹のけぢめをかしう見ゆる夕暮に、人の御かたちも光まさりて見ゆ。「時々につけても人の心をうつすめる花、

紅葉の盛りよりも、冬の夜の澄める月に、雪の光り合ひたる空こそ、あやしう色なきものの身にしみて、この世の外のことまで思ひ流され、おもしろさもあはれさも残らぬをりなれ、すさまじき例《ためし》に言ひおきけむ人の心浅さよ」とて、御簾《みす》巻き上げさせ給ふ。　（朝顔）

（雪が厚く降り積もった上に、今も降りつづけて、雪を負う松と竹の形の違いが面白く思われる夕暮に、話相手の紫の上の顔立ちも輝きがまさって見える。〔光源氏〕「その折々に人が心を奪われる桜や紅葉の華々しい盛りよりも、冬の夜の澄みわたる月に、地上の雪が映える冬の夜空の景色の方が、花やかな色彩こそ無いけれど身にしみて美しい。それを見ると胸の内にはおのずから来世までが観ぜられ、明るさもしめやかな美しさも残すなく感じ得られる折なのに、それを、すさまじいもの、非情なものの代表に挙げたとかいう人の、何と心の浅いこと」と御簾を巻き上げなされた。）

小説家の中には、不愉快な嫌な人物を小説の中に実名で登場させ、作中のいやな悪い役にふりあてて憂さをはらす人があると聞いたことがあるが、紫式部もそれに類する遊びをした。というのは、ここの「御簾巻き上げさせ給ふ」の一句を見れば、これが、『枕草子』を相手どった表現であることは誰にでも分ることであった。というのは『枕草子』の有名な一節があるからである。

雪が積って寒い日に火鉢の火をおこしていると、定子皇后が「少納言よ、香炉峰の雪いかならむ」と言われた。清少納言の胸にはすぐ「香炉峰の雪は簾をかかげて見る」という『白氏文集』の一節が浮んだ。そこで少納言は閉めきってあった部屋の御格子をあげ、御簾を高く巻きあげさせた。この知識と機智とは定子皇后の、教養を交差させて楽しむサロンでは賞讃に値する応対だった。やがてこの話は、学芸に関心ある者の間を伝わり駆けめぐった。紫式部もそれを耳にしたのだろう。彼女は技癢《ぎよう》を感じた。それで『源氏物語』の中で一矢報いようとしているわけである。(簾を巻きあげて十二月の月を見ることが後の総角《あげまき》巻にもある。紫式部にとって余程印象深いことであることが知られる。)

ここで紫式部は清少納言が「すさましきもの」(ぞっとする非情なもの)として挙げた「十二月《しはす》の月」に対して「十二月の雪の上に照る月の夜景は、花や紅葉の派手な美しさはないが、明るさもあわれさも感じられる美しいものだ」と光源氏に言わせて『枕草子』の表現を攻撃しているのである。『紫明抄』という鎌倉時代の『源氏物語』の注釈書には、「枕草子に云、すさましきもの、しはすの月よ。嫗《おうな》の化粧」と指摘してある。今日まで伝来している『枕草子』の諸本にはその一句はどこにも無い。しかしこの『紫明抄』によって、この文章が『枕草子』を相手としたものであることが判明する。また、このわずか先に「ひと年、中宮の御前に雪の山作られたりし、世に古りたる事なれど」という文章がある。これも紫式部の念頭に『枕草子』があったことを示す文章である。

十二月十日頃に降った雪で作った雪の山が一月の十日すぎまで保《も》つか保たないかを話題にして、保ってくれるだろうと期待し、それをはぐらかされた口惜しさを詳細に書きつけた清少納言の文章は、よく知られた『枕草子』の一節であり、宮廷女房の無邪気な心の表現として誰の目にも快い話である。しかし、一度それらが広く知れ渡って賞讃の対象となったとき、同じ学問好きの女たちの心に嫉妬を燃えさすこともあったに相違ない。紫式部は清少納言に対してひとこと撥ね返したさを感じていたのだろう。そこで、それに対しては「世に古りたること」(陳腐なことだ)と言っている。

このように、紫式部が対抗心を燃やしている『枕草子』と『源氏物語』との語彙の相違について少し書いておくこととしよう。これについては私は別に記したことがあるのだが、[注]『源氏物語』の言葉づかいの一端を語る事実として、看過することはできないことと思うのでそれをここに再び記すことにする。

いうまでもなく『源氏物語』と『枕草子』とは一方は物語で一方は随筆という相違はあるが、ともに宮廷及びその周辺を舞台として、ほぼ同時代に女手《おんなで》(平仮名)によって書かれた文章である。『源氏物語』は助詞・助動詞を省いて総言語量約二十万八千語で、『枕草子』は約三万三千語。『源氏物語』は『枕草子』の六倍強の言語量を持っている。『源氏物語』には約一万二千の異なった単語が使われ、『枕草子』には約五千二百の異なった単語が用いられている。したがって、『枕草子』に使われた単語は、『源氏物語』の中におよそすべてが出てくるだろうと推測されるかもしれない。ところが両者の語彙の比較を試みると、使用度数1とか2とかの、極少ししか使われない単語については、かなりの相違がある。つまり『枕草子』にありながら、『源氏物語』には一度も現われない語が相当ある。ここにその一部分を挙げてみよう。

市、卯杖《うづゑ》、えせいたじき、えせうし、えせざいはひ、えせもの、老上達部《おいかんだちめ》、おとがひ(頤)、鬼ところ、鬼わらは、鬼わらび、強盗、乞食《かたゐ》、金碗《かなまり》、厠人《かはやうど》、合子、蛙、くぐつ、蛇《くちなは》、厨女《くりやめ》、黒半臂《はんぴ》、毛抜、下品《げぼん》、御産《ごさん》、輿《こし》、釵子《さいし》、笏《しやく》、雑色、猿楽《さるがう》、猿《さる》楽言《がうごと》、舅《しうと》、姑《しうとめ》、襪《したうづ》、賤《しづ》の屋《や》、尻長、水干、袴、煤け、呪詛、説教、息災《そくさい》、卒塔《そと》婆《ば》、七夕祭、地獄絵、手長足長、寝起き顔、寝くたれ髪、花盗人、むくろごめ、嫁の君、老いばむ、押し倒す、おしへす、さくりあげ、さむがりわななき、叱る、しそこなふ、酸《す》がる、そばふ、たふれさわぐ、投げ出づ、投げ賜はす、投げ取らす、投げやる、盗み隠す、ののしりおこなひあかす、のろふ、はなひる、誹謗す、噫《ひ》る、ふみちらす、みえしらがひありく、やりすつ、わらひありく、わらひ興ず、わらひさわぐ、わらひそしる、わらひにくむ、わらひののしる、をめく

右の表には、「強盗、乞食、厠人、くぐつ、厨女、毛抜、猿楽、賤の屋、尻長、寝起き顔、寝くたれ髪」などの名詞がある。これらが下賤な生活者、あるいは下品な容姿に関する名詞であることは一目瞭然である。また、「押し倒す、おしへす、たふれさわぐ、投げ取らす、はなひる、わらひさわぐ」などの動詞がある。ここにもの騒がしい、下品な動作が集まっていることを看取することは極めて容易である。『枕草子』に出てくるこれらの語を紫式部は『源氏物語』で一度も使わなかった。偶然これらの語が現われなかったのだと考えたのでは、『源氏物語』を貫徹する作者の美意識を見逃すこととなる。作者は意識的にこれらの話題を避け、これらの動作を描出しなかった。

しかし、『源氏物語』と『枕草子』とを、形容詞とか形容動詞とかの面から見ると異なる景色が見えてくる。

たとえば、オソロシという形容詞がある。これは誰しも使う普通の言葉である。しかし、何となくおそろしい気持をいうには、上に接頭語モノを加えてモノオソロシとする。モノという言葉は、これと限定せずに何かの存在を指す使い方をすることがあ

る。そこでこれを加えて、何となくさだかでないがおそろしいというのがモノオソロシである。紫式部は、感情を表わすオソロシとモノオソロシとを明らかに使いわけた。またオソロシの下に接尾語ゲを加えるとオソロシゲとなる。接尾語のゲは、ケという、見た様子、見た恰好を示す語の転じた形である。オソロシゲナリとは、見た所おそろしい様子であると描写する語である。また、オソロシという言葉にサを加えると、オソロシサとなり、主観的なオソロシという感情が客観的な対象として表現される。

このように『源氏物語』では、オソロシという語を基本にして、モノオソロシ、オソロシゲナリ、オソロシサという四層を区別し、情況に応じてそれを使い分けた。次にその例を挙げる。

○おそろし	○ものおそろし	○おそろしげなり	おそろしさ
○うひうひし	ものうひうひし	うひうひしげなり	うひうひしさ
○うるはし	ものうるはし	うるはしげなり	×
○きたなし	ものきたなし	○きたなげなり	×
○こころづきなし	ものこころづきなし	こころづきなげなり	×
○このまし	ものこのまし	○このましげなり	このましさ
○すさまし	ものすさまし	○すさましげなり	すさましさ
○しどけなし	ものしどけなし	しどけなげなり	×

○つつまし	ものつつまし	○つつましげなり	つつましさ
○とほし	○ものとほし	とほげなり	×
○わびし	ものわびし	○わびしげなり	わびしさ
○をかし	ものをかし	○をかしげなり	○をかしさ

右の場合はオソロシ、モノオソロシ、オソロシゲ、オソロシサの四つを区別したのであるが、オソロシゲの上にモノを加えて、さらに描写をこまかくすることも考えられる。事実『源氏物語』には、そうした単語が見出される。たとえば、ウラメシに対するモノウラメシゲのごときである。次にそうした形を持つ単語を挙げてみよう。

○うらめし	ものうらめし	うらめしげ	ものうらめしげ	うらめしさ
○うし	○ものうし	×	○ものうげ	うさ
○かなし	ものかなし	かなしげ	ものかなしげ	かなしさ
○きよし	ものきよし	○きよげ	ものきよげ	○(きよら)
○こころぼそし	ものこころぼそし	○こころぼそげ	ものこころぼそげ	こころぼそさ
○さびし	ものさびし	○さびしげ	ものさびしげ	さびしさ
○さわがし	○ものさわがし	さわがしげ	ものさわがしげ	×
○なげかし	○ものなげかし	なげかしげ	ものなげかしげ	なげかしさ
○はかなし	ものはかなし	○はかなげ	○ものはかなげ	はかなさ

○ふかし	○ものふかし	ふかげ	ものふかげ	○ふかさ
○むつかし	ものむつかし	○むつかしげ	○ものむつかしげ	むつかしさ

ここに見るように『源氏物語』の形容語は、整然と組織的に使われている。では、この形容語の使われ方を見るために、『枕草子』にも存在する語には右の表の中の語の頭に○符をつけてみよう。すると、『枕草子』には端的なウヒウヒシ、ウルハシ等はすべて見出されるが、モノ……型の語は点々としか存在しない。

もっとも、モノ……という表現は清少納言の好みに合わなかっただろうことは推測できる。というのは、当時の女性の女手の文章にはモノスという動詞が極めて多く使われるのである。モノスとは、居る、行く、来る、言う、食う、書くなど、どんな行為でも表わしうる言葉であった。モノスとは動作を明確に指すことをせず、動作を一般化し、婉曲に表現する言葉である。だから時には便所に行くことをモノスと言っている。近世の歌舞伎や洒落本で盗むとか横領するとかの意をモノスというのもその系統の使い方である。このモノスを『かげろふの日記』では二百余例、『源氏物語』では五百余例も使っているのに対し、『枕草子』には数例しか用例がない。清少納言は視覚型の人であるから、そうした朧化表現を好まず、事のさまや人の動きを個々に的確に表現した。だからモノスという動詞も、モノ……という形容詞も、ほとんど使わなかったのである。一方、見た目に……らしいという意の……ゲ型は、視覚型であった清少納言にふさわしく、モノ……型よりはやや多い。それでも『源氏物語』に使われた……ゲ型のすべてにはわたらない。さらにモノ……ゲ型の語に至ると、『枕草子』にはわずか三つあるだけである。

また、モノウラメシ、モノキヨシなどと並んで、いい加減、未熟などの意を加えるナマという接頭語を添えた形容詞が、『源氏物語』にはかなり多く使われている。この接頭語のついた形容詞は、その意味が「にくし」とか「ねたし」とか「こころづきなし」とか、不愉快な感情を表わす場合が多い。このナマ……型は『枕草子』に一例もない。

いはけなし	なまいはけなし	○うしろめたし	なまうしろめたし
けやけし	なまけやけし	○かたはらいたし	なまかたはらいたし
○こころなし	なまこころなし	○こころづきなし	なまこころづきなし
○にくし	なまにくし	こころわろし	なまこころわろし
○ねたし	なまねたし	○はしたなし	なまはしたなし
○まばゆし	なままばゆし	○ひとわろし	なまひとわろし
○ものうし	なまものうし		

また、形容詞の語幹の下にヤカ、ラカを加える造語法も『源氏物語』に多くある。『枕草子』はこれをわずかしか使っていない。

○あをし　○あをやか　○うすし　○うすらか
○たかし　○たかやか　○あらし　○あららか
○ちかし　ちかやか　○あかし　あからか
○ながし　○ながやか　かるし　○かるらか
○なごし　なごやか　○やすし　○やすらか
○はしたなし　はしたなやか　○ぬるし　ぬるらか
○ほそし　○ほそやか　○にくし　にくらか
○みにくし　みにくやか
○わかし　○わかやか
○をかし　をかしやか

本来ヤカのヤは、柔らかな感じを表わす言葉であったらしい。奈良時代の例では、ニコヤ(和)、ナゴヤ(和)、フハヤ(柔)とあり、女の体についてタワヤ腕《ガヒナ》と使っている。そこから始まって、ハナヤカ(花)、ニコヤカなどと広がったようである。ラカのラは、物の形状をそのまま表現する言葉であったらしく、ツブラ(円)、ハダラ(散)、マダラ(斑)などの例があった。そこから広まって、アサラカ(浅)、アララカ(荒)、ウスラカ

(薄)などの多くの言葉が作られた。日本の古典文学の中でこのヤカ・ラカの言葉を最も多く使ったのは『源氏物語』である。

これらの単語の中には他の文学作品の中に絶えて見えないものが少なくない。ということはこれらの単語は当時普通に誰でもが使う単語だったのではなく、紫式部がことを細かく表現するために工夫し造語したものが少なくないだろうということである。紫式部は漢籍を広く読んでいた。シナ語が強烈なあるいは的確精緻な形容語をそれこそ豊富に持っていることを彼女はよく知っていた。奈良時代以来日本の知識階層――僧侶と官人と――は、その厖大なシナ語文献を消化することに全力を尽くしていた。学習の成績の良い者は唐に派遣された。そこでまたシナ語の力を養って帰国した。しかし所詮は外国語である。発音一つをとって見ても、日本語は子音としてわずかに十三を区別していたにすぎない。しかしシナ語の中古音では標準的には四十一の子音を言い分け聞き分けていた。果たして日本人の何人の耳がそれを完全に聞き分け得ただろう。また何人の舌がそれを区別して発音できただろう。私はそれのできた人は極めて少数――ほんのひと握りの人にすぎなかっただろうと推測している。しかし眼前にある何万の文字の文献を理解することだけは可能なはずである。僧侶・官人のうち有能な人であればあるほどその学習に心血を注いだだろう。だがそれは決してヤマトコトバを豊富にするのに役立つものではなかった。人々は漢語を眼で覚え、そのまま日本語の中に持ち込み、それを書き立てることによって学識を示すわけだった。

紫式部は『源氏物語』を書くにあたって、シナ語を文章の中にそのまま導入しようとしない女手の文学の伝統に従った。彼女は母から覚えた母語をもって、母語を精練することをもって自分の物語を書こうとした。彼女は厖大な漢籍を読破していたから ヤマトコトバの語彙の不足を痛感していた。そのさまざまの面で感じていたに相違ない不足を補うべく彼女は苦心した。その一つのあらわれが先に示した形容語の組織的な細密化である。彼女は自分自身で造語することで事柄の精緻な表現をなし遂げようとした。

㈣　ⓐ系の表現

このような、個々の語についての繊細な心づかいによって、物と事とを的確に、しかしあらわな言葉は使わずに書いた物語であるから、『源氏物語』のⓐ系の中にも古来すぐれた文章として読者に強い印象を残す箇所が少なくない。

「野分立ちて、にはかに肌寒き夕暮のほど」と始まる①桐壺巻の靫負命婦のところ、あるいは伊勢に下向する六条御息所を訪れた⑩賢木《さかき》の巻の別れの場その他、あるいは「長恨歌」をふまえ、あるいは『古今集』の歌をひき、かすかな香り、ほのかな味わいをただよわせ、その背後にがっしりした漢学の教養を感じさせる言葉づかいの見事さは古来多くの読者を引きつけて来た。

しかし私はⓐ系の描写、あるいは表現の基本的性格のいくつかをここで指摘しておかなくてはならない。

それは作者がⓐ系を書く段階では天皇家、大臣家といった当時の上層の支配層に対して素朴な好意・讃歎・憧憬の念を持っていたということである。それが表現の上にあらわれていることは重く見られるべきであると思う。

例えば藤壺と光源氏との交渉は、本来なら咎められるべき性質のものである。藤壺はそれを心にかけ、また光源氏も「天の眼《まなこ》怖しく」と観じてはいる。しかし作者は全体としてその事件を、咎める視線で見てはいない。また、はじめから光源氏に距離を保ちつづけた朝顔の斎院に対する光源氏の執着についても、光源氏の斎院に語りかける様子を「愛敬もこよなし」と讃め言葉で記し、その様子を女房たちは「ところせき」まで噂して讃歎している。「ところせし」とは「居場所が狭い」ということで、あふれるほど物が満ちている、事がはなはだしいということであり、女房という位置から光源氏が賞讃の対象となっていることである。

光源氏の行動についてだけではない。その子夕霧の行動についても同じ扱いがなされている。夕霧には少年時代からの恋人雲居雁との間がうまく運ばなかった時期があった。その時、夕霧は源氏の腹心の家来である惟光《これみつ》の娘に手紙を送ったことがある（㉑少女の巻）。それに対して惟光は、この娘を宮仕えに出すよりも夕霧の思い者となるようにこれを奉ろうかと妻に語り、喜びの気持を表わしている。それは明石の上が光源氏に大切にされたように自分の娘も幸いに逢うかもしれないという判断に基づいていた。天皇家、大臣家の人々に対するこうした好意・憧憬・讃歎の念はⓐ系全体を一貫している。これはいわば下から上の人々を遥かに仰ぎ見るあこがれの姿勢である。「あこがれ」とは自分の本来居る所を浮か浮かと離れて、さだまらぬところをさまようことである。大臣家などの栄耀のまえに心が讃美に浮くことである。これは、それら天皇家・大臣家の人々の姿と動きとを遠くから眺め、虚心に単純にそれをすばらしいものと思っているからである。

ところがⓑ系以後に至ると、同じ下から見るにしても、登場人物は光源氏などの上層の人物となま身で接触し、自分なりの感じを持っている。天皇家・宮家・大臣家の内部に、下のものが進んで立ち入り、それらの人々の行動と自分たちの行動とがかかわり合う、その様相が具体的に読み手の前に提示される。下の者の持つはじらい、遠慮、苦しみ、悲しみが描かれてゆく。ここにⓐ系との顕著な相違があることを誰しも容易に看取するだろう。私がⓐ系とⓑ系との分離を明確に認識すべきであると言い、ⓐ系と、ⓑ系以後はかなり大きく異なる作品であると言うのはそれらの事実にもとづいている。

また別の面から言えばⓐ系とⓑ系以後とでは女自身を見る作者の目についても変化があり、それに伴って作品をささえる世界把握に相違があると私は見ている。

『源氏物語』は男と女との間に生じるさまざまな事件や交渉を、精妙に描いて古今に例の乏しい作品である。言葉づかいの細やかさ、精確さは、古語が読めるようになればなるほど作品の微妙さを読み手に気づかせる。しかし、ことⓐ系に限っていえば、男と女の間柄を見る作者の目は、いわば単眼のレンズによっている。単眼のレンズは遠近をさだかに人に知らせない。ⓐ系では作者は遠くから見ている。単眼で見ている。むしろ頭で見ている。もちろん、卓抜な頭で見ているのだからおよそは違っていない。むしろ或る場合正確である。しかし現場に立ち入ったときにだけ見える状況の陰翳まではは見えていない。それがⓑ系以後に至ると、ものごとの襞《ひだ》、ものごとの陰《かげ》が描かれる。あるいは光りが消えることによってかえって見えてくる物の相《すがた》が描かれるようになる。そこに相違がある。

一つの例を出してみよう。

『源氏物語』の中には、同時に二人の男に関係を持った女性が何人か扱われている。藤壺・朧月夜《おぼろづくよ》・空蟬《うつせみ》・女三の宮・浮舟などである。これらの女性がどう描かれているかを考えてみる。いうまでもなく、藤壺・朧月夜はⓐ系に、空蟬はⓑ系に、女三の宮はⓒに、浮舟はⓓに登場する。

藤壺はもともと桐壺更衣に似ているという理由で桐壺帝に迎えられた皇女であり、女御から中宮へという道を歩んだ。この藤壺が母親に似ているという所から光源氏はこれを慕い、少年の頃はいつもその部屋に入りびたっていた。光源氏は葵の上と正式に結婚した後も、葵の上にあきたらず、藤壺をいつも思っていた。はじめて二人がどのようにして関係を持つに至ったのかは現在の『源氏物語』には書いてないが、⑤若紫の巻で、二人は再び夢のような関係を持ち、その結果、藤壺は懐妊した。藤壺と光源氏との間柄は義理の母と子の関係であるが、藤壺に生まれた男子(後の冷泉帝)が、実は光源氏の子であることを桐壺帝は一生の間知らずに過ぎた。

これは人間関係からいえば背信の行為である。婚姻の習俗が現代と異なるとはいえ、光源氏と桐壺帝との間にいる藤壺はその事態をどう受けとめていたのか、光源氏はどうだったのかと、『源氏物語』の現代の読み手は誰も問いかける。ところが原文について⑤若紫、⑦紅葉賀、⑩賢木とⓐ系を読み進んでも、その事態が扱われるときには「夢の心地」「夢のやう」「現《うつつ》とはおぼえぬぞ」「現《うつし》心失せ」「現《うつし》ざまにもあらず」「心魂も失せ」という表現しか無い。また、この事柄を叙述し描写するときには、「あさまし」「あさましう」という言葉がしばしば使われる。

『平家物語』を読むと、「……とのたまひけるこそ哀《あはれ》なれ」「遂に讃仏乗の因となるこそ哀なれ」とか、「後世をねがふぞ哀なる」「最後の言葉ぞ哀なる」のような定《き》まり文句に出逢う。描写あるいは感想として定まり文句が使われるということは、その事態の受け取り方が作者にとって画一的であること、真実のこまやかな相違を作者が仔細に見分けず、既成の一つの概念によってそれを把えていることである。『平家物語』に右のような定まり文句が見られるのは、語り手が現実をそうした一つの型にはめこんで把握していることを意味する。

ところが『源氏物語』は五十四巻という長い物語でありながら、全体を読んでも、ああ、あそこで使ってあった表現が、またここでも使われているなとすぐさま感じるような繰り返し、類型的表現は極めて少ない。『源氏物語』は、男と女の話であるから、実は似たような事件がいくつも起きる。しかしその事態はそれぞれに細かく書き分けてあり、『平家物語』ですぐ気付くような、定まり文句で事態を始末することを作者はほとんどしていない。時と所と人物とによって言葉は使い分けられている。これは作者の描写力、表現力の豊かさ、こまやかさ、精密さによってはじめて可能なことである。だからこそ読み手は読み進んで飽きない。しかもその言葉の意味が的確に分るようになればなるほど、『源氏物語』は面白くなり、またおそろしくもなる。ところが藤壺と光源氏に関する記述では、直接藤壺に関することでも、その周辺のことも含めて「あさまし」という形容語が極めて多い。あまり多いのでちょっと数えてみると、十例ある。「……なることそ哀なれ」「……なるぞ哀なる」という印象的な定まり文句でさえ、『平家物語』全部で二十例くらいしか無いことを思えば、『源氏物語』におけるこの状態は極めて異様である。

もっとも「あさまし」という言葉は、今日の「あさましい」が意味するような、「相手が欲望のとりことなっていて、全く見下げ果てた奴と思える」というような限定された使い方をする言葉ではなかった。「すばらしくて驚くばかりだ」という意味にも使ったし、「ひたすら驚く」の意にも使った。しかし、どこかに、それを良しとはしない気持のつきまとうことが多く、意外、興ざめ、不快を伴うことが少なくない。作者は光源氏と藤壺の事態を、「あさまし」と形容することが多かったが、ほかにも定まり文句を使うところがある。光源氏も藤壺も、冷泉帝が生まれ出たことを「おそろし」という言葉でしばしば把える。このような「おそろし」は五例見える。

今日の読者は、藤壺と光源氏との背信行為をまず「罪」という言葉で把える。ところが、その二人の行動を見ると「天の眼」がおそろしいとは書いてあるが、「罪」に苦悩しているさまは細かく描かれていない。藤壺については主として光源氏の側から見ている形で描かれ、藤壺の内身に分け入っては書かれていず、藤壺はどこか醒めた眼を持つ女であるかのように扱われ、桐壺帝に対したときの女としてのためらいや苦悩、その裏がえしとして光源氏を見るときのとどめ得ない喜びという形では、ほとんど描かれていない。

むしろ藤壺は政権の交代に対処してわが子(冷泉帝)の即位が可能になるようにと正確に行動し、光源氏が須磨から帰京の後はこれと手を携えて政界で隠然たる力を発揮し、光源氏の友人である頭中将を抑えたりする。その面での心の動きや行動は明確に描かれている。その動き方の周到さ、用心深さは、後の明石の上の動きに共通するものである。しかしそれは母親が自分の子供に対する深い配慮をするという立場からなされた行動であって、光源氏との密事《ひそかごと》についての心の様子に対しては、筆が使われていない。ただ藤壺は事態を「心うし」と感じている(六回)。「心うし」とは、つくづく情なく、いやになる、こうした目にあう自分が恨めしいという程度の意味である。

これは何故かといえば、藤壺と光源氏との間に冷泉帝の生まれることが最初からの筋書きであり、それが桐壺巻での予言の実現のために是非必要な道であり、藤壺と光源氏の密事を罪だ、問題だと把えること自体、はじめから考慮の外にあったからである。この二人に苦悩があるとすべきだとしても、その取り扱いは通り一遍になるのが当然なのである。後の女三の宮の事件と照合すれば、柏木の行為の中に光源氏は自分の若い頃の過ちの応報を感じるけれども、実際にⓐ系で描かれている限りの光源氏の行動を見るとき、罪障意識が光源氏にも藤壺にも極めて弱い、あるいは欠けている。そのことを問題にする研究者がいるが、それはⓐ系が「致富譚」という主題を基本として持ち、その大筋の成立のためには光源氏と藤壺との密事は是非必要なのだということをよく理解していない人である。

私はいま一歩踏みこんで、こう言うべきであると思う。ⓐ系を書く段階では、この作者には二人の男に会う女の、迷い、惑い、苦しみ、打ち消さなくてはと思うあとから追ってくる欲求、喜び、そうしたはざまに引き込まれている女のさまを、ありありと書くことは、まだ不可能だったのであると。

このことは同じく二人の男、朱雀帝と光源氏の間を揺れ、右につき左につきしていた朧月夜の取り扱いを見ることによって一層はっきりする。

朧月夜は本来光源氏の政敵右大臣家の人間である。光源氏との宮中での密会の露見は光源氏の須磨退去のひきがねとなった。そのように朧月夜は物語の上で重要な位置にいる女性である。その親や姉は朧月夜を朱雀帝の女御にと予定していた。それは実現しなかったが尚侍《ないしのかみ》となって、結局朱雀帝の寵愛を受ける身となって行く。

この朧月夜がはじめて光源氏と関係を持った様子は明確に書かれている。

朧月夜は光源氏に袖をとられた。「こは誰そ」と詰問するけれどもその女性を光源氏は抱き上げ抱きおろして戸を閉めてしまう。「静かに」と言う声で光源氏と分って、彼女は「いささか慰めけり」(少しは安心した)とある。この朧月夜については、若くて、現代風で、花やかで、艶に、貴《あて》に、人柄よく、にぎやかな感じで、「赤くにほひて、こぼるばかりの御愛敬」のある人だと、見た目の描写には極めて豊富に言葉が使われている。

尚侍という職を持って宮中に仕えたこの女性を朱雀帝は気に入っていた。宮中での朧月夜は「人柄もいとよくおはすれば……すぐれて時めき給ふ」とある。つまり朱雀帝の寵愛を他よりすぐれて受けたのである。ところが朧月夜自身は光源氏を「忘れがたく嘆きたまふ」とある。女は政敵の位置にいる光源氏へ自分から手紙を送っている。

光源氏も打ち込んでということではないのに密会を重ねる。そして遂に、密会は女の親の右大臣によって発見されてしまう。天皇の代がわりによって政権から離れていた光源氏には、危機がおとずれる。官位が剝奪され、光源氏はみずから須磨に退去する。光源氏は須磨行きの前には朧月夜に挨拶を送って別れを惜しむ。

しかし、こうした大事件に発展した際の朧月夜の心の動きについて、作者は何も詳しく書いていない。「思ひ乱れたる気色なり」「わりなう思し乱れたるを」とあり、手紙への返事を「泣く泣く乱れ書き」とあるだけである。つまりここでは「乱れ」という一種の定まり文句が使われるばかりである。

朱雀帝は朧月夜が好きなのだった。だから朧月夜の心が光源氏にあることを知っていてしかも離れることができなかった。病気がちで退位を考えたときにも「あなたは昔から私を光源氏より下に見ておいでですが、私の気持は一筋にあなたのことを思って来ました。たとい後で光源氏のお世話をうけるようにおなりでも、私の気持は比べものにはなるまいと思うのです」とか、「どうして私の子供ができないのでしょう。残念です。あの方のためにはやがておできになるだろうと思うと口惜しい気持です。しかし、身分は臣下ということになるでしょうが」などと朱雀帝は執着のほどを示している。

ところが、そうした谷間《はざま》にいる女としての朧月夜は、気持も動きも極めて簡単に描かれ、「どうして自分の心の若さにまかせてあんな騒ぎをしでかして、自分の名だけでなくあの御方のためにも」など「思し出づるに、いと憂き御身なり」とあって終わりである。

朧月夜に対する光源氏と朱雀帝の二人の動きは描かれている。そうした外からの光はあてられているが、肝心の朧月夜自身は、全く人形風に、心の隅の動きの何ものも具体的には示さない。これを後の空蟬や浮舟と比較するとき、顕然とそこに差違が見える。空蟬や浮舟の場合には、女性自身の心の揺れとそれに伴う動きとが明確に描写記述される。

現在の巻々の順序でこの物語を読み進む場合には、ⓑ系の②帚木③空蟬④夕顔などでこと細かに女性たちの心の動きも身のこなしも描かれているのを先に読む。それで、⑩賢木での朧月夜などの場合は省筆したのだと思われやすい。常に詳細な描写を重ねなければならないことはあるまい。そう読み手は受け取っている。しかし、ⓐ系とⓑ系とを分離してみると、これらⓐ系の藤壺や朧月夜について作者には立ち入って書く用意がないことが明らかになる。もし筆を節したのであれば、寸鉄にして事態を定着させるような的確な表現があってしかるべきである。ところがそうした影はなく、ⓐ

系ではむしろ作者は時刻表に従って物語を進行させることを最も大切と考えている。だから朧月夜についても、光源氏との交渉が少し進むと、早々と弘徽殿の大后について、

后の御心いちはやくて、かたがた思しつめたる事どもの報いせむとおぼすべかめり。（賢木）

と書いている。「いちはやし」とは、とっさに手向かいもできないような激しい力をふるい、反応をさっとあらわす、恐ろしい力をもつことをいう言葉である。大后はそういう思いつめたことの報復をしようとお考えのようだと早くから書いている。つまり、作者は朧月夜を登場させたときに、すでに、光源氏との事の露見、須磨への退去という筋の進行を急いだのであって、そのために敷かれた伏線がこれらの記述である。朧月夜の容姿については前述のように繰り返し書いてあるのに、この種の物語で大切な、二人の男に会う彼女の心については何の記述もなされていない。

すでに藤壺のところで述べたように、この段階で作者はそれを巨細に描写することはできなかったのだというのが私見である。

こうした男女の間柄についての描写だけでなく、一般的な情況の描写についても、ⓐ系の最初の部分①桐壺⑤若紫などでは殊に描写が類型的、観念的で、個々の場面で

の真実味に欠けるところが目立つ。これをⓑ系以下と対比すればそれは顕著に指摘される。

桐壺の更衣を愛宕で火葬に付したとき、母北の方が娘の死を確認したいと同行して、言葉ばかりは確かながら、車から落ちそうに転んで人々から厄介がられるが、このあたりは漢文訓読体のにおいのする文章で、『竹取物語』の描写と同じく極めて概念的であり、筋書きを追うことに作者の主たる関心があることがうかがわれる。

⑤若紫の巻で光源氏が加持を求めて北山へ行ったときの相手の僧都の言動など、描写というよりは観念として作りあげた筋書き表の印象がある。光源氏は北山からの帰途、迎えに来た頭中将《とうのちゅうじょう》らと出逢い、僧都の乞いによって琴を一曲ひく。その見事さに感動した僧都が言った言葉が次のように書かれている。

あはれ何のちぎりにて、かかる御さまながら、いとむつかしき日の本の末の世に生まれたまへらむと見るにいとなむ悲しき。

(ああ、何の御縁で、こんな立派なお姿で、日本などというわずらわしい国の末法の世にお生まれになっただろうと拝見しますと、全く悲しくなります。)

しかしこの記述などは誇張にすぎて空疎である。

これらのことは何故かといえばⓐ系がその骨格において「致富譚」であり、結局はめでたしめでたしで終わる話として作者に構想されたからである。その出発が、すでにこうした細かい真実味の欠乏を内に含んでいたのである。それは⒝系との対比によって明らかに知ることができるだろう。

六　ⓑ系の物語

(一)　ⓑ系は「失敗に終る挿話」である

ⓐ系が三史の「本紀」に似た書き方をするために「光源氏年表」を机上に置いて着々と書き継がれたのに対して、ⓑ系は違った仕組みを持っている。

ⓑ系の最初の巻は②帚木《ははきぎ》であるが、その冒頭はすでに本文を引いて注釈を加えた通りである。あの部分はいわばⓑ系の前置きである。ⓐ系を終わって或る時間の経過の後に、構想を新たに練ってⓑ系の物語を書き加えるに当たって、作者は一言、読者に挨拶を送り、これからはじめるⓑ系がⓐ系とは全く異質の物語であることを読者に知らせ、これから先を読む気構えを持ってもらおうとした。すでにⓐ系は文学好きの人々の間で読まれていて、およそ好評だった。(おそらく、それがもとで作者は中宮彰子《しょうし》の勉学の相手として出仕を求められたのである。)と同時に、ⓐ系に対する多少

の非難も作者の耳に入っていた。

作者がⓑ系を書いたのは、そうした批評に一言答えたいという気持を抱いたからだろうと思う。そこで②帚木の巻頭に、これから光源氏の秘密を暴《あば》くという予告を置いた。そして実際に作者は②帚木③空蟬《うつせみ》④夕顔の三巻で、空蟬・軒端荻・夕顔という三人の女性を登場させ、光源氏との間の隠し事を書いた。その後で④夕顔の巻末に作者は次のように述べている。

かやうのくだくだしきことはあながちに隠ろへ忍びたまひしもいとほしくて、みなもらし止《とど》めたるを、「など帝《みかど》の皇子《みこ》ならむからに、見む人さへ、かたほならず物ほめ勝ちなる」と、作り事めきてとりなす人ものしたまひければなむ。あまり物言ひさがなき罪さりどころなく。

（こんなくだくだしいことは、光源氏がひたすらに隠し込めておいでだったのがお気の毒で、〔ⓐ系では〕皆書かずに残しておいたのですが、「どうして帝の皇子だというだけで、光源氏の真実を知るはずの人までもが、何かにつけて完全無欠だとほめちぎるのか」と、〔ⓐ系を〕あたかも全くの作り事のように取り沙汰する人がおいでなものですから、こんなことまで語ってしまったのです。あんまり物の言いぶりが意地悪いとのおとがめは逃れようもありませんが。）

これはⓑ系の最初の②帚木巻の前置きと照応する発言で、作者がⓑ系の作品を書いた動機を作品の一区切りの場所でみずから語ったものである。つまり一度完結したⓐ系では「光源氏が何かにつけて完全無欠扱いされすぎ、賞讃を受けてばかりいる」という非難があった。それに対して、実は作者は光源氏の本当の秘密も知っている。だからここにそれを書きつけているのだというⓑ系の趣旨を明かしたのである。

ⓑ系の構想が成ったとき、作者は②帚木巻の巻頭で読者に対する予告を書いた。ところが①桐壺から②帚木へと何も知らずに読み進んだ読者は、その文章が何かおかしいという違和感をもつ。そのことを正確に表明したのが本居宣長であり、率直にその解明を志したのが和辻哲郎であった。その疑問を基礎として阿部秋生、武田宗俊氏がⓐ系、ⓑ系の分離へと解明を進めて行った次第はすでに述べた。

それならばⓑ系の構造はどんなものなのかについて、ⓐ系と比較しながらここであらためて考えてみることにしたい。

すでに書いたように、紫式部の頭の働き方には、一つの特徴がある。物事を把えるのにAといえば−A、上といえば下、右といえば左というように、相反する性質や局面を一対の組として常に思い浮かべる。この思考の型を作者ははっきりと持っている。

紫式部はこのAと−Aとの対比を作品の構造の中にも、明確に持ち込んでいる。例えばⓐ系には何人もの女性が光源氏をめぐって登場したが、最初の桐壺巻には藤壺と葵の上が一対となってすえられている。一人は父親桐壺帝の女御であり、自分の義理の母親に当たる。一人は自分の正妻である。二人は光源氏にとって母と妻という全く異なる関係にある女性でありながら二人とも光源氏の子供を生んだ。その点においてこの二人は一対をなしている。次に登場するのが六条御息所《ろくじょうのみやすんどころ》と朝顔の姫君で、この二人は共に光源氏の生活圏の外に住んでいながら、光源氏の深い関心を引いた女性である。その一方の六条御息所がついに光源氏に深く執し、生霊となってまでとりついたのに対し、他方の朝顔の姫君はついに光源氏に或る距離を保って終わりまでなびかなかったという対照をなしている。この二人は、今日伝わっていない「かかやく日の宮」という巻で、おそらく一対として登場したのだろうと考えられる。(「かかやく日の宮」については後で触れる。) 次の一対の女性は⑤若紫巻で登場する紫の上と明石の上の二人である。二人とも光源氏が「すゑ」るという共通点を持つが、紫の上は葵の上の死後、北の方の位置にすわり、明石の上は実際には遅れて物語に参加し、上京しても都の郊外の大井の旧邸に住んで光源氏を通わせるという対照をなす。その上、この二人は明石の姫君を中心として一対になる。いうまでもなく明石の上は明石の姫君の実母であり、紫の上はこの姫君の養母となる。

右大臣家と左大臣家の対立も、ⓐ系の物語を進行させて行く上での重要な一対である。左大臣家の婿となった光源氏と右大臣家を後見とする朱雀帝とは同父の兄弟という一対の関係にあるが、ⓐ系の光源氏が明るく陽性であるのに対して、朱雀帝は言ってみれば陰性の動きが目立つ。すでに記したように朧月夜《おぼろづくよ》をめぐる二人の様子は陽と陰との対立を明らかに示している。友人関係という点でいえば、光源氏は頭中将と一対として扱われて二人は親しいけれども、人生の歩みでは頭中将はいつも光源氏に一歩をゆずる位置に置かれる。このようにちょっと見ただけでも、いくつものA対−Aの対比がⓐ系の物語の構造の中に置かれている。

およそ長編の物語を構想するには、このような右と左、Aと−Aという相反する状況・志向・能力、大きく言って二つの運命を持つ一対を設定することは一つの有力な手法であるから、右に見たような設定をもって作者がⓐ系を仕組んだのはいわば当然のことであろう。

このように相反する一対を用意するのは単に構想の上だけでない。文章の上で、また一句一句の表現、あるいは一つ一つの事柄のとらえ方の上で、それぞれ一対の対立がしばしば繰り返されている。いずれ細かく指摘するつもりであるが、物事を見て考え描く上で、この作者の眼は本質的にそのように、右と左、上と下とを反射的に見る人であり、頭の中で物事を一対として組み立てる人であった。だから、長編の物語や小説を構成する上でこうした対比照応が有力な方法であるなら、紫式部という人は本来的に長編物語の作者として適する資質を備えた人だったということになるのだろう。

さて、ⓐ系に対するⓑ系の構成である。ⓐ系の特徴は『史記』『漢書』『後漢書』などの「本紀」の形式を取り込んでいるところにあった。ところがこの三史において「本紀」の形式に対比されるのは「列伝」である。「紀伝道」という言葉が示すように、「本紀」に対しては「列伝」がある。皇帝の事蹟を編年体で記して行く「本紀」に対して、皇帝でない人物、例えば伯夷《はくい》と叔斉《しゅくせい》とか、管仲《かんちゅう》と鮑叔《ほうしゅく》とか、それらの行跡を個人別に記してその行動・性情を具体的に描き、かつその一生を論評し価値づけるところに「列伝」の特性がある。「列伝」は形としては「本紀」のような年月を追う記述の体裁を取っていない。個人の行動や事業の重要な点の記述にもっぱら力が注がれる。

例えば、『史記』では、

管晏列伝第二

管仲夷吾ハ穎上《エイジヤウ》ノ人也。少《ワカ》キ時常ニ鮑叔牙ト游ブ。鮑叔其ノ賢ヲ知ル。管仲貧困、常ニ鮑叔ヲ欺ク。鮑叔終《ツヒ》ニ善ク之ヲ遇シ、以テ言ヲ為サズ。已《スデ》ニシテ鮑叔、斉ノ公子小白ニ事《ツカ》ヘ、管仲、公子糾ニ事フ。小白立ツテ桓公ト為《ナ》ルニ及ビ、公子糾死シ、管仲囚《トラ》ハル。鮑叔遂ニ管仲ヲ進ム。管仲既ニ用キラレ、政《マツリゴト》ニ斉ニ任ズ。斉ノ桓公以テ覇タリ。諸侯ヲ九合シ、天下ヲ一匡《イツキヤウ》ス。管仲ノ謀也。

このように「列伝」の叙述の仕方は、「本紀」とは全く異なっている。『史記』は「本紀」とこの「列伝」の他に、諸侯の家柄の記録である「世家」を加えた三本立ての組織を持つ。しかし、「列伝」に扱われた人物は、それぞれ個性的に生きた姿をそこに鮮やかにとどめている。紫式部はAに対する−Aとしてこの形式を採用した。彼女はこの物語の中の「列伝」に収める人物として四人の女性を選択し、その女性と光源氏との秘事を描くことによって、「本紀」であるⓐ系に対比させた。

四人の女性は四群に分れてⓑ系で扱われる。

	巻の名	人物
その一	②帚木 ③空蟬 ④夕顔	空蟬と夕顔(夕顔は死ぬ)
その二	⑥末摘花	末摘花
その三	⑮蓬生 ⑯関屋	末摘花と空蟬(その一、その二の後日譚)
その四	㉒玉鬘以下㉛真木柱まで	玉鬘(夕顔の遺児)

これらの人物はすでに述べたように「列伝」的に取り扱われるが、作者はこれらの人物を描くのに、単に『史記』『漢書』の列伝の形式にそのまま従ったのではなかっ

た。作者はⓑ系を、総論と各論という形式に分けて仕立てた。つまり全体にわたる論義を②帚木の前半に置き(これがいわゆる「雨夜の品さだめ」である)、男から見たその「女性総論」をうけて各論に入る。各論が先の四人の女性と光源氏の交渉の話である。

「総論」とはいうものの、抽象的な観念論を並べるだけではなく、光源氏を含めて四人の男が、雨の夜の宮廷で女性論義をかわす。それは女性についての具体的な話であり、その実例を語るうちに、おのずから女に対する男の注文の勝手さ加減、また女に対する男の誠意の無さ、あるいは女に対する男の甘えや悲哀が、滑稽を交えて露呈される。ここでは男の立場から見た女性一般の性格・能力のよしあしがまず議論され、ついで男の生活の根拠地としての家の女性の、適・不適が具体例を通して語られる。そこで扱われているのは、嫉妬深い女性、浮気な女性、生半可に学問した女性であり、また、深い思慮もなく身を隠してしまう女性である。これらが当時の中級の官人にとって閉口するような女性の具体例と見なされたのだろう。

妻問い婚の習慣がまだ色濃く残っていた当時、平安京の中で、もとの家筋は高くても実際に生活を維持する収入の道をなくして困窮していた女たちは、すでに述べたように随所にいたらしい。それらは中級あるいは上級の官人にとっては恰好《かっこう》な探険の対象であった。一方では、女からのひたむきな献身、切実な愛情を求め、みずからも女性を大事にするかのような言葉を口にしながら、所詮、官人である男たちは一人の女性に打ち込んだ愛情を持つことは少なく、そうした女性たちを適当な遊び相手と扱うのが一番たやすい対し方だとしていることを、作者はここで男たちに語らせた。

　こうした総論の目標は、中の品の女性についての論義なのであった。皇女とか大臣家の娘などの上の品の女は論じても仕方がない。また下の品の女も相手とするに足りない。中の品の女たち、例えばもとの位は高かったが面倒を見てくれる親を失ったとか、官職が得られるかどうかを除目《じもく》ごとに気にしている親を持つ娘とか、地方から成り上がってきた者の娘とか、父親が学者であるとか、そうした女性たちが当時の宮廷を出入りしている中級または上級の官人たちにとって適当な相手であったから、焦点はそこに合わせられている。この「雨夜の品定め」につづいて起こってくる事件で、光源氏の相手となる四人の女主人公も、みな、いわゆる中の品の女性である。

　さて、光源氏のかかわる女性の最初は空蟬《うつせみ》である。ことの外郭をここに手短かに記しておこう。

　光源氏は方違《かたたが》えのために、急に中川の紀伊守の別邸に泊めてもらうことにした。そこには空蟬が来合わせていた。空蟬は老いた伊予介の若い後妻であるが、もとは、衛《え》門督《もんのかみ》の娘で、宮仕えの話もあったほどの人だったことを光源氏は思い出した。それが伊予介の先妻の子である紀伊守の家に泊りに来ていたのである。光源氏は好奇心にかられて空蟬の眠る部屋にひそかに入り込み、空蟬ににじり寄る。空蟬は光源氏と知ってそれを拒み通すことができなかった。

光源氏は空蟬の弟の小君を手なずけ、再び中川の邸を訪れたが、空蟬は思い乱れながらも光源氏に逢わなかった。

三度目には、光源氏は、空蟬と軒端荻とが碁を打っているところを垣間見《かいまみ》る。夜が静まってから光源氏は空蟬の寝所に忍ぶが、空蟬は衣ずれの音とたきしめられた香の匂いによって光源氏と感づき、小袿《こうちぎ》を脱ぎ捨てて逃れ出てしまう。空蟬の代りとして光源氏は、何心もなく側で眠っていた軒端荻とちぎる。

夕顔との話はこうである。

光源氏が六条御息所のところに通っていた頃、道すがら五条の陋居《ろうきょ》に住む大弐《だいに》の乳母《めのと》を見舞った光源氏は、隣家の女住まいに目をとめた。光源氏の腹心の従者である惟光《これみつ》に調べさせると、その女あるじ(夕顔)は光源氏の親友、頭中将《とうのちゅうじょう》ゆかりの女、雨夜の品定めの席で頭中将がその行方を気にかけていた当の相手ではないかと疑われた。惟光の手引でその女のもとへ通うようになった光源氏は、その女が男を知る身でありながら可憐な印象を与えるのに惹《ひ》かれ、中秋の明月の夜の明け方、荒れた庭園のある邸へつれ出した。添い寝して夕顔のいとしい様子を見ていると、光源氏にはその頃、別に通っている六条御息所が息のつまるような気質の女だと感じずにはいられなかった。すると共寝のまどろみのうちに六条御息所が現われ、夕顔をかき起こすと夢見るや否や、夕顔は物におそわれ、物におびえて、ついに息絶えてしまう。光源氏は惑乱し、惟光の助けを借りてようやく遺体を始末するが、自身は病に伏す身になってしまった。素性が分ってみるとこの夕顔は、やはり頭中将との間に一人の娘をもうけていた。(その娘が後の玉鬘である。)

夕顔の死後、光源氏はその可憐な姿を忘れ得なかったが、亡くなった常陸宮《ひたちのみや》の忘れ形見の姫君(末摘花)が、琴だけを相手に暮らしていると耳にして心をときめかし、春の宵にその邸に行ってひそかに姫君の琴を聞く。帰りがけに、光源氏を尾行《つ》けて来た頭中将と顔を合わせ、いよいよ競争心をかき立てられた光源氏は、やがて襖《ふすま》ごしに姫君に会う。しかし無口な姫からはたしかな手ごたえが得られず、姫の気のきかなさに気を落しながらも執着し、ついに秋になってから宮邸で、かねて思いの一夜をすごした。その後、雪明かりの中で姫の顔を一目見ると、青白い顔に何と、長く垂れた鼻の先が末摘花のように紅い女なのだった。それでもその姫の窮乏を光源氏は見すごせず面倒を見る気になっていた。

ⓑ系には、前半にこの三人、空蟬・夕顔・末摘花が登場し、後半に玉鬘が登場する。玉鬘は夕顔の生んだ、頭中将の子供であったが、夕顔の死後、九州で成長した。実父に会わせたいとの乳母のはからいで上京して長谷寺《はせでら》に詣でたとき、以前に夕顔の侍女であった右近と偶然再会し、今は光源氏に仕えている右近の縁で玉鬘は光源氏の六条院に迎えられた。夕顔の話はすでに総論、雨夜の品定めの中で語られており、玉鬘に当たる子供がそこで話題になっている。作者は玉鬘までの四人をⓑ系の主要な人物として最初から用意したのである。

玉鬘は一人前に成長し、いろいろな男性に思いをかけられるが、玉鬘の養父という位置にいる光源氏こそ最も深く玉鬘に心を寄せる身となって行った。光源氏は遂に玉鬘にその恋着の気持を表明する。玉鬘には尚侍《ないしのかみ》として宮廷に出仕させるという動きもあり、一方、蛍兵部卿宮が結婚の有力な候補とされ、帝の意向で娘は板ばさみになって悩む。しかし最後に、真木柱《まきばしら》の巻に至って事は意外に進展する。内大臣のひそかな謀らいもあって、突如として鬚黒《ひげくろ》の大将が玉鬘を手に入れてしまったのである。

ⓑ系の四人の女性の話はおよそこのように進行するが、全体から見ればこの四人は、前半の三人と、後半の玉鬘一人とに区分され、書き進め方に多少の相違がある。始め

の三人を登場させるために作者は②帚木③空蟬④夕顔⑥末摘花の四巻をあてた。そして⑮蓬生《よもぎふ》巻で末摘花の後日譚《ごじつたん》を書き、⑯関屋の巻で空蟬の後日譚を書いている。これらの巻はそれぞれ短篇として独立している形をとり、年月を追う「本紀」の書き方に従わず、「列伝」の趣きを保たせている。

しかしⓑ系の後半㉒玉鬘以下十巻の仕立て方は全く違う。ここではⓐ系がその特徴的な形式とした年月を掲げて時の進行に従って記述するという方法が、再び使われている。

㉒玉鬘（光源氏三十五歳）
○四月二十日のほどに、日取りて来むとするほどに
○秋風、谷より遥かに吹きのぼりて
○かく言ふは九月の事なりけり
○年の暮に御しつらひの事、人々の御装束など

㉓初音（三十六歳）
○年たちかへるあしたの空のけしき
○今日は臨時客の事に紛らはしてぞ（一月はじめ）
○今年は男踏歌あり（一月十六日の行事）

㉔胡蝶
○三月二十日あまりの頃ほひ
○衣更《ころもが》への今めかしう改まれる頃ほひ

○御前の若楓、柏木などの青やかに茂りあひたる

㉕蛍

○五月雨になりぬる憂へをし給ひて
○〔五月〕五日には馬場の大殿に出で給ひけるついでに
○長雨例の年よりもいたくして

㉖常夏

○いと暑き日、東の釣殿に出で給ひて

㉗篝火

○秋になりぬ。初風涼しく吹き出でて

㉘野分

○中宮の御前に秋の花を植ゑさせ給へること
○八月は故前坊の御忌月なれば

㉙行幸

○その十二月に、大原野の行幸とて

（三十七歳）

○年かへりて二月にとおぼす
○かく宣ふは二月ついたち頃なりけり

㉚藤袴

○九月にもなりぬ

㉛真木柱

○十一月になりぬ。神わざなどしげく

（三十八歳）

○年かへりて参らせ奉り給ふ
○踏歌は、方々に里人参り
○二月にもなりぬ

○三月になりて
○その年の十一月に、いとをかしき児をさへ抱き出で給へれば
……
○正月のつごもりなれば

㉜ⓐ系梅枝
（三十九歳）

これは何故なのかを考えるために、ⓐ系の「光源氏年表」を見直すと、㉑少女《をとめ》の巻と、㉜梅枝《むめがえ》の巻の間に、三年間の記事の空白のあることが見出される。その空白の部分に、㉒玉鬘巻以下の十巻がすっぽり収まる。そして㉛真木柱の「十一月」の次に㉜梅枝の「正月のつごもりなれば」が時間的にきちんと接続している。

ⓑ系の前半の三群、つまり空蟬・夕顔・末摘花及びその後日譚の蓬生・関屋はそれぞれ、おおよそ妥当と思われるⓐ系の巻々の中間に挿入された。（それがため⑥末摘花や⑮蓬生⑯関屋の前後で、時間の進行に齟齬《そご》が生じたことはすでに述べた。）しかし、㉒玉鬘以下㉛真木柱までの十巻を書いたときには、作者ははじめからⓐ系の㉑少女と㉜梅枝との間に既に存在したX巻を除去し、そこに三年間という空隙を作り、その代わりとして㉒玉鬘以下をその空きの所に挿入するつもりで執筆した。それ故、玉鬘以下の十巻においては、ⓐ系の特徴である年月の進行に忠実に従って記述を進める方式に従い、前後のⓐ系の巻々との調和を計っている。

ⓑ系の前半と後半との形式の相違はこのような事情によるものと理解されるが、ⓑ系に共通する内容上の特徴は何かといえば、この四人の女性にかかわる話は、すべて「失敗に終る挿話」であるといえる。

老いた夫の後妻である空蟬に寄った光源氏は、二度目、三度目には結局失敗した。可憐な娘に見えた夕顔を荒れた邸に誘い出した光源氏は夕顔の急死に遭う。それは、六条御息所よりもこの女の方がいい女だと思った報いか、御息所の怨みの生霊が夕顔におそいかかり、おびえた夕顔が息絶えたのだった。宮家の血筋の娘というわけで好奇心を燃やした光源氏が望みを達した後ではじめてその末摘花の素顔を見れば、その娘は全くのぶおんなであった。第四の玉鬘に対しては、はじめ養父としてこれを育てるうちに、次第に光源氏自身があやしく引かれる身となってしまい、その挙句に、ある日突然、鬚黒大将に玉鬘をさらい取られてしまう。

これらは皆、光源氏の「失敗に終る挿話」であるという共通点を持っている。それだけでない。この共通の失敗はすべて中年の男の興味の対象となるような失敗である。また、このⓑ系全体が喜劇的な、光源氏に対していささか揶揄的な筆づかいで彩られていることに、読み手は誰でも気づくだろう。

これはⓐ系とⓑ系との大きな相違の一つである。ⓐ系においては、光源氏はもとより、藤壺にしても六条御息所にしても、あるいは紫の上、明石の上、もしくは朧月夜のごときにしても、それを揶揄して取り扱うことは無かった。人物は男も女もそれなりに真面目であり、それぞれの誠意を持った人間として行動している。源内侍のように色好みの老女を揶揄的に扱う場合ですら、一面では人生のはかない真実を感じるよすがとなるように描かれていた。しかしⓑ系では、中心的な話題そのものが、人妻に度重ねて寄るとはぐらかされる男、誘い出した女に密室で急死されてしまう男、ぶおんなと知らず、手に入れたと喜んだ男、自分の娘として引き取りながら、べたべたと近付いて行った女を突如若い男に取られてしまう男、そういう「失敗で終る挿話」、不様《ぶざま》な光源氏の話であって、何事においても結局成功し、何事も見事にやり上げたⓐ系と対比すれば、光源氏を取り扱う根本において相違がある。つまりⓑ系には男に対する作者の冷たい目が働いている。それがⓐ系とⓑ系との間の相違である。この明確な相違は結局何によるものなのか。

作者は意識的に、無意識的に、読者を想定して作品を書く。その作者が想定した読者がⓐ系とⓑ系とでは実は違っていたのだと私は思う。

ⓐ系の話は、その筋については先に指摘したように民話の中の「致富譚」を軸としている。それに加えて、須磨への退去という「貴種流離譚」が色づけをしている。

「致富譚」とは、お金持ちになりたいという願望が、神のお告げ、夢見の教えの通り実現するお話である。『源氏物語』ⓐ系は、輝くばかり美しく、神のように多能な光源氏が予言の通り栄華に到達し、かかわった女性たちを華麗な御殿にそれぞれ住まわせるという話である。そうした作品を制作するに当たって作者が想定した読者、聴き手は、貴族社会で生活を営む、文学好きの若い女性たちであったと私は思う。そうした、宮廷の、また宮廷に関心を持つ若い女性の誰しもが心ひそかにいだく願望を、文字の上で実現することを作者は求めたのである。(それを男たちまでが面白がって読んだのだ。)

ところがⓑ系の話は、年老いた夫を持つ人妻、子を生んで身を隠した女、身分だけ高い醜女《しこめ》、地方から上ってきた養女に懸想して言い寄る中年男の話である。ⓐ系に見られたひと筋の真面目さ、固苦しさに代って、ここには活発さがあり、あるいは屈折した女の気持の微細にわたる描写がある。男の描き方には皮肉な見方、喜劇的な仕立て、遊びの雰囲気が明らかに漂っている。これらの話題は、年若い、おぼこな娘には実際には遠い世界のものである。空蟬に身をかわされて、たまたま側にいた軒端荻に寄る光源氏とか、さまざまな女性を知った後で玉鬘に傾斜する光源氏のこまかな描写などは、若い女子には、また若い男子にも、むしろ嫌悪の材料である。これは中年の男性にこそ分って面白がられる話題である。ⓐ系の読者の中心を若い女性に想定したものとすれば、ⓑ系は、作品の内容から言って、読者の想定を中年の男に向けたと言ってよいと思われる。

してみると、主題においてⓐ系は「致富譚」、ⓑ系は「失敗に終る挿話」。想定した中心的な読者としてⓐ系は若い女性、ⓑ系は中年の男性である。既に書かれていたⓐ系を基礎としてⓑ系は話を作っているけれども、ⓐ系とⓑ系とは、主題、想定する読者において、そのような明瞭な相違がある。

以上のような諸方面からの検討によって、ⓐ系とⓑ系とは分離されること。またⓑ系はⓐ系の後から書き足されたものであること。ⓐ系とⓑ系とは、主題、想定された読者において異なること。それらが認められると思う。

ⓐ系ⓑ系分離の考えは、和辻・阿部・武田氏の研究によって切り拓かれて、秋山虔・吉岡曠など少数の学者によって支持されている。注　ところが、このようなⓐ系、ⓑ系の分離は、実は鎌倉時代には学者の間で知られていたらしい。

資料の一つは藤原伊行《これゆき》の『源氏釈』である。この書は『源氏物語』の現存最古の注釈書であるが、『源氏物語』を五十四巻とせず三十七巻と扱い、私がⓑ系とした巻々の大部分を「ならび」としている。この扱い方は『源氏物語』の注釈書には伝統的に継承されていた。今南北朝時代の洞院公賢《とういんきんかた》の著という百科全書、『拾芥抄《しゅうがいしょう》』に依って巻名を一覧してみよう。ここでも『源氏物語』は全三十七巻と扱われており、ⓐ系、ⓑ系として扱って来たことにほぼ相当する区別が明らかに見られる。

○源氏物語目録部第三十

一巻桐壺	二巻箒木　空蝉 夕顔	三　若紫　末摘花	四　紅葉賀
五　花宴	六　葵	七　榊	八　花散里
九　須磨	十　明石「浦伝」	十一　澪標　蓬生 関屋	十二　絵合
十三　松風	十四　薄雲	十五　槿	十六　乙女
十七　玉鬘　初音 胡蝶 蛍 常夏 篝火 野分 御幸 藤袴 槙柱	十八　梅枝	十九　藤裡葉	

右の表は第十九までだけ掲げたのだが、これを先に掲げた四一ページのⓐ系の巻、ⓑ系の巻の対照表と対比するとき、ⓑ系の巻々の大部分が、ここでは小文字で、付属的に取り扱われていることを知るだろう。つまりⓐ系は本系なのであり、ⓑ系はその付属的部分である。鎌倉時代には認められていたこの区分は、江戸時代前期の連歌師で、かつ有数の古典文学者であった北村季吟《きたむらきぎん》の『源氏物語湖月抄』の巻頭の概説の中でも取り上げられている。そこでもこの付属的部分について「並《なら》び」という名を使っている。ただそこでの説明は錯雑していて、難解である。本来の「並び」の意味は、

もはや正確に伝承されず、内容は明瞭を欠いていた。それゆえ名だけ伝わって、内容については個々の研究者が当て推量で述べたことが入りまじっていたのだろうと思われる。

　この「並び」という名称は、本系と同時代に並んで(並行して)生起した事件の記述の意と解される。鎌倉時代の藤原定家の注釈書、『源氏物語奥入《おくいり》』(この本については紫式部の漢学に言及したところで、既に述べた)にも「並び」という言葉は見えている。

うつせみ
二のならびとあれど
　ははきぎのつぎ也
　ならびとは見えず
一説には
二　かかやく日の宮　この巻なし
　ならびの一ははきぎ　うつせみは おくにこめたり
　二ゆふかほ

ここに「ならび」が三例あるが、この文章は、およそ次のような意味だと考えられる。「空蟬の巻は、本系の「第二番目の巻のならび」だというが、本当の順序は、帚木の巻の次で、「二の巻の並び」とは見えない」。

一応このように解釈するけれども、原文の表現が厳密を欠くので、始めの部分は実はいろいろな解釈が可能である。それで、古くから「並び」という言葉が使われていたことだけを承知しておくことにして、その次の記事に注目したい。

二　かかやく日の宮　この巻なし

これは、「一説によれば、本来は二の巻としては「かかやく日の宮」という一巻が存在していたのだが、それは現在(鎌倉時代)すでに無い。しかしもし「かかやく日の宮」という巻が存在していたとすれば、その「並び」の一が「帚木」で、「帚木」のつづきが「空蟬」であり、「並び」の二が「夕顔」となる」という意味である。

「かかやく日の宮」という巻は定家の頃すでになく、現在もその片鱗だに知られない。しかしもし存在したとすれば、それには藤壺と光源氏との最初の密事、また光源氏と六条御息所・朝顔姫君との最初の接触のことが書かれていたのだろうと推定できる。

先に述べたように⒜系を通して読んだとき、ただ二つだけおかしいことがあった。その一は、光源氏と朝顔姫君との最初の出会いが書いてない。朝顔姫君のことは②帚木において、明らかに既知の事実として扱われている。光源氏が紀伊守の中川の邸《やしき》に方違えに泊まった晩に、侍女たちが光源氏について噂をして「式部卿の宮の姫君に、朝顔奉りたまひし歌などを、すこし頬ゆがめて語るも聞こゆ」とある。その歌についての記事は現在の『源氏物語』にはどこにも見出されない。だからⓐ系の第二番目の巻として「かかやく日の宮」があったとすれば、その中にその記事があったのだろうというわけである。

その二は光源氏が六条御息所といかにして懇《ねんご》ろになったかについても、現在の『源氏物語』に全く記述がないことである。それを不審に思った本居宣長は『手枕』一巻をみずから著して、その部分の欠損を補った。これもその記事が「かかやく日の宮」にあったのだろうと考えれば、朝顔姫君と六条御息所が一対として「かかやく日の宮」に登場したことになる。

今、「かかやく日の宮」の存在を確証することは不可能なのだが、それは一応お預けとして、「並び」ということを中心に、『源氏釈』『源氏物語奥入』『河海抄』『拾芥抄』『湖月抄』など中世・近世初頭の記事を綜合して考えると、ⓑ系は「並び」として受け取られていたこと、ⓐ系を本系としⓑ系を並びとする区別は、むしろ作品が流布しはじめた最初の頃には、『源氏物語』を読む約束ごととして広く知られていたこと、この二つが推測される。そして後世になるほど、その本来の意味が伝えられず、分らなくなり、現在の順序で『源氏物語』は制作されたものだと人々が信じるようになったのだと考えられる。すでに鎌倉時代に阿仏尼《あぶつに》と藤原為家らが『源氏物語』を嵯峨の山荘で読んだときには、現在五十四巻の順序でそれを読んでいる。そのことは飛鳥井雅有の日記で判明する。

このような事実を考え合わせると、和辻・阿部・武田説は、作品が流布しはじめた最初の姿と、最初の理解の仕方とを復元するものだということが了解されることと思う。

(二) ⓑ系の表現

さきに私は『源氏物語』全体を通じる語彙の特徴について『枕草子』と比較して述べた。単語の選択の仕方と形容語の語構成について作者の細密な配慮が隅々まで届いていることがそこで知られたと思う。ここではⓐ系とⓑ系がセンテンスの作り方の上でどのように異なっているかを述べてみたい。

ⓐ系とⓑ系とをそれぞれ通して読んでみれば、両者の間に全体として文章に違いが

あることは誰しも感じとるに相違ない。ⓑ系の文章の方にはるかに豊かなあやがある。そのあやがあると感じるのは何によるのかを、一、二の点について具体的に述べてみようと思う。

文章にあやがあると感じられるのはどんな場合かと考えると、はじめに思いつくのは用いる単語に何かの相違があるのではないかということである。比喩が多いとか、引用が目立つとか、漢籍を下に敷いた表現が見えるとか、或る種の語彙が無いとか。それらを組織的に調べてみると、それはそれで面白い結果が得られるに相違ない。しかしそれには困難もある。というのは用いられる単語は話題の内容に応じて当然異なってくる。従って単純にⓐ系に使われた単語、ⓑ系に使われた単語といって比較してみても、両者の相違は、話の筋に応じて使った単語の相違にすぎず、ⓐ系ⓑ系という成立の相違に応じる変化だとして扱うことはできないということになりかねない。それで私はそうした単語の比較ではなくて、個々のセンテンスの作り方に目を向けてみようと思う。作者が無意識に使うかもしれない表現法においてかえって相違が露呈しているのではないか。

センテンスの作り方などといえばいかにも難しそうに聞こえるだろうが、話は極めてやさしいことで、助詞の「は」と「こそ」との使い方がどんな様子であるか、ⓐ系

のであろう。

と(b)系にその相違があるか否か、あればそれは何を意味するかを考えてみようというのである。

センテンスの作り方の上で現代日本語では「は」と「が」の使い方が問題である。その本質的な相違は何かということについて、色々の意見が表明されているが、「は」という助詞は、その上に来る物や事柄を既知の事物と扱って、問題として設定する助詞だと私は考えている。注 その物や事柄を「は」で承けて、一度そこで切れる。そしてその下に取り上げた問題についての答えを要求する。答えは「は」の下に提出される。このようにいえば、「は」の機能を、およそ言い得ているのではないかと考える。少し古典の場合で説明してみよう。例を仮名文の祖という『土左日記』から取って見る。

○この歌は常にせぬ人のことなり。

○春の心はのどけからまし。

○松の色は青く、磯の波は雪のごとくに、

○海は荒るれども、心は少しなぎぬ。

つまり、「この歌は」「春の心は」「松の色は」「磯の波は」「海は」「心は」と問題を設定して、その下に答えを求める。その典型的な形は、

Ａハ B

という形式だといえるだろう。これは、

Aハ（ドンナカトイウト）……Bデアル

Aハ（ナニカトイウト）………Bデアル

Aハ（ドウスルカトイウト）……Bスル

という意味を表わす文型で、勿論その答えは肯定だけでなく、否定でも、疑問でもよい。

○唐歌は得《え》書かず。

○歌はいかがあらん。

こういう使い方が「は」の典型である。この表現法の大事なところは、「は」の上に来る名詞が単独にそこに提示されていても、実は表現者の心の中では他のものと対比されていることである。例えば「唐歌はえ書かず」とあれば、裏に「大和歌」が対比されていて、全体としては「大和歌は書き得」がかくされている。

「海は荒るれども、心はなぎぬ」とあれば、その心の中の対比が文の表現の上に「海は」「心は」と現われている。表現者の心の中では、はじめから「海」と「心」とが対比して把握されているのだから、もし「心はなぎぬ」とだけ表現されていても、それは「海は荒るれども」と対立した表現なのである。このように「は」という助詞は、何かの物や事柄を問題とし、その問題を承けて、「は」の下に答えを示すことを求める助詞である。その答えは、是非・存否・善悪・高低・大小・強弱などを明示することであり、また「我は行く」などと何らかの動作が行われることを示すことでもある。

つまり「は」は、二つまたはそれ以上のものを心の中で、一対一、あるいは一対一対一などの形で並立させ、その中から一方の一つを取り上げて話題にのぼせ、それについてドンナ状態であるか、ナンであるか、ナニをするかを、下で解答する形式なのである。従って頭が論理的に明確な人は、考えを表明するときに「は」を用いて、問題点をまぎれないように対比的に提示し、答えをその下に示す。その答えの部分が、「……ナリ」「……ナラズ」のように短くて明確であれば、表現者の頭の中では、事柄は確実に、明瞭に把握されているといえる。しかしまた、「……ナリ」「……ナラズ」とあまり簡潔に表現され過ぎている場合には、時には、事柄の把握の仕方に、細やかさが足りない、あるいは認識が浅い、あるいは曲《きょく》がないということになる。「は」を使ってセンテンスを作るとは、本質的にそういうことである。

このようなことを知った上で、『源氏物語』の⒜系①桐壺の巻、⑤若紫の巻の「は」の使い方を見ることとしよう。

○御つぼねは桐壺なり。
○相人はまことに賢かりけり。
○それより下臈の更衣たちはましで安からず。
○人の心をまげたることはあらじ。
○おとしめ疵を求め給ふ人は多く、わが身はかよわく、
○いと忍びがたきはわりなきわざになむ。
○いかまほしきは命なりけり。
○宿直《とのゐ》申しの声聞ゆるは、丑になりぬるなるべし。

最後の三例は、「は」の上に形容詞や動詞などの連体形が来ている。この連体形は名詞と同じ資格を持つもので、「忍びがたき」「いかまほしき」「聞ゆる」は名詞相当である。それ故、それを「は」が承ける。

こういう名詞(およびそれと同じ資格を持つ句)を承けるのが「は」の最も典型的な使い方であるが、ⓐ系の桐壺・若紫の「は」の七五%はこの使い方に属している。そして、この「は」の下の答えの部分で、「桐壺なり」「賢かりけり」「安からず」「あらじ」のように単純な判断を表明するものが圧倒的多数を占めている。それはすでに述べたように、「は」によって提出された問題についての話し手の解答が単純で明瞭だ

ということである。残りは次のような例である。

○うち捨てては え行きやらじ。

○上宮仕へし給ふべき際には あらざりき。

○いとをかしげにかしづかれたる人とは 見ゆれど、

○「我、人に劣らむ」と覚《おぼ》いたるやは ある。

○さるべき契りこそは おはしましけめ。

○夕づけてこそは 迎へさせ給はめ。

○坊にもようせずは、この御子のゐ給ふべきなめり。

○人よりは殊なりしけはひかたち、

ここに見えるような「ては」「には」「とは」「やは」「こそは」「ずは」「よりは」という助詞につづく「は」、または助動詞の連用形につづく「は」の使い方は、やや手の込んだ使い方である。助詞や助動詞は、話し手が事と事、物と物とを関係づけたり、事態に対する判断の仕方を表明したりする言葉であるから、それを幾重にも重ねて使うのは、物や事柄の関係のつけ方、あるいは事態に関する話し手の把握が、込み入って来ている、複雑になっている、単一でなく二つ三つが重ね合って認識されているということである。

ところが桐壺・若紫の巻の「は」に関していえば、名詞（あるいは名詞に準じる形）以外のものにつく「は」の割合は二五％しかない。これは、主語をきちんと立てて、短い文章を多くつらねた『土左日記』などとほぼ等しい数値である。それは、表現者が物事を単純に把えて簡明に表現していることを示し、複雑な事態をこまかくとらえて文の表現の中に持ち込むことをあまりしていないことである。

思うにⓐ系の桐壺、若紫を書いた時には、文章についての作者の主たる関心は、論理的で明晰な日本語を書こうとする点にあったのではあるまいか。だからその方向に添った「は」の使い方を心がけた。七五％という数字はそうした事情を表わすものではないかと思う。しかし、こうした文章は場合によってはすげない、あるいは曲のない、細かい描写や判断に欠けた文章に近づくものでもある。

ではⓑ系では「は」の使い方はどうなっているか。その代表として②帚木のそれを見ることにする。帚木巻には会話が多いことを考慮しなければならないが、

Ａハ Ｂナリ

の形式、つまり「は」が直接名詞を承ける言葉づかいは、帚木の「は」の用例の五七％に当り、①桐壺⑤若紫より約二割も少ないという事実がある。ということは名詞を承けない「は」が数多くあるということである。それは帚木の文が、ＡハＢナリとい

う論理明晰を求める要素とは異なる要素を多く抱え込んでいることを顕著に示すものである。例えば「は」が形容詞の連用形を承けるという表現は、桐壺には一例も無く、若紫に二つあるだけである。ところが帚木には、

○のどけき所だに強くは、うはべの情《なさけ》はおのづからもてつけつべきわざをや。
○かくおぞましくは、いみじき契り深くとも絶えてまた見じ。
○中の品のけしうはあらぬ、えり出でつべき頃ほひなり。
○らうたげならん人の、閉ぢられたらむこそ、かぎりなく珍しくはおぼえめ。

このような形は十六例見出される。この型の他にも、次のような名詞を直接承けない例が多くある。

○何事ぞなどあはつかにさしあふぎゐたらんは、いかがは口惜しからぬ。
○かかることこそはと、ほの心得るも思ひの外なれど、
○いとなべてはあらねど、
○ただありし心ながらは、えなん見過ぐすまじき。

これらの副詞や助詞・助動詞を承ける「は」には、桐壺や若紫に見えなかった型が多い。この、名詞を直接承けない型の「は」の表現は四割を超えている。つまり、名詞を掲げて問題として提示し、その下に説明を加える「は」の基本的用法から進んで

広く種々の品詞の単語の下に「は」を加えているわけである。その場合は「は」は一種の強調、強い限定を表明するので、それを種々の品詞の下に使うことは、作者が取り上げる事柄・物事について、取捨選択を加え強弱の変化をつけることになる。それは文章を全体として固苦しさを脱した、豊かな緩急の多いものにして、文章のあやを感じさせる一助となる。

　それだけではない。名詞を承ける「は」の用法(帚木ではその割合が桐壺や若紫に比較して格段に低いことはすでに述べた)についても次の事実がある。桐壺や若紫の文では、「は」の下の叙述は簡明なものが多かった。ところが帚木では、簡単なものの割合が極めて低い。もちろんAハBナリという型は、文の基本であるから帚木にも見出されはする。

○からうじて今日は日の気色も直れり。
○御文は常にあり。
○まろはここに寝侍らむ。
○こはいかなる事ぞ。
○上は下に助けられ、下は上になびきて、事広きにゆづらふらむ。
○上手は、いといきほひ殊に、わろものは及ばぬ所多かめる。

ところがこれらは、いわば捜して得られたものであり、数は多くない。「は」で設定された問題の答えの部分は、右に示したような簡明なものでない方がはるかに多い。

○女は、この人の思ふらん事さへ死ぬばかりわりなきに、流るるまで汗になりていとなやましげなる、

○若やかなる程のおのがじしは塵もつかじと身をもてなし、文を書けどおほどかに言選りをし、墨つきほのかに心もとなく思はせつつ……言少なる、

○事が中に、なのめなるまじき人の後見の方はもののあはれ知りすぐし、はかなきついでの情あり、をかしきにすすめる方、なくてもよかるべしと見えたるに、またまめまめしき筋を立てて耳はさみがちに美相なき家刀自の、ひとへにうちとけたる後見ばかりをして、……よきあしきことの目にも耳にもとまるありさまを、うとき人にわざとうちまねばんやは。

右のように、「は」で提示された問題についての解答が実に長く、どこまでが答えかを明確に見定め難いものが多い。紆余曲折して、下へつづく。「は」の下が直截的な肯定、あるいは否定ではなく、右に左にくねって、しかも最後が疑問、反語になっているものが少なくない。ここに帚木の文章の特徴がある。桐壺、若紫の文章は『源氏物語』を読みはじめの人にも読める。しかし帚木に入ると文章が実にむずかしい。

その分りにくさの一端は、この「は」の下の説明の部分の複雑さに極めてよく現われている。これこそⓐ系桐壺・若紫とⓑ系帚木の文章の質的な相違である。作者はⓑ系では単純簡明な判断を直ちに下さず、右に寄り、左に寄り、条件を加え、疑問にし、反語で扱う。

次にはⓐ系とⓑ系の「こそ」の使い方を吟味してみよう。そのためには、まず「こそ」という助詞が本来どんな助詞なのか、またその用法は時代的にどんな変化を経たものなのか、『源氏物語』全体としてそれをどう使っているかなど、いわば「こそ」の本性をまず明らかに知らなくてはならない。単に「こそ」は「係り助詞」であるとか、強調の助詞であるという程度のことでは、本当のところは分らないからである。

先に述べたように、「は」は一対一の対等の資格で二つのもの、三つのものを対比し、その一つを取り上げる役目をする助詞であった。ところが「こそ」は、多くのものの中からえりすぐって一つを取り上げ、それを特に主観的に高く、あるいは低く価値づける。そしてそれと対照される他の多くのものを捨てる役目を帯びている。『平家物語』に次のような例がある。

○われこそ御行方知りまゐらせたれ。

○福原の旧里に一夜をこそ明かされけれ。

○涙を流されけるこそ悲しけれ。

ここでは、「こそ」はその直前の「われ」「一夜を」「涙を流されける〔こと〕」を取り上げて、それぞれに価値を与え、他のものを捨てる役目を果たしている。「他の多くの人はいざ知らず、自分こそ知っている」と主張する。また旧都の見納めとなるに相違ない最後の「一夜」を特に価値づける。あるいは他の行為はともかく、「涙を流されける〔こと〕」が悲しいと述べて取り立てる。そうした選択、取り立てが「こそ」の役目である。こうした「こそ」の使い方は、『枕草子』にも多く見られる。

○をかしき匂ひこそこころもとなうつきためれ。(三巻本三七段)

○桜を長く折りて、大きなる瓶にさしたるこそをかしけれ。(三巻本四段)

この場合は、「こそ」が「をかしき匂ひ」とか、「大きなる瓶にさしたる〔もの〕」を特に取り上げて価値づけ、強調し、他のものを捨てている。捨てられたものは、これらの例では表現者の心の中にだけあって、言葉としては現われていない。こうした使い方が、普通に知られている「こそ」の用法である。

ところが「こそ」の使い方の歴史を顧みると、このような「こそ」の使い方は実は主として平安時代になってから発達したもので、奈良時代にはまだこうした新しい使い方は広まっていなかった。ではその奈良時代の古い使い方はどんなものであったかといえば、次のようなものである。

○一日《ひとひ》こそ人も待ちよき長き日《け》をかくのみ待たばありかつましじ

（万葉集巻四・四八四）

（ただ一日だけならばこそ人も待ちよいけれど、何日も長くこんなに待っていたら、とても耐えられないだろう。）

ここには次の対照がある。

㋑一日こそ　　待ちよき（ヨイケレド）

⇩　　　　　　⇩

㋺長き日〔デハ〕　ありかつましじ（耐エラレマイ）

「長い日々を待つのではやりきれまい」というのが主役で、それを強調するために「たった一日なら待ちやすいが」と脇役を前に置く。これが「こそ」を含む表現の古い型であった。つまり㋺「長い日々では」を言うために㋑「一日こそ」を対照的に持ち出し、それに低い価値を与えている。それ故、㋑と㋺とはAと$\neg$Aとの関係に立っている。

○昔こそ難波田舎と言はれけめ今は都引き都びにけり　（万葉集巻三・三一二）

（昔こそ難波田舎と言われたろうが、今は都を移して、立派に都らしくなったことだ。）

これも次のような対照を持っている。

㋑昔こそ　　難波田舎と言はれけめ〔ド〕
㋺今は⇦　　都引き⇦都びにけり

「今は都らしくなったものだなあ」ということを言うために、「昔こそ田舎と言われたかもしれないが」と、まず昔を低く扱っている。その上で、Aと−Aの関係において、「今は」を持ち出してくる。これらの「一日こそ」とか「昔こそ」とかは、主観的に低い価値を与えられ、それと対照的に「長き日」「今」を浮き立たせる役目を果たしている。その次には、さらに新しい型が生じて来た。

○常陸《ひたち》なる浪逆《なさか》の海の玉藻こそ引けば絶えすれあどか絶えせむ
（万葉集巻十四・三三九七）

（玉藻こそ引けば切れるけれども、〔我々の仲は〕どうして切れようか。）

これの対照は次の通りである。

㋑玉藻こそ　　引けば絶えすれ〔ド〕
㋺〔我々ノ仲ハ〕⇦　あどか絶えせむ（何デ絶エヨウカ）

この場合は、「我々の仲は」という表現は言葉として現われていない。しかしそれでも「引けば絶えすれ」という、活用語の已然形と「こそ」とが協力して、全体として……ダケレドという逆接の気持を表わすから、それを心得ていれば、歌の意味は十分によく分る。それで「我々の仲は」は略されたのである。この省略の方法はさらに進行した。

○まそ鏡直目《ただめ》に君を見てばこそ命に向ふわが恋止《や》まめ　（万葉集巻十二・二九七九）

（直接あなたを見たならばこそ、私の苦しい恋はおさまるだろうのに。）

この場合は、㋑と㋺の対照は次のようになっている。

㋑直接あなたを見たらばこそ　苦しい恋はおさまるだろうのに
　　　　　↑　　　　　　　　　　↑
㋺〔アナタヲ見ナイカラ〕　〔苦シイ気持ハオサマラナイ〕

ここでは㋺は全然表現されていない。全部省略されている。何故かといえば、脇役の㋑だけで歌の趣旨は十分表現されているからである。前に見たように㋑は元来は引き立て役で、主役の㋺と対照され、主役を鮮明に浮き立たせるために登場したものであった。だから、

一日こそ待ちよいケレド、（脇役）　長い日々では待ち切れない。（主役）

玉藻こそ引けば切れるケレド、（脇役）　我々の仲は切れない。（主役）

のように脇役の最後の言葉は多くは……ダケレドと逆接になった。それを承けついで、

直目に君を見てばこそ命に向ふ我が恋止まめ

のように脇役がそのまま主役の座に着いてしまったときにも、その終りが……ダケレ

ドと逆接になる本来の勢いは残っていて、意味上、末尾は単純に切れるものではなかった。

直接あなたを見たならばこそ、苦しい気持は、おさまるだろうノニ。（モノヲ）

ここで、末尾にノニとか、モノヲとかを加えて解釈するところが「こそ」の語法を理解する上で大事なのである。それは『源氏物語』の「こそ」の使い方の多くがそれに属するからである。この点が「こそ」の一つの大事な点であるが、一歩進んでこの形からさらに変った形が『古今集』に現われた。

○月見れば千々に物こそ悲しけれ、わが身一つの秋にはあらねど（古今集一九三）

ここでは「千々に物こそ悲しけれ」という本来の脇役が、主役として正面に出て来て、しかもノニもモノヲもつけずに、切れてしまう。この単純な強調の「こそ」の語法は次第に広まり一般化して、『枕草子』にも多く、『平家物語』では「こそ」の用例の九割に達した。これが一番はじめに紹介した「こそ」の用法で、今日でも「こそ」の係り結びといえばこの種の単純な強調だと受け取る人が多い。

これが「こそ」の用法の歴史の大体である。この歴史的事情を知れば、平安時代の「こそ」の用法には、三つの型があったことが分ると思う。

その一、脇役と主役と揃っているもの。

○春の夜の闇はあやなし梅の花色こそ見えね香《か》やはかくるる　（古今集四一）

これは次のような対照を含むものである。

色こそ　見えね〔ド〕　（脇役）
⇧　　　⇧
香やは　隠るる（隠レナイ）　（主役）

その二、脇役がそれだけで独立しているように見えるもの。

○わが恋を人知るらめやしきたへの枕のみこそ知らば知るらめ　（古今集五〇四）

（私の恋を人は知るはずもない。枕だけが知るならば知っているだろう。）

これが普通の解釈である。しかし、この歌は本当は次の対照をなしているもので、次のような解釈の方が行きとどいたものといえる。

枕のみこそ　知らば知るらめ〔ド〕
⇧　　　　⇧
人〔ハ〕　知るらめや（知ルハズガアロウカ）

つまり、「枕こそは我が恋の涙を知っているだろうけれど、世の人は知るはずもない」という意味なのである。ところが「枕だけが知っているだろう」というような言い放ちの形としての口語訳が行われる。それではしかし、単純すぎる受け取り方である。「知っているだろうけれど」と解釈することが必要である。次の例なども同類である。

○はかなきことだにかくこそ侍れ、まして……　（源氏物語帚木）

（つまらぬ事でさえこんな風でございますのに、まして……）

「かくこそ侍れ」の次が「まして」で始まっているところを見ると、「かくこそ侍れ」では切れないのである。切れずに気持として「こんな風でございますのに、まして……」とつながるものである。その気息を感じることが『源氏物語』では大切である。しかしこの種の「こそ」は、普通は切れ型と扱われている。

その三、脇役が主役の座を占めてしまい、単純に強調するもの。

○咲きそめし宿しかはれば菊の花色さへにこそ移ろひにけれ　（古今集二八〇）

（咲き初めたやどとやどが変ったので色までも移ってしまっている。）

この型は、すでに見たように『枕草子』などに多い。

『源氏物語』の作者は右の三つの型の「こそ」をどのように使ったかといえば、中にはその三の単純強調の型もあるが、その一、その二の脇役型が極めて多い。単純に一方的に直線的に物事をきめつけるよりも、Aデアルノニ(Bデアル)、AデアルモノヲBデアルカノヨウニスルのように、右と左の対立を含みとして保ちながら物事を判断して行くのが紫式部の頭の仕組みであるから、『源氏物語』の文章においてもそういう表現が実に多く使われている。そういう理解が必要な所をいくつか挙げてみよう。

頭中将が、夕顔のところへ久しく通わなかった頃、頭中将の正妻の辺から、礼儀知らずのひどい言葉を夕顔に送っていたのだった。「後で聞きましたんですが、そんなことがあるとも知らず、心では忘れずながら手紙も送らずに久しく時がたちましたところ」という意味の原文は次のようになっている。

久しくまからざりし頃、この見給ふるわたりより、情なく、うたてあることをなむさるたよりありてかすめ言はせたりける。後にこそ聞き侍りしか、さる憂きことやあらむとも知らず、心に忘れずながら、消息などもせで久しく侍りしに、（帚木）

原文は、「こそ」について次のような対照をなしている。

後にこそ　聞き侍りしか〔ド〕　（脇役）
〔当座ハ〕　さる憂き事やあらむとも知らず　（主役）

右の場合、「聞き侍りしか」の下には古型の伝統をうけて意味的にケレド、とかデシタガとか、逆接の気持が付いている。ところが「こそ」を単純強調であると思い込んでいる注釈家は「後にこそ聞き侍りしか」だけで切ってしまう。これを主役扱いにして、それを独立の強調文として扱う。しかし、この「後にこそ聞き侍りしか」の前は「かすめ言はせたりける」と完全に文が終止して切れているのだから、この一句は次に来る主役に対する脇役なのであり、独立の一文とするのは全く誤りである。「後で聞きましたんですが」としてはじめて言い訳の気持が受け取られるのである。また次のような例もある。

「その女(夕顔)は行方も知れず身を隠して消えてしまいましたが、まだこの世に生きているなら、零落して、さまよい生きているでしょう」というところであるが、原文は次のような対照の語法をなしている。

跡も無くこそ　かき消ちて失せにしか〔ドモ〕　(脇役)
まだ世にあらば　はかなき世にぞさすらふらむ　(主役)

この場合も注釈では「かき消ちて失せにしか」で文が断止していると扱い、これを単純強調としているものが多い。それではおかしいのである。

すでに述べたように、「こそ」の強調は、Aと−Aという脇役と主役との価値の対立を基本に置くもので、そこから発展して単純強調へと進行した。平安時代は、その古型と新型の混淆期にあたるので、古型のAと−Aという、価値の対照による強調の型式がまだ十分に生きていた。それは今まで私が何度か述べて来たような、紫式部の上下、左右の対称を好む扱い方と、まさに適合する表現法であった。

『枕草子』の著者は単刀直入を愛し、一直線に対象の中核に迫る行き方を好む。だから「こそ」の使い方の上でも新型の単純強調を極めて多く使っている。

○ぬかづき虫……暗き所などに、ほとめきありきたるこそをかしけれ。（三巻本四三段）

○男も女も、若く清げなるが、いと黒き衣《きぬ》を着たるこそあはれなれ。（三巻本一一九段）

これらは「をかしけれ」「あはれなれ」で単純に強調してそこで切れてしまう。こうした『枕草子』の表現に対して、『源氏物語』の著者は単純に一方だけを賞揚し、あるいは蔑視して一本調子に表現することはせず、右といえば左を考慮し、上といえば下を見る。そしてAダケレドBダ、AナノニBデモアル、AデモアルモノヲBノヨウニスルなどと表現する。

であるから、『源氏物語』における「こそ」は一六三ページ以下に挙げた二例のような、明らかに……ド、……ドモ、……ダケレドのような対照を持つものが多い。のみならず、一見そのようには見えない例でも単純な強調の、言い放ちの語法ではなく、あたかも譲歩するかのようでもあり、余韻を残すかのようでもあることを示す、……ノニ、……ダガ、……デアルモノヲという、切れない意味を表わす「こそ」を多く使っている。一例だけ挙げてみる。

殿上人《てんじょうびと》が浮気な女の家の廊の簀子《すのこ》に腰をかけて笛を吹く、歌を口ずさむ。女は家の中ですぐ和琴をかきならす。なかなかうまい。男はそれをほめて、簾《すだれ》のもとに歩み寄っていう。

「庭の紅葉こそ踏み分けたる跡も無けれ」（帚木）

この言葉を次のように訳しても分らないことはない。

「庭の紅葉には、人の踏み分けて来た跡はありませんね」

しかしこの「こそ」をそのようにただ単純強調と取ったのでは不足なのである。

「庭の紅葉を見ても、それを踏み分けて訪ねて来た人の跡もありませんけれど」

と逆接の気持を含めて扱うとき、殿上人が家の中の女に対して嫌味な言い方をした、その微妙な皮肉の気持を現代語に移したといえる。こうした例は実に多く、かつ非常に微妙に、切れるようでもあり、切れないようでもあるという文になっている例が少なくない。それが『源氏物語』の「こそ」の特徴である。

こうした知識を持って、ⓐ系とⓑ系との比較の問題に入ろう。そこで「こそ」の使い方が数量的にはどうなっているかを見ることにする。

作品名	「こそ」の例数	「こそ」一例当たり字数
『土左日記』	九	約一五〇〇字

『竹取物語』	一八	約一〇〇〇字
『宇津保物語』俊蔭巻	五四	約七三三字
『源氏物語』ⓐ系	四〇八	五八二字
〃　ⓑ系	四二五	四一七字

ここにいう「こそ一例当たり字数」とは、その作品の言語量を平仮名の字数で概算し、その作品全体に使われた「こそ」の例数でそれを割ったものである。

ここには比較の対象として作者が男性と推定される日記または物語を選んで並べたのであるが、これによると、仮名文による作品の祖といわれる『土左日記』では、「こそ」の使用が極度に少ない。それは、「こそ」による強調が男性の作った和文の文章ではまだ一般的でなかったことを示している。ついで『竹取物語』では約一〇〇〇字であり、『宇津保物語』俊蔭巻に至ると七三三字になる。つまり、「こそ」の使用は次第に増加している。そして『源氏物語』になるとⓐ系では五八二字、ⓑ系では四一七字となっている。ⓑ系では大体どの巻においても使用率がⓐ系よりも高く、全体としてⓑ系はⓐ系の一・四倍の「こそ」を用いている。

先に述べたように「こそ」は、それが承ける単語を、高くあるいは低く価値づけ、他のものを捨ててそれを選択し強調する役目を帯びている。このように物事を対照的に扱い、Aに対しては−Aを考え、物事を緩といえば急、強といえば弱という扱いをする「こそ」が⒝系では⒜系より四割も多い。それは⒝系においては、物事の取扱いに強弱の度をはっきりと与え、複雑に扱おうとする作者の気持が濃かったことを示すものである。これは、「は」の使い方でも⒝系の方が手の込んだ使い方を多くしていたという事実と軌を一にする。その数値の差は偶然ではなく、有意の差があると見てよいと思う。

これらの点から見て、⒜系、⒝系のセンテンスの作り方には、かなり顕著な差があるといってよく、「は」と「こそ」とはその指標となる。

次には、こうした一般的な文構造のことではなしに、心理描写の問題を加えることとしよう。

さきに私は、⒜系を書いたときには、作者が藤壺や朧月夜などの女性の心理の内部に立ち入って書いてはいないこと、外部からいくつかのきまり文句ともいうべき形容詞を与えるだけで終わっていること、いわば単眼的レンズによって表現が行われているということを述べた。それは⒝系に至ってどうなっているだろうか。

およそ『源氏物語』という物語は、男女相会うことがその出来事の中心の一つをなす物語であるから、実に多くの場合が描かれている。男は女に寄って行く。女は避けようとする。男は女の衣の裾を押える。そのあたりまでは描かれていることがある。また、男が女に向かって、かねてからの思いのたけを綿々と語る。女は恐れおののきながらそれを聴く。そうした場面もある。しかし、あるところで筆はとまり、空白になる。あらわな接近については何も描かない。それが紫式部の美意識である。

しかし、例外的にことこまかに書き込まれているところがある。②帚木巻の、寄り迫って来る光源氏に対する空蟬の応答のごときはそれである。

「現《うつつ》ともおぼえずこそ。数ならぬ身ながらも、思《おぼ》し下しける御心ばへのほども、いかが浅くは思うたまへざらむ。いとかやうなる際は際とこそはべなれ」

「いとかく憂き身の程の定まらぬ、ありしながらの身にて、かかる御心ばへを見ましかば、あるまじきわが頼みにて、見直し給ふ後瀬《のちせ》をも思ひたまへ慰めましを、いとかう仮なる浮き寝の程を思ひはべるに、たぐひなく思うたまへまどはるるなり。よし、今は見きとなかけそ」

ここにはほとんど紫式部の肉声と言ってもよいような響きがある。ここには女の側からの切ない言葉の息づかいも生々しく聞えて来るかのような表現がある。このような扱いはⓐ系では見られなかった。

勿論ⓐ系にも次のような例はある。たとえば⑨葵の巻で六条御息所が葵の上に生霊となって取りついたとき、葵の上の周囲では、それを追いはらうべく祈禱を行ない芥子《けし》を焚《た》き、あたり一面に芥子の香が満ち満ちていた。その場所に物《もの》の怪《け》として出現していた六条御息所が、やがて自分の邸宅で正気づいたとき、御息所には芥子の香がしみついていて、衣をかえても髪を洗っても芥子の香はとれなかったと書いてある。

現代の、生霊などということを余り信じない者にとっても、その記述は真実に迫る恐ろしさを持ち、極めて印象深い。こうした種類の記述はⓐ系の随所にあり、それが我々を引きつける。しかしⓐ系を全体として見るとき、男と女の間柄について細やかな描写に欠け、ある真実性に乏しいことを否定することはできない。それがⓑ系になると異なっている。つまり、言って見ればⓑ系以後には双眼的なレンズが作動しているように見える。

一体これは、どのような事情のもとで生じたことなのだろうか。私はそこに疑問を感じる。

七　紫式部の生活

(一)　『紫式部集』から見る

ⓐ系とⓑ系との顕著な相違は何故見出されるのか。そのことを考える前に、まず私は『紫式部集』と『紫式部日記』によって彼女の生活を見ようと思う。『紫式部集』という歌集によって、彼女の結婚前後の様子、夫の死、出仕《しゅっし》の前後の彼女の感情などについて多少の知識を得ることができる。また、彼女の仕えた中宮彰子がお産のため父親藤原道長の邸《やしき》に移ったとき、従って行った紫式部の当時の日録と、当時の生活についての感想とから成る『紫式部日記』が残されている。それは、その頃どんな事件があったか、紫式部がどんな気分で暮らしていたか、また藤原道長とどんなかかわりがあったかということについての重要な示唆、あるいは知識を与える作品である。

まず『紫式部集』によって、彼女の結婚、夫宣孝《のぶたか》とのやりとりを見ることとしたい。一人の娘がこれから巣立つ人生に対して、ほのかな、あたたかな期待を懐く姿をそこに見出すのである。

長徳二(九九六)年、紫式部の父、藤原為時は越前の国守として赴任し、式部もそれに従って越前に下った。その出発にあたって、「私も越前へ行って見ようと思う」と言った男がいた。それが後に彼女の夫となる藤原宣孝である。その男は越前に便りを送って「春は解くるものといかで知らせ奉らむ」と言って来た。「春は氷が解ける季節だけれども、あなたの女心も解けるものだと、あなたに知らせてあげたい」というのである。それに対する式部の返歌は、上品でいや味のない、あっさりした、特別な技巧もない歌、いわば娘の歌であった。相手の藤原宣孝は、『尊卑分脈』によればその頃すでに三人の妻を持っていた。それぞれに子供があり、合計五人の子持ちで、年は四十五歳を超えていた。一九五ページの系図の左の方を見れば分るように、宣孝は右大臣藤原定方《さだかた》の曾孫にあたり、紫式部とは再再従兄妹の関係にある。宣孝の家系は紫式部の父、為時の家系よりも社会的に少しは高い位置にあったが、その家筋もその頃は五位の地方長官どまりの階層に属していた。宣孝は六位蔵人として紫式部の父親、藤原為時と同時に花山《かざん》天皇に仕えたことがある。

宣孝という人物は天元五(九八二)年(三十三歳か)、蔵人に補されたが、右衛門尉《うえもんのじょう》のとき、天皇の御禊《みそぎ》の間に天皇の御馬を放してしまい、天皇によって誡免されたことがある(三十五歳か)。備中、備後、周防、筑前、山城の国守を経て正五位下で終わった。宣孝について『枕草子』に次の記事があることはよく知られている。吉野山の中の修験道の聖地、金峰山《きんぶせん》に入る者は、行者の千日参籠にならって入山の前に長期の精進を行うのが常識であり、参詣にあたっては粗末な服を身につけるのが習慣となっていた。しかし、

右衛門の佐《すけ》の藤原宣孝という人は、「そんなことはつまらない習慣だ。ただ清潔な着物を着て参詣しさえすればいい。必ず汚い恰好をして参詣せよと御嶽《みたけ》がのたまうはずはない」と言って三月、濃い紫色の指貫《さしぬき》、白い襖《あお》、ひどくけばけばしい山吹色の衣を身に着け、長男の隆光という主殿助《とのものすけ》には青色の襖、紅の衣、まだら模様の水干《すいかん》を着せ、派手な形で並んで参詣した。参詣に往来する人々は珍しがって、昔からこの山にはこんな姿の参詣人は見えなかったとあきれたが、四月一日に参詣から帰り、六月の十日頃には筑前の守の後任に任じられた。そこで本当に御本人の言った通りだったと評判であった。(三巻本一一九段)

この時、宣孝は四十二歳くらいである。筑前守から帰任した後、長徳四(九九八)年、宣孝は石清水《いわしみず》の臨時祭の試楽《しがく》に舞人《まいびと》となったことがあり、右衛門権佐《ごんのすけ》に進み、山城守

を兼ねるに至った。こうした御嶽詣での話や、試楽の舞人に選ばれたことなどから推して、宣孝という人物は派手な性格の人間であり、天皇の御馬を放してしまったということから見れば、必ずしも物事に忠実という性質ではなかったろうと考えられる。宣孝の最初の妻の子供が御嶽詣での話に出て来た隆光《たかみつ》で、その年齢は紫式部とほぼ同じくらいであろうと推測されている。四十五歳を超える年齢、三人の妻を持ったという経験から言って、宣孝は、一人のかなり年のいった娘と結婚しようとする際に、その娘に対して何をしてはいけないか、何をすれば娘は心ひかれるものかなどをすでによく知っていたに相違ない。「春は解けるもの、女心が解ける季節だということを、あなたに何とかして教えてあげたい」という物言いの中にそれが感じられよう。

彼の求婚を受けて紫式部は、当然、宣孝という人物に注意を払っただろう。ところがその頃、宣孝は同時に近江守の娘にも懸想《けそう》していることが分った。それでも宣孝は紫式部に対して、「二心《ふたごころ》なし」と繰り返し言い送って来た。そうした言葉を繰り返すことが女の心を傾けるものであると宣孝は知っていたものと思われる。それに対して紫式部は、

みづうみに友よぶ千鳥同《こと》ならば八十《やそ》の湊《みなと》に声絶えなせそ

（近江の湖で友を呼んで鳴く千鳥よ、同じことなら、方々の湊に友を求める声を絶えずおか

けなさいな。)

という否定的な答えを送っている。また次のような歌も残されている。

文の上に朱といふものをつぶつぶとそそきかけて「涙の色を」と書きたる人の返りごとに

くれなゐの涙ぞいとどうとまるるうつる心の色に見ゆれば

(あなたの紅涙だと聞くと一層うとましい気持です。変わりやすいあなたの心が色に現われているように見えますから。)

手紙に朱を点々とたらして「これがあなたを思って流す私の涙のあとです」と送ってきた。宣孝という男はこうした見えすいた、しかし強烈な表現が戯れと分っていてもかえって強い印象を与え、娘心を離れがたくとらえていくと計算していたのだろう。紫式部は「うとまるる」と言いながら返歌を送っている。それに対して宣孝は一層あからさまな歌を送って来た。

けぢかくて誰も心は見えにけむことばへだてぬ契りともがな

(身近な間柄になってお互いに心の底は見えたでしょう。できるなら言葉のへだてすらない契りを結びたい。)

返し

へだてじとならひしほどに夏衣うすき心をまづ知られぬる

（あなたとへだてを置くまいと心を馴らしているうちに、あなたの夏衣のような薄い心をまず知ったことです。）

こうした応接のうちに宣孝は娘の心を次第に引き寄せて行ったように見える。冬の歌に、宣孝のものらしいものが見え、将来二人は深い関係となるだろうと述べている。おそらく二十七、八歳に達していた娘は、この女心をよく知っている年配の男に次第にとらえられたのだろう。紫式部は帰京して都に住み二人は結婚の関係に入ったと思われる。そして当然予想された事件が起きた。

もとより人の娘を得たる人なりけり。文散らしけりと聞きて「ありし文ども取り集めておこせずは返り事書かじ」とことばにてのみ言ひやりたれば、みなおこすとて、いみじく怨じたりければ、正月十日ばかりのことなりけり

閉ぢたりし上の薄氷《うすらひ》解けながらさは絶えねとや山の下水

（気づいてみれば、すでに他人の娘をかずかず得ている人だったのだ。私からの心こめた手紙を、その女の人たちに見せびらかして与えたりしたと聞いて、「以前からの私の手紙を全部集めて返して来なければ以後返事はいたしません」と使に口上だけで伝えさせたところ、「皆返します」と言ってひどい怨み言を送ってきた。それで私は正月十日ごろ歌を送った。

しっかり閉じていた表面の薄氷がようやく解けたばかりなのに、それでは山の下水は絶えてしまえと仰言るのですか。)

真実の心を注いだ手紙を、他の女たちに得意がって見せびらかして与えたという噂を耳にした紫式部の驚愕が、「もとより人の娘を得たる人なりけり」という、「なりけり」によく現われている。すでに述べたように「けり」は気づきの助動詞であるから、「ああ、気が付いてみれば、この人は何人もの女の人をすでに知っている男なのだった」という気持である。「私が書いたような文面は何度もすでにもらったことがあり、心こめて送った私の手紙など見馴れたものの一つにすぎなかったのだ」という紫式部の嘆きがここに現われている。怒りは激しく男に投げつけられた。歌を書いて送れば、「これまでの手紙をすべて返せ」と言ってやる趣旨に反するから、ことば(口頭)だけで言い送る。ところが女を扱いつけている宣孝はすぐに謝って来た。「手紙はみんな集めて返します」。そう言った上での男の怨《うら》み言《ごと》を読まされた時、女心は急に不安になる。あの人は自分から去ってしまう。私は一人になってしまう。紫式部は今度は歌を送った。「さは絶えねとや」(あなたは山の下水は絶えてしまえと仰言るのですか)と歌ったのは、相手の機嫌を本当に損じてはならないと女が折れて出たのである。

すかされて、いと暗うなりたるにおこせたる

東風《こちかぜ》にとくるばかりを底見ゆる石間《いしま》の水は絶えば絶えなむ

(機嫌をとられて、暗くなった頃に男から返事が来た。

春の東風にほんのわずか解けたという程度なのだから、この底の浅い石間の水は、絶えられるなら勝手に絶えておくれ。)

本当は娘の方が屈伏したのに、自分が相手の機嫌をとった結果、相手が気持を直して歌をよこしたと受取っている娘心のとどかなさがここに現われている。男からの返事には、「今は物も聞えじ」(もう物は申しますまい)と書いてあった。そういいながら歌を送って来るとは、腹立ちの形を見せながらの男の和解である。が、ここには娘に対する男のおどしの形跡も読むことができる。こうしたことを経て結婚の生活が進んで行った。その頃の歌に、ほのかなあたたかな心をこめた紫式部の歌がある。

桜を瓶に立てて見るに、とりもあへず散りければ桃の花を見やりて

折りて見ば近まさりせよ桃の花思ひぐまなき桜惜しまじ

(桜の枝を活《い》けようと瓶に立てて見たところ、手にとるやいなや急に花が散ってしまった。そこで、彼方の桃の木の枝を見やって。

桃の花よ。その枝を折って見たら、遠くで見ていたよりも近くで見る方がずっと美しくあるようにと私は祈る。人の気持を大切にもせず急に散った桜の花など、私は惜しいと思う

まい。)

紫式部は桃を見やって、「近まさりせよ」と言っている。桃の花の持つ朴訥《ぼくとつ》さ、誠実さ、あたたかさをとらえて、作者は、自分自身を桃に比し、近づいて見たときには、この桃の枝が予想したよりすぐれて美しくあれかしと歌っている。それはかねて関係のある女たち、桜にたとえられる心変りの早い女たちよりも宣孝があたたかく愛してくれることを求めたものと解されている。ここに紫式部の、優しい、誠実な心の表明を見ることができよう。この気質は紫式部の本性の一つとして記憶しておくべきことである。

二人の間には女の子が生まれた(賢子、後の大弐三位《だいにのさんみ》)。しかし仕合せは長くは続かなかった。長保《ちょうほう》三(一〇〇一)年、結婚後三年にして疫病が全国に流行した。「長保三年辛丑、春月疫死甚盛《ナリ》、鎮西坂東七道諸国入《ル》二京洛《ニ》一。疫癘殊《ニ》甚《シ》。……行二幸《シテ》大極殿《ニ》一。為《ニ》レ除《ンガ》二疾疫《ヲ》一修《ス》二大仁王会《ヲ》一。」「五月九日、京師《ノ》諸人於《テ》二紫野《ニ》一行《フ》二御霊会《ヲ》一。道路《ノ》死骸不レ知《ラ》二其《ノ》数《ヲ》一。天下《ノ》男女、夭亡過《グ》レ半《ニ》。七月以後疾疫漸《ク》止《ム》」(扶桑略記)。この時の伝染病によって宣孝はこの世を去ったとされている。夫の死は彼女にとって深い悲しみであった。

世のはかなきことを嘆くころ、陸奥《みちのく》に名ある所々かいたる絵を見て　塩釜

見し人のけぶりとなりし夕べより名ぞむつましき塩釜の浦

塩を焼く煙のなびく絵を見て、彼女は夫を焼いた煙を想い出したのである。

その後、娘賢子の病気の際の、やさしい母としての歌もある。

若竹の生ひゆくすゑを祈るかなこの世をうしといとふものから

（若竹の成長して行く末を祈ることよ。私自身はこの世がいとわしくて離れたいのだが。）

三十歳をすぎたばかりの未亡人として、晴れない気分で暮らす紫式部が身を打ち込んだのは、少女時代からの文才を生かした「物語の制作」であったろうと、多くの研究者は述べている。『源氏物語』の一部分はこの寡居時代に書かれただろうとするのが通説である。『源氏物語』がそのようにして書き始められたとすれば、それはまずⓐ系の執筆だったと私は考えている。

さて、すでに長徳元（九九五）年、関白藤原道隆は死んだ。翌年、内大臣藤原伊周《これちか》、隆家は、花山法皇を射たという事件によって左遷された。これは藤原道長の謀略であったろうといわれている。伊周らに代わって権力の座を獲た道長は左大臣に進んだ。そして長保元（九九九）年、わが子彰子を女御とし、翌年これを中宮に立てた。年も行かない彰子（十二歳）を教育して一条天皇のもとにある皇后定子におくれを取らない教養を身につけさせ、魅力ある女性に仕立てることは、道長にとって最大の課題であった。道長はすぐれた才能のある女性を中宮彰子の周囲にあつめることに腐心した。紫式部は白羽の矢を立てられた中の一人であったとされている。このような場合、彼女がどんな暮しに入って行ったのか、当時の大臣家と紫式部らの五位の階層の家との間にはどんなに大きな経済的社会的な相違があったのか、「女房」とは一般的にどんな生活をする人々なのか。ここでそれを一瞥《いちべつ》しておきたい。

(二)　大臣家と女房と

当時の貴族の収入を実際の数字として正確にとらえようとすると、国史の専門家にとってもそれは容易なことではないらしい。つまり、奈良時代に律令制が敷かれた頃の国家としての規定は分るとしても、平安時代に入って荘園経済が発展し、律令制による規定が次第にゆるみ、崩れつつあった頃に、果して国家がどれほどの給与を貴族に対して実際に与えていたか、また、公に対する私の収入がどれ位あったのかを正確に把握するのは、かなり難しい課題らしい。そこで、『令義解《りょうのぎげ》』と『延喜式《えんぎしき》』の記載とをもとにして、藤原道長などの大臣たちと、紫式部が属していた五位の階層の人々との間にどのくらいの差があったのか、そのおよその見当をつけるという程度のことを試みようと思う。

給与の道は二つに分けて考えることができる。その一つは「位《くらゐ》」による給与である。その二は「官職《つかさ》」による給与である。

「位《くらゐ》」のクラは馬の「鞍《くら》」と同源の言葉で、人や動物がその上に乗る台である。ヰとは坐ること。だからクラヰとは、高くしつらえた座席に坐ることであり、またその坐る場所をいうのが原義である。その坐る場所の高低の意から発して身分の高低を表わした。一位から八位までがあり、その下に初位があった。一位から八位まではそれぞれに正と従とを区別し、四位より下はさらに上・下の別を加え、正四位上、正四位下のように区別した。従って全体では三十の等級があり、この「位」に応じて国家から給与が支給された。その給与の種類はいろいろあるが、位田・位封・位禄が主なものといえよう。

位田…位に応じて賜わる田。それをいわば小作に出して、そのあがりを収入とする。

位封…位に応じて賜わる封戸《ふこ》。封戸には課口すなわち税を納める一人前の人民を含む戸を充てる。それが穀物で納める税の半分と、物納する絹・布などの全部と、税として提供する労力の全部を国司を通して受取る。つまり、それらが封主の収入となる。位封は三位の人までにしか与えられない。四位以下には位禄を賜う。

位禄…絁《あしぎぬ》・綿・布などの現物給与である。
それらを一覧表にすれば次のようになる。

	正一位	従一位	正二位	従二位	正三位	従三位	正四位	従四位	正五位	従五位
位田	八十町	七十四町	六十町	五十四町	四十町	三十四町	二十四町	二十町	十二町	八町
位封	三百戸	二百六十戸	二百戸	百七十戸	百三十戸	百戸				
位禄							絁十疋 綿十屯 布五十端 庸布三百六十常	絁八疋 綿八屯 布四十三端 庸布三百常	絁六疋 綿六屯 布三十六端 庸布二百四十常	絁四疋 綿四屯 布二十九端 庸布百八十常

またこうした国家からの給与としての位田とは別に、自分たちの力で新たに開墾した田、墾田の私有が認められていた。その私有にも限度が設けられていたのだが、その数をあげれば次の通りである。

一位	二位	三位	四位	五位	六位―八位	初位―庶人
五百町	四百町	三百町	二百町	百町	五十町	十町

これで見れば、位田では従五位は正一位の十分の一、墾田では五分の一である。

その二は「官職《つかさ》」による給与である。ツカサとは「塚《つか》」と同根の言葉で、小高い所をいう。またそうした小高い所に立って指図を下す人の意であった。転じて指図する人のいる役所、役人、役職をいう。従って、ツカサによる給与とは役職給である。これは太政大臣・左右大臣・内大臣・大納言・参議といった中央官庁の主だった人たちに極めて厚く与えられ、それ以下の役職には春秋の二回に分与される季禄《きろく》があるだけだった。これも何らかの職についている時にだけ給与される立て前だから、ともかくも職務にありつくということが大事だった。令による規定を次に挙げる。

	職封	職田
太政大臣	三千戸	四十町
左(右)大臣	二千戸	三十町
内大臣	(八百戸)	
大納言	八百戸	二十町
中納言	四百戸	
参議	八十戸	

このように「位」と「役職務」による給与の体系があったが、藤原道長の時代には、「位」と「職務」とが連繫していて、正二位・従二位ならば大臣、正三位ならば大納言、従三位ならば中納言、正四位下ならば参議(宰相)、従五位下ならば少納言・文章博士・衛門佐《えもんのすけ》などという具合であった。

だから、正二位左大臣という職務にある人の収入と、従五位の人間の収入との差は、田については十倍以上、封戸に関しては比較もできない。墾田を加えればさらに実質的な相違は大きくなる。歴史の専門家によると大臣の年収は今日の貨幣に直して数億円に達するといえるだろうという。だから『枕草子』に次のような一文がある。

同じ人間でも、侍従、兵衛佐(従五位下相当)といった程度では、全く軽蔑の対象である。宰相(正四位下相当)とか、中納言(従三位相当)などになれば、えらいお方と認められる。

(前田本二四九段)

宮仕えの女房たちは当然すばらしい男性にあこがれており、右の表で分るような低い収入しか得られない五位の男たちなどは物の数ではなかった。四位以上の男になってようやく女房は好意を寄せはじめ、三位以上に対しては敬いと恐れとを抱いていた。しかし五位といえば天皇の勅授の位である。日本の社会全体に置いて見れば立派に貴族の一員である。五位は決してたやすく得られる位ではない。初位から登っていく人々にとっては五位は最高の位であり、成り上って行こうとすれば容易に達しうる位ではなかった。しかし、宮廷という場で、太政大臣とか左右の大臣とかの前に出れば、五位の階層の人々は財力の点でも権力の上でも全く太刀うちも何も出来るものではなかった。それに、地方の国司たちは大臣の機嫌を伺うために種々の贈物をする。例えば藤原道長の日記、『御堂関白記』の寛弘元年三月四日の項に、

讃岐守高雅朝臣、見上米千二百石、以車百六十両運上、出見、三四上卿同道、米

遺有淀云々

とある。讃岐守源高雅が千二百石という大量の米を正二位左大臣である藤原道長に献上したのである。千二百石は現在の米価で約一億円に当る。また『御堂関白記』、長和元年閏十月には、

十六日　故〔平〕兼忠朝臣男維吉献馬六疋、二疋兼忠申置云々

十七日　上野守〔平〕維叙献馬十疋

廿三日　昨日出羽〔守〕〔源〕親平献馬六疋、入夜前常陸守〔源〕頼信献馬十疋

という記事がある。当時馬は今日の高級自動車あるいは重戦車にもあたるものであったらしいから、これらの贈物は金銭に換算すると極めて大きな額に達する。書物についても次のような記載がある。寛弘三年三月から四月の記事である。

三月廿八日　〔藤原〕頼明朝臣、文二千巻許献

四月四日　〔源〕兼澄朝臣、文千余巻献

五日　有二播磨守〔藤原陳政〕家一〔大江〕朝綱ノ文三千五百巻持来

七日　三位中将〔藤原兼隆〕、文千巻許持来

こうした莫大な書物の寄進がこの時期に集中している。あるいはこれは二月に内裏《だいり》の造営が完成し、御書所《ごしょどころ》の衆を任命していることと関係があるのかもしれない。しか

しいずれにしても、こうした集中的な寄進は道長の意向を受けた人々の対応の仕方の一つである。権力者は国の規定の給与のほかにこうした寄進を受けることができた。これらを金銭に換算すれば莫大としか言いようがないだろう。

これらの収入を持つ大臣級の人々と、地方官として国々に赴任した際の現物の収入をあてにする人々との間に、絶対的ともいうべき格差があったことは明白である。しかもその地方官の任命について大臣級の人々の発言が大きな力を持っていたのだから、五位の階層の人たちが大臣家の人たちにおもねり、少しでもよい国、収入の多い国の職をあててもらおうとするのは自然だった。

官吏任命は春と秋とに行われた。春には地方官が任命され、秋には中央官が任命された。「除目《ぢもく》」というのがその当初の任命の呼び名であった(「除《ぢ》」とは宮中の階級、「目《もく》」とは任命書の意である)。五位の人々は地方長官として赴任すれば、それぞれの地方で税を徴発し現地で産をなす者も少なくなかった。また、同じ地方長官といっても、その地方地方によって区域の広い狭いがある。また気候風土の相違によって、それぞれの国の一段《たん》当りの米の収量に多い少ないがあった。そこでその任国の格づけがなされていた。次ページにそれを一覧しておこう。

この地方長官の任命の機である春の除目が、人々の注目を集めたのは当然である。

	国名	職員	官位相当	職田
大国	大和、河内、伊勢、武蔵、上総、下総、常陸、近江、上野、陸奥、越前、播磨、肥後、	守一人 権守一人 介一人 権介一人 大掾一人 権大掾一人 少掾一人 権少掾一人 大目一人 少目一人 史生五人	従五位上 正六位下 正七位下 従七位上 従八位上 従八位下	二町六段 二町二段 一町六段 一町二段 六段
上国	山城、摂津、尾張、三河、遠江、駿河、甲斐、相模、美濃、信濃、下野、出羽、加賀、越中、越後、丹波、但馬、因幡、伯耆、出雲、美作、備前、備中、備後、安芸、周防、紀伊、阿波、讃岐、伊予、筑前、筑後、肥前、豊前、豊後、	守一人 権守一人 介一人 権介一人 掾一人 権掾一人 目一人 史生四人	従五位下 従六位上 従七位上 従八位下	二町二段 二町 一町六段 一町二段 六段
中国	安房、若狭、能登、佐渡、丹後、石見、長門、土佐、日向、大隅、薩摩、	守一人 介一人 掾一人 目一人 史生三人	正六位下 正八位上 大初位下	二町 一町二段 一町 六段
下国	和泉、伊賀、志摩、伊豆、飛騨、隠岐、淡路、壱岐、対馬、	守一人 掾一人 目一人 史生二人	従六位下 従八位下 少初位上	一町六段 一町 六段

老いも若きもその任命の日のためにさまざまの縁故をたどって自己の力を宣伝しあるいは懇願を繰り返した。また、その国司に連なることによって生活の資を得ていた人も少なくなかったから、自分の主人がよい国を割当てられるか否かはその人たちにとっても重大な関心事たらざるを得なかった。そのさまは『枕草子』(「すさまじきもの」の段)などに活写されている。そこでは任国を得られなかったものの落胆と得たものの得意とが交錯した。『かげろふの日記』『枕草子』『源氏物語』『さらしな日記』の著者の父親たちは、いずれもこの地方長官の職が得られるか否かに気をもむ人々であった。このことを知っておくことは平安朝の女の文学を読むときに是非必要なことである。

そこで周知の例であるが、除目についての『枕草子』の文章を紹介しておくこととしよう。

除目の頃などは内裏一帯が面白い。雪が降り、きびしく氷っているのに任官の申請書を持ちまわる人がいる。四位・五位で若々しく気分よさそうな男は見るからに頼もしい。白髪の老人が案内を乞い、女房の局《つぼね》などに立ち寄り、自己宣伝を一心にして聞かせると、若い女房たちはあとで真似をして笑うけれど、本人は知るよしもない。「どうか宜しく天皇・皇后に奏上して下さい」などと言っても、よい結果を得ればよいが、職を得られなかったの

こそあわれである。（三巻本三段）

ぞっとするもの。……除目に職《つかさ》を得なかった人の家。今年は必ず任官されると聞いて、以前仕えていた者など、他所他所《よそよそ》しかった者や、ひなびた所に住む者どもなどまで集まって来て、門を出入りする車が絶えず、神社に祈願に行くお供《とも》をして我も我もと参詣し、ふるまいの物を食い、酒を飲み、大声で話し合っているが、任官発表の夜、明け果てるまで朝廷から報《し》らせに門をたたく者は誰も来ず、おかしいと耳を立てて聞くと、先払いの声がして会議に加わった上卿たちは皆退出されて行ってしまう。情報とりに前の晩から出かけて行って寒さにふるえていた下男が暗い様子で帰って来る。それを見る者たちはどうだったかとたずねもしない。他所からふいと入って来た者などは「殿は何におなりですか」などというが、その答えは決まって「何国の、前国司におなりですよ」などという。真実頼みの綱と思っていた者は全く悲しそうな顔である。夜が明けはなれると、ぎっしり坐っていた者どもも、ひとりふたりとすべり出て消える。古くからの従者で何処へも行きどころのない者たちは、来年空くはずの国々を指折り数えなどして、わざと悠然と肩をゆすっているのも、それも気の毒で、心がつめたくなる。（三巻本二五段）

つれづれなるもの。除目に職を得なかった人の家。雨がさっと降っていると、一層、何もすることがない。（三巻本一三九段）

除目に、その年の第一の国を得た人は、「立派な国司におなりで、全く恐ろしいほどで」などとお祝いを言われ、「どういたしまして。ひどく落ちぶれておりまして」などと挨拶をす

る。実はいかにも得意げな顔である。（三巻本一八五段）

こうした状況を見れば大臣家の勢威がいかに大きかったかは容易に理解できる。ところがその大臣家なるものにも勢力の隆替があった。同じ藤原氏といってもその中に栄えた血筋があり、また衰微に陥った家筋もあった。次にその状況を一望することとしたい。

私は次に一つの系図を掲げようと思う。これによって当時の同じ藤原氏とは言ってもその内部では政治権力の一方への集中があり、藤原氏の中での紫式部の位置がどのようなものであったかを、一目で見ることができると思う。

まず天皇の名を□で囲み、右肩に歴代の数を示した。太字は九〇〇年以降に大臣（左大臣・右大臣・内大臣）に任命された人物の名である。紀元九〇〇年には左大臣には藤原時平《ときひら》、右大臣には菅原道真が任じられていた。以下、藤原道長の子である教通《のりみち》が内大臣に任じられるまでに合計三十一人が大臣に任じられている。そこで時平を1、道真を2のように、任命の順序によってその人名の右肩に数字を付した。

九〇〇年代をおよそ前・中・後の三期に分け、この三十一人を血筋によって区分して一覧すると次のような事実を見ることができる。まず(A)の列の人物は藤原基経《もとつね》の子孫である。(B)の列の人物はそれ以外の血筋の人である。挙げた数字は大臣に任じられた順序である。

	前期	中期	後期
(A)(藤原基経の子孫)	1 5 7 9 10	11 13 15 17 18 20	21 22 24 25 26 27 28 29 30 31
(B)(それ以外)	2 3 4 6 8	12 14 16 19	23

つまり九〇〇年代の前期の十人の大臣の血筋を見ると、(A)の系列から五人、それ以外から五人である(その中に菅原道真が入っている)。次に中期の十人を見ると、(A)から六人、それ以外の(B)から四人である(その中に源高明《たかあきら》が入っている)。後期の十一人を見ると、(A)から十人、(B)からは源重信ただ一人である。これを見れば(A)の系列が時の推移と共に権力を増大して行き、大臣に就任する人数が着々と増加していることが明白である。九〇〇年代の末に至れば(A)は大臣の職をほとんど独占している。このように(A)の血統は権力を集中的に獲得しているが、それは単に自然の成行きで成就したものではない。それぞれの時期に強引な讒訴《ざんそ》や残酷な謀略が行われて、それによって力を拡大して行ったことを知っておく必要がある。すなわち十世紀の前半においては、(A)の左大臣藤原時平は(B)の右大臣菅原道真を讒言によって大宰権帥《だざいのごんのそち》に左遷した。この事件は有名で、後に道真の怨みによって時平は死んだという言い伝えもあるくらいである。中期には、(A)の藤原師尹《もろただ》らが(B)の左大臣源高明をやはり大宰権帥に左遷する策

謀を実行した（安和の変）。(A)の藤原兼家は、謀略によって花山《かざん》天皇を連れ出して剃髪させ退位させた。こうした術策を繰り返すことによって、藤原氏の中の一系は自己の血筋に権力を集中して行った。またその一系の中でさえ単に協力するだけではなく、兄弟でも時には互いに排除して権力を争い合った。藤原道長はそうした状況において自分の位置を獲得し、また保ったのである。

それに対して紫式部の父親の藤原為時、式部の夫の藤原宣孝の位置を見れば、その遠い祖先には大臣に任じられたものもあるが、為時、宣孝の時代には、およそ大臣の職とは縁が遠い家系となっていたことが、一九五ページの系図の左方を見れば明瞭に知られるだろう。その時代の貴族社会での彼らの位置は、せいぜいが地方長官の職を得ることに一喜一憂するところにあった。紫式部がそのような位置に生まれ、育ち、結婚し、生活していたことは、『紫式部日記』や、『源氏物語』の成立と内容とを理解する上で根本的に重要な点である。

藤原兼家がわが子詮子《せんし》の生んだ一条天皇を位につけるべく、源代明の孫である懐子《かいし》の生んだ花山天皇を退位させた時の事件の模様が『愚管抄《ぐかんしょう》』に詳しく記されている。今ここにその大体を意訳してみる。

「天皇がたしかに御出家なさいましたら、すぐさま私も出家して仏法修行の御同行となりま

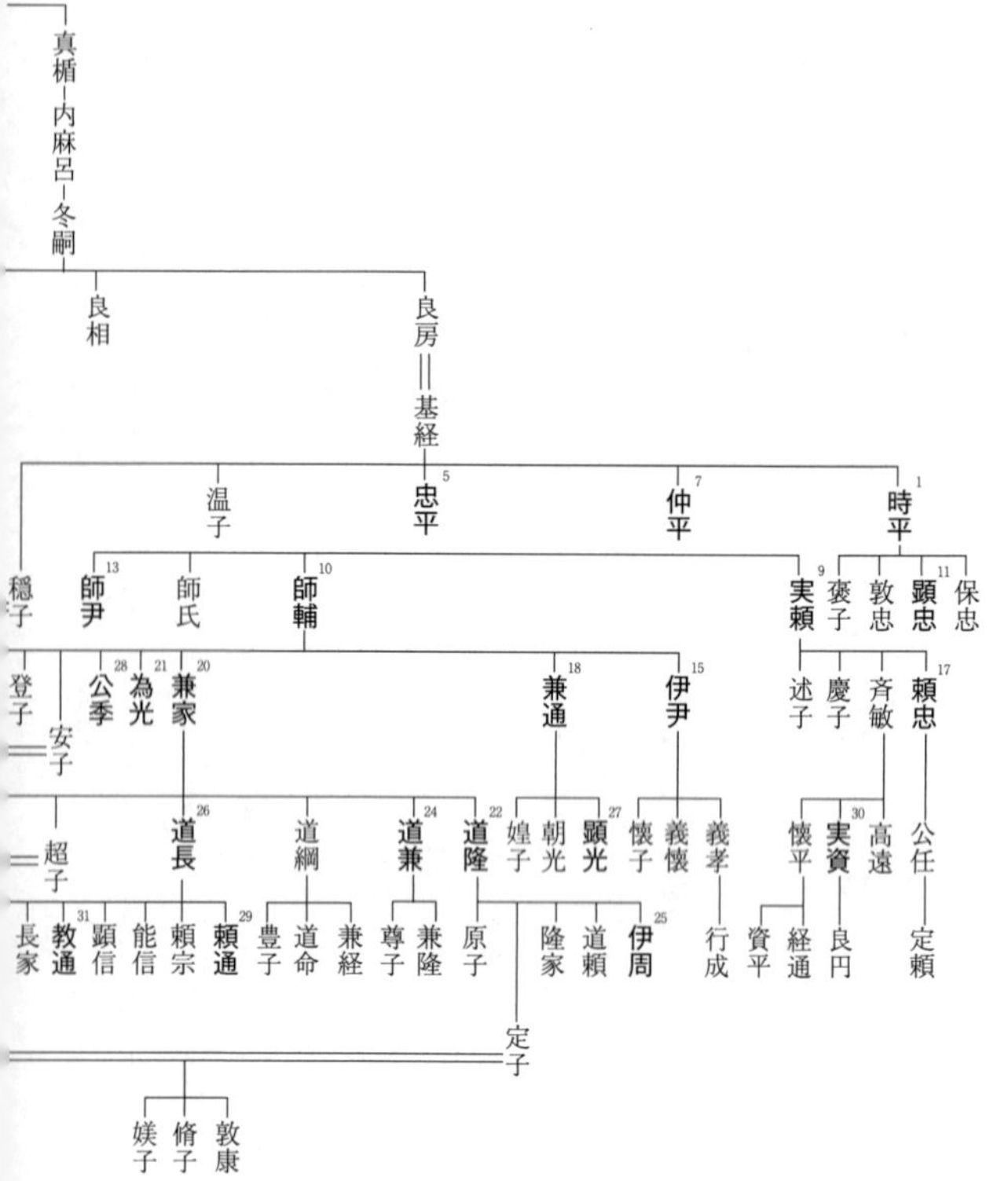

真楯
内麻呂
冬嗣
良相
良房
基経
温子
5 忠平
7 仲平
1 時平
穏子
13 師尹
師氏
10 師輔
9 実頼
褒子
敦忠
11 顕忠
保忠
登子
安子
28 公季
21 為光
20 兼家
18 兼通
15 伊尹
述子
慶子
斉敏
17 頼忠
超子
26 道長
道綱
24 道兼
22 道隆
媓子
朝光
27 顕光
懐子
義懐
義孝
懐平
30 実資
高遠
公任
長家
31 教通
顕信
能信
頼宗
29 頼通
豊子
道命
兼経
尊子
兼隆
原子
隆家
道頼
25 伊周
行成
資平
経通
良円
定頼
定子
媄子
脩子
敦康

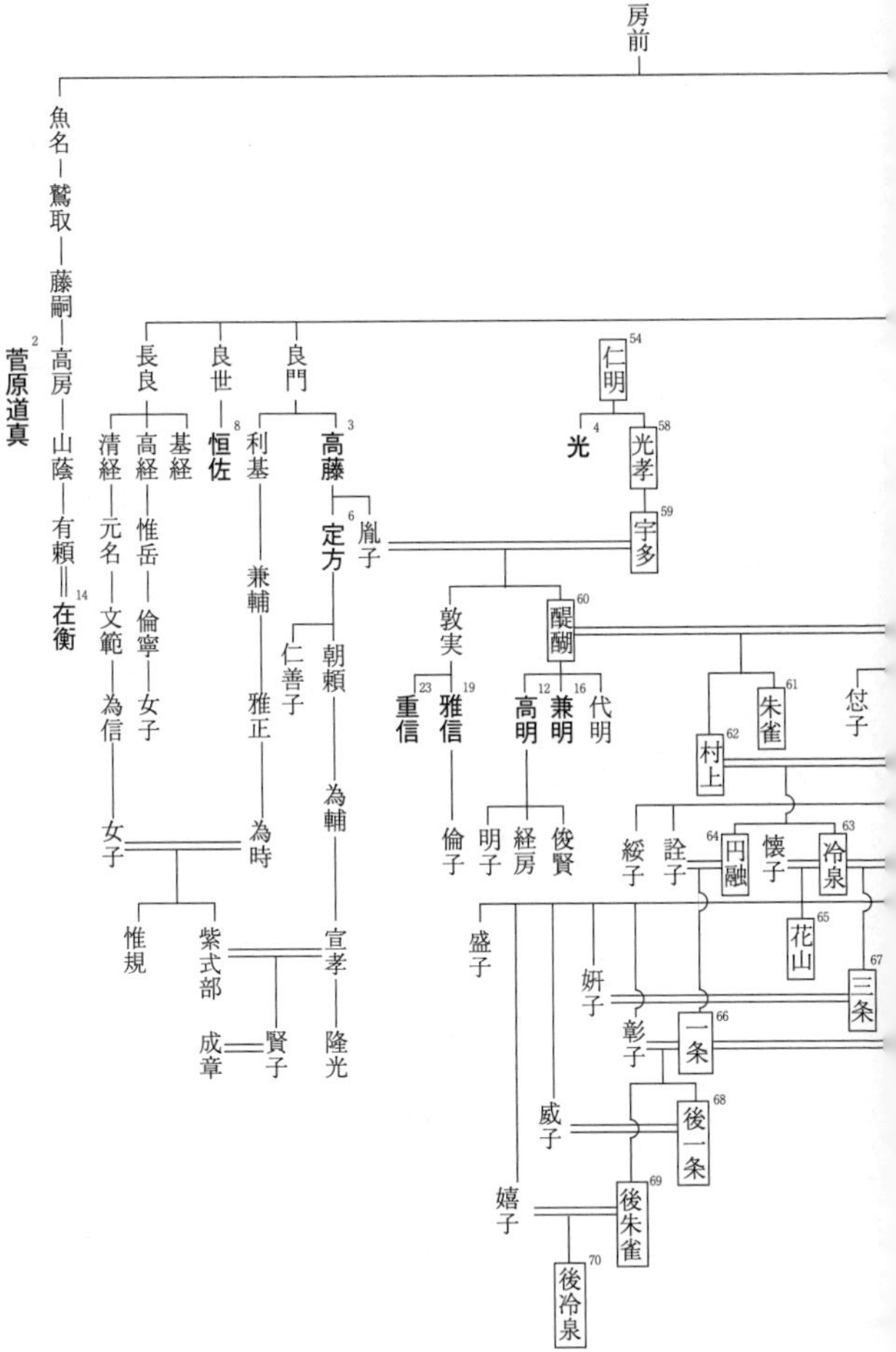
房前
魚名
鷲取
藤嗣
高房
山蔭
有頼
在衡 14
菅原道真 2
長良
良世
良門
清経
高経
基経
恒佐 8
利基
高藤 3
定方 6
胤子
元名
惟岳
兼輔
文範
倫寧
仁善子
朝頼
為信
女子
雅正
為輔
女子
為時
惟規
紫式部
宣孝
成章
賢子
隆光
仁明 54
光 4
光孝 58
宇多 59
敦実
醍醐 60
重信 23
雅信 19
高明 12
兼明 16
代明
倫子
明子
経房
俊賢
朱雀 61
村上 62
忯子
綏子
詮子
円融 64
懐子
冷泉 63
花山 65
盛子
妍子
三条 67
彰子
一条 66
威子
後一条 68
嬉子
後朱雀 69
後冷泉 70

しょう。御縁が深いのですから、わが身を捨てても私はお仕えいたします」と藤原道兼が言上《ごんじょう》した。それで花山天皇は一層仏法帰依《きえ》の心が強まり、時至って寛和二年六月二十二日の夜半に、蔵人《くろうど》左少弁道兼と厳久法師との二人を天皇の御車の後に乗せて仏門に入るべく内裏を出発せられた。それは北の御門からだったとのことである。話によれば天皇はその途中で「これでは事が急すぎる。も少し考えるべきであろうか」と仰せられた。道兼は「皇位のしるしの御璽《ぎょじ》も御剣もすでに東宮の御方へ渡されておしまいではございませんか。もうそれはお間に合いになりますまい」と申し上げた。天皇は「まことにそうだ」と出発遊ばしたと申し伝える。〔剃髪とはすなわち退位であるから〕事すでに成功と見なした時、藤原道隆・道綱の二人は御剣を用意し、「今や皇位のしるしの璽と剣が移されるべきか」と言ってその二つをたずさえて東宮の凝花舎《ぎょうかしゃ》に参上した。待ち受けた右大臣藤原兼家は内裏の諸門を閉じて〔味方以外の勢力が皇居に入ることを防いだ後〕、兵衛佐であった藤原道長を関白藤原頼忠の許につかわし、「こんな大事件が起こりました」と報告させた。そのまま践祚《せんそ》の式が行われたのでもはや頼忠にも何とも仕方がなかった。一条院は七歳でいらしたから、兼家は外祖父として摂政となり、関白藤原頼忠には思いがけない結果となった。政権は兼家のもとに奪われたのである。

天皇は花山寺で剃髪されて、すぐ道兼も出家するだろうとお考えであらせられたが、道兼は泣く泣く「今一度親に逢いたく存じます。私の姿を今一度親に見せたく存じます。さもなくて不孝の身になりましたら、仏様もよくない奴とお考えでございましょう。わが君が御出家と承れば、よもや親は私の出家を引き止めることはございますまい。すぐ帰って参ります」と立ち上った。天皇は「何と、私をあざむいたな」と仰せられた。道兼は「決してそんなことはございません」とお答えして鞭をあげて帰っていった。何で再びこの寺に戻ることがあろう。このことを聞いて真実の臣、中納言義懐《よしちか》と左中弁惟成《これしげ》は即刻花山寺に参上した。この二人は即座に剃髪して、仏門に遅疑なく入った。

ここに登場する人物のうち、兼家と共に行動した道兼・道隆・道綱・道長はみな兼家の子供である(そのうち道綱を除く三人は、後に大臣の座についている)。

この事件で目立つのは、兼家が同族の関白藤原頼忠を捨て置いて花山天皇の退位を計画的に強行していることである。つまり、同じ基経の血筋とはいえ、師輔《もろすけ》の子孫(九条家流)と実頼の子孫(小野宮流)との間ではすでに親愛協同の心が失われていた。こうした兄弟や血族相互の傷つけ合いは、藤原氏の間では奈良時代以来繰り返されて来たことである。後にも保元・平治の乱の際に同じことが起こっている。権力の中枢にいた藤原氏とは、そのような相剋を重ねる氏族であった。

もっとも皇位の継承というような最高の権力に関する行動としては、兼家のそれは普通のことであるのかもしれない。

たまたま目に入った後世の類似の事件を記しておこう。死んだ豊臣秀吉の勢力を宮廷から排除しようとした徳川家康は、後陽成《ごようぜい》天皇の第一皇子良仁親王に豊臣の息がかかっていることを嫌った。家康は命じて慶長六(一六〇一)年三月四日、十四歳の良仁皇子を仁和寺に連れ出し、そこで出家せしめようとした。ところがこの皇子は中々きかぬ気で、出家の儀式を整えたにもかかわらず抵抗した。そこで僧たちは皇子の手をり足とり、無理矢理頭を丸めてしまった。『続史愚抄』には「本堂に於て剃髪を肯んぜず。因りて便所に退くを剃すといふ」とある。便所の中で頭を剃ったのである。

政権の争奪とはこういう形でも行われるものである。権力者たちのこうした激しい行動に対して、紫式部などの階層の人々、ことに女性たちはうろたえて、なすところなくその結果に従うわけであった。

次には紫式部がその一人であった「女房」とは、どんな暮しをしていた人々かということについて一見しておくことにしたい。

当時の最高の権力者はもとより天皇であったが、具体的な行政の決定はその天皇を補佐する摂政・関白、あるいは大臣たちの左右するところが大部分だった。そこで天皇に影響力を及ぼして行政を自分の思うように行おうとする権力者たちは、自己の娘を天皇の側にすすめ、その娘が天皇の子を生むことを待って、その幼少の子供を次の天皇の位につけ、自らは天皇の後見役につき、行政上の力を得ようとした。それには、まず自分の娘が天皇の寵愛を受けなければならない。そのためには娘自身があらゆる意味で魅力ある女性でなくてはならなかった。そこで娘の養育掛、遊び相手、相談相手、教師として役立つ有能な女性が求められた。権力者たちは、すぐれた女性がいると聞けば、それを召し出し、娘の側に仕えさせようとした。そうした中に清少納言や紫式部などがいた。

出仕した女性たちは宮中に部屋をもらった。その部屋が「女房」と呼ばれた。「房」とは「部屋」の意である。従って「女房」とは高貴な女性に仕える「女の部屋」であり、転じて、その部屋にいる女性そのものを指した。「女房」はさらに転じて召使われる女の意となり、今日ではもっぱら「妻女」の意で使われている。

天皇・皇后・中宮などに仕える「女房」、つまり宮仕えに出た女にとって、最初、宮廷はどんなふうに目に映るものであったかを当時の文章によって見ることとしよう。

清少納言は後になると元気よく宮廷で振舞っているが、初めて宮廷に出仕した時のさまを『枕草子』に次のように書いている。

宮にはじめて参上したときは、何ごとにも気がひけて、涙がこぼれそうだった。夜になって参上すると、私は三尺の御几帳の後にかくれていた。……ひどく冷える頃だったから、ちらと見えた中宮さまの御手が、美しい薄紅梅の色だったのが、この上なく素晴らしいと思われ、宮中のことを全く知らなかった自分は、こんな立派な方もこの世にはおいでになるのだったと目が覚める程の気持で見つめ申し上げたものである。……大納言伊周《これちか》は女房と話をなさり冗談など仰言《おっしゃ》る。女房は全然恥かしいとも思わず御返事を申し上げる。大納言が違ったことなどを仰言ると、女房は反論を申し上げなどする。それは目もくらみそうな光景で、他所ながら顔が赤らむことであった。(三巻本一八四段)

宮廷の調度のうるわしさ、人々の衣服の美がまず清少納言の眼を驚かした。ついで、古典の教養によって裏打ちされている宮廷人の会話が彼女の心を奪った。そうした高位の人から声をかけられ、返事を直接にするなどということは厚かましいことと清少納言は感じた。宮廷の人々の挙措・言葉づかいのはしはしまでが、あたかも「変化《へんげ》の者、天人」の地上に舞いおりての振舞かと思われた。

こうした驚きの感想は清少納言ひとりのものではない。ひと時代後ではあるが、『さらしな日記』の著者が、はじめて宮仕えに出たときの感想もまたこれに類する。「我《あれ》かにもあらず、現《うつつ》ともおぼえで」(正気を失い、現実とも思われずに)と彼女は書いている。地方長官を親に持つ娘たちにとって宮廷はそうした、目もくらむような、華美な文化、教養に装われているところだった。そこに出仕している女たちは実際にはどんな事情で宮仕えに出るのか。宮廷での生活をどう感じていたのか。『さらしな日記』

の例を見よう。彼女は東国の田舎に国司の娘として育ち、どうか『源氏物語』を通読したいと切望した文学少女だったのだが、はじめて宮仕えに出たときのことを次のように記している。

家にこもっていた時には、こんな里住みをしているよりは宮廷ならば面白いことが見聞きできて、心も慰むのではないかと思っていたが、いざ出仕してみると、自分などはみすぼらしく、悲しい目にあうに相違ないと感じたけれど、もはや何とも仕方がなかった。

彼女が女房として出仕した際、その家庭はどんな状況だったのか。

母親は出家して尼になっていた。父親は見るからに頼もしげなく、心細かった。そんな時に、「何となく暇で心細くているよりは宮仕えに出ては」と縁のある筋で声をかけて下さった。しかし古風な父親は、宮仕え人となることに全く不賛成で、それをさせたくないと見送ってしまった。しかし、「ともかくも試してごらんなさい」とすすめる人があって、親はしぶしぶ出仕させてくれた。

出仕してみると、まともな個室をもらうこともできず、ほんのかこい程度の仕切りの中で、夜も安眠できない暮しをする。こうした新参の女房が、おどおどしながら眠ろうとしている仕切りの外から、中の物音を立ち聞きし、のぞき見する者がある。それが宮廷を動きまわっている男たち、つまり殿上人なのである。

奈良時代からの訪婚の伝統が依然として続くこの時代には、男たちは宮廷の女房に対して、自由に働きかけた。宮仕えに出る女たちの中には、結婚して夫に先立たれてしまった女などもあった。そうした場合、働きかけるのは男だけでなく、女の側でもまた、男の来訪を待ち、何かと男にこびた。女房は宮廷に儀式・行事などがあれば仕事として勿論忙しく働く。また普段は縫物などの仕事もする。勿論集まって人の噂を熱心にする。そして夜になると局《つぼね》で寝る。清少納言は宮仕え女房の生活を肯定して書いており、ある意味では讃美しているが、その清少納言でさえ、「およそ宮中の細殿《ほそどの》の局などでは、いつも安心して寝る折はない」といっている。殿舎と殿舎との間の通路を仕切ってかこい、女房の部屋として使っている場合など安眠できるはずはない。夜中もその脇を沓音《くつおと》たかく殿上人が通る。その中には当然、その部屋の外から中を伺い、積極的に女の名を呼ぶ男がある。それについて清少納言はよくないことだと言っているが、そういう男をやがて女は自分の部屋に入れることになる。男が通いはじめると女は男を待つようになる。こういう生活では、隣りが近いから、物音はつつぬけに聞えると清少納言は『枕草子』に書いている。

宮仕えする女房の局に、夜々来る男が、そこで飲み食いするのは全く憎い。女がわざわざ食べるようにと言うものを、嫌だと顔をふさいで逃げるわけには行くまいから、それで男

が食うのだろうが。ひどく酔ったりして泊まったとしても、湯づけだけでも食わせてはならぬ。(前田本二六四段)

当時の一般の女たちは、人前で顔をあらわに見せるものではなかった。自分の家にいて通って来る男を待った女たちは、その相手の男にさえも、はじめは顔を見せなかった。だから光源氏は末摘花と共寝をするようになって、ずっと後に末摘花の顔をはじめて見て、そのぶおんなぶりに一驚を喫するわけである。平安時代の文学で「見る」という動詞が、男女の交りをする意味でしばしば使われるのは、平素は女は男に素顔を見せず、特別な場合にしか見せるものではなかったからである。それでこそ「見る」という言葉が男女相擁することを意味した。しかし、女房として宮廷に出れば、天皇をはじめ上達部《かんだちめ》、殿上人《てんじょうびと》、あるいは、雑役の人たちにまで顔を見せることになる。その点だけでも、いかにも浅い軽々しい女だと女房をさげすむ男たちがいた。

しかし清少納言や紫式部が女房に召されたのは、そうした男たちの相手として、また単なる雑用のための召使いとしてではなかった。彼女らの才能と学識とがそれぞれに評価され、そういう秀れた女たちが一人の中心となる女性、皇女とか大臣家の娘とかのもとに召出された。(紫式部は中宮彰子《しょうし》に学問を教えることを役目としていた。)のみならずその女房は集団としてお互いに他の集団の個性を評定しており、優劣の価値の基準についてさえ、お互いに鋭い意識で競い合っていた。それは『紫式部日記』のいわゆる「消息文」の部を見れば明らかである。そこでは歌の作り方は誰がうまいか、来客の応対はどこの女房たちが行き届いているかまで関心のまとであり、今日は多分歌を召されるだろうと思うと彼女らは前以て歌を用意した。だから忙しくて歌が召されなかった時など、それを惜しがったりしている。のみならず歌を詠ずるときの声の出し方についてまで、女房同士で注意し合っている。それなりの家柄の娘が大臣家の求めに応じて宮廷に召され、中宮や大臣家に仕えるとは、このような生活をすることであった。

彼女らは大臣家の人々には従うしかなかったけれども、大臣家のはからいを得れば彼女ら自身、あるいは家族の繁栄をもたらすものでもあった。

そうした「女房」社会の一員として、紫式部は中宮彰子のもとに出仕した。それはおそらく寛弘三(一〇〇六)年の十二月二十九日であった。彼女は上﨟《じょうろう》女房として好遇される位置に置かれたのだろうと思われる。(『紫式部日記』の記事の中に見える女房の車に乗る順序などから推しても、紫式部はかなり高い位の女房として扱われていたことが分る。)しかし、彼女自身は出仕をどう受け取っていただろうか。

宮廷という場所は、誰でもそこに加わってみずから振舞ってみたい華麗な晴れがましい場所だった。それは紫式部においても同様である。『紫式部日記』で宮廷の儀式を叙述するときに、彼女がいつも讃歎の言葉を用いていることからもそれは推測できる。しかしまた、すでに記したように、「女房」は当時の風習に反して素顔を見せて、多くの男性に立ちまじり行動しなければならない役目である。それは彼女にとって大きな苦痛でもあった。『古文孝経』や『論語』をはじめとする数多くの漢籍を読み、史書にも通じ、行動の規範として儒教倫理を学んでそれに高い価値を置いて育てられ、それを生きて来た紫式部にとって、男女の「みだりがはしき」関係の生じやすい宮廷という場所に出るのは、身の不幸であるという認識が存在したことはたしかである。

しかし一面、自己の存在価値として心の底で最も自信を持っていた彼女の学識を生かして宮廷に出仕し、中宮彰子の教師という役目をつとめることは、彼女に生存の根本的な満足を与えるものであったことも見逃すことはできない。のみならず、最高の権力者藤原道長の懇望に応じる出仕は、仕官懸命の父親為時や弟惟規《のぶのり》にとって何かと好ましい事態を期待できるのではないかと彼女が考えなかったとはいえない。ところがそれは、かねてから親しく交際して来た中務家《なかつかさけ》の具平《ともひら》親王その他の文学の仲間からは、権力者道長への屈服、現世的出世・栄耀《えいよう》への転向と見られることである。それもまた彼女の脳裏を去来することであったに相違ない。

はじめて宮中に出た時の気持を歌った歌が『紫式部集』にある。

はじめて内裏《うち》わたりを見るに、もののあはれなれば
身のうさは心のうちにしたひ来ていま九重ぞ思ひ乱るる
(わが身を不幸と思う気持はいつも私の後を追ってついて来るが、今、内裏の華麗な様子を見て、千々に胸が乱れる。)

すぐれた直観力を持つ紫式部は、ひと目宮廷の様子を見ただけで、そこに生じうるさまざまの事態、たとえば権力者に対する全面的服従、男と女との常に危険な関係、それらがここに渦巻いていることを読み取ったことであろう。彼女は十二月二十九日にはじめて出仕したのだが、この圧倒的に壮麗な宮廷の中で、五位の階層に育った自分が、いかにして生き通すことができるか、何がここで生起するだろうかと心は乱れて収束しがたかっただろう。それは清少納言や『さらしな日記』の作者とおよそ同じであった。彼女は正月の三日に里に下ったとみえる。

正月の三日内裏より出でてふるさとの、ただしばしのほどにこよなう塵積り、荒れまさりたるを言忌みもしあへず
あらためて今日しもものかなしきは身のうさやまたさまかはりぬる
(こと新たに今日、悲しく感じるのは何かといえば、わが身を不幸と思う気持の様相がまた

一変したことだ。）

彼女が夫を失った悲しみは、昔から住んだ自分の家の中だけでの狭い世界での悲しみであった。今、多くの男性たちが行きかう華美な内裏に出てみると、自己の卑小さがはっきりと意識され、身を不幸と思う気持の中味が新たになった。この華美壮麗の背後に働いている権力構造の厳しさを思えば、確固として自分自身を貫いてここで生き抜いて行くことが可能だろうかと、次々に不安な気流が心を横ぎって行ったことだろう。彼女はわずかに親しみを感じた同輩に、心を通わしてくれるだろうかと尋ね、一月十日になっても出仕せずに歌だけを宮廷に送っている。

正月十日のほどに「春の歌たてまつれ」とありければ、まだ出で立ちもせぬかくれがにて

みよしのは春のけしきに霞めども結ぼほれたる雪の下草

（みよし野は春らしく霞が立っていますが、私はかたく結んでいる雪の下草のように心結ばれています。）

出仕して十日ほどにして「結ぼほれたる雪の下草」とわが身を歌っていることは、将来の困難を感じとった作者の心を正確に表現するものである。

(三) 『紫式部日記』から見る

(1) 断片

さてこうして出仕した紫式部は、出仕後一年半にして中宮彰子の出産のための里下りに従って藤原道長の土御門《つちみかど》邸に行った。すでに『源氏物語』の一部分を書いていた紫式部は、目撃するであろう出産にまつわるさまざまの行事を詳しく書きとどめて置こうとしただろう。物語作者である自分にとって、それがいつか必ずや有用な資料となるだろうと彼女は考えたものと思う。

中宮彰子の出産前後の経過を一覧すれば次の通りである。

寛弘五年四月十三日　中宮彰子着帯のため土御門邸に里下り
六月十四日　宮中に戻る
七月十六日　出産のため再び土御門邸に里下り
九月十一日　皇子誕生、一門喜びに包まれる
十月十六日　天皇土御門邸に行幸
十一月一日　五十日の祝

十一月十七日　中宮彰子、宮中に戻る

こうした中宮彰子の動きにつれて、紫式部も一条院と土御門邸の間を往き来して働き、皇子誕生の前後の様子をつぶさに見た。彼女は日記としてそれを記録した。『紫式部日記』の最初の三分の二ほどの記述はその日録である。それは七月二十日ごろ(あるいは八月二十日ごろ)から始まり、翌年の正月一日で終わっている。そして、それに続く「消息文」といわれている部分へとごく自然に展開している。そこには同輩の女房の容姿の品評、その性格の批評があり、次に女房集団の個性に及び、文筆にすぐれた同時代の女房たちを論評し、最後に自己の学問について語って仏門に入ることに関する感想を述べている。その後に、日付不明の部分を含む断片が七日分集めておいてある。私はこれをそれぞれ「日録の部」、「感想の部」、「断片」と呼ぶことにする。私はまず巻末の「断片」の部分から見て行こうと思う。ついで「感想の部」、「日録の部」へとさかのぼって行く。

「断片」には七日分の記事が一見無秩序に並んでいる。その日付を見ると、

(1)　十一日。(これは寛弘六年九月十一日と見る説と、寛弘五年五月二十二日と見る説などがある。萩谷朴氏の五月二十二日説に賛成である。)

(2)(3)　月日が記してない。ただし梅の実のことがあるから初夏のことである。

(4) 寛弘七年正月一日。(場所は枇杷殿の今内裏の清涼殿)
(5) 同正月二日。(同右)
(6) 同正月三日。(同右)
(7) 同正月十五日。(同右)

この七個の断片に共通に現われる人物は誰かと求めると藤原道長である。それはほとんどすべて「殿」という語で表現されており、話題のつづきから道長と分るところもあるが、ともかく道長の言動が具体的に描かれる場面が多くあり、道長に関係する話題が「断片」の中心を占めている。まず日付の確かな(4)(5)(6)(7)の話題から見よう。

(4)は寛弘七年正月一日。頼通が皇子を抱き、道長が餅を主上に取りついだという話である。「降《お》り上《のぼ》らせ給ふ儀式見ものなり」と感想が書かれている。

(5)は正月二日であるが、道長が酔ったあげく紫式部にからみ、「お前の父親を天皇の御前の奏楽に召したところ、そのつとめも果さずに急いで退出してしまった。ひがんだ奴だ」「許されるように歌を一つ詠め。親の代りに。よめ、よめ」と言ったと書いてある。

(6)はその翌日、紫式部が中務の乳母《めのと》と昨夜の道長の朗詠が上手だったとお互いにほめたという記事である。

(7)は正月十五日の記事である。「私は小少将の君と同じ部屋に居た。二人の局《つぼね》を一つに合せて一人が里下りした間もお互いにそこに住んでいた。二人が同時に参内してお勤めをする時は部屋を几帳で仕切る。そのことを殿(道長)がお笑いになって、「かたみに(お互いに)知らぬ人も語らはば」などと、聞きにくいことを仰言る。しかし誰もそんな他人行儀なことはしないので、安心で」とある。ここの道長の発言は、この文字表現だけから解釈するのはなかなか難しい。それでさまざまな見解があるが、「語らふ」とは「打ち明けて語る」「実情を話して相手を味方に引き入れる」「懇意にする」「男女相契る」という意味であるから、ともかくこれは「知らない関係の男が夜になって泊りに来てお互いに困ることが起るのではないか」といった趣きの、きわどい冗談めかした話である。この(4)(5)(6)(7)の話題は、すべて道長に関係することで、道長に関することの中でも彼女にとって強く印象に残る言動がここに並べてある。これは注意すべき事実である。

さて(1)に戻ると、(1)は寛弘五年五月二十二日の記事だとする萩谷朴氏の見解に説得力があると思う。ここにも「殿」という語はあるが、むしろ白楽天の詩を取り入れて紫式部が「舟のうちにや老いをばかこつらむ」と言ったところ、清少納言に親しかった藤原斉信《ただのぶ》がそれを聞いて早速「徐福文成誑誕多し」と、原詩の次の句を口ずさんだというところに眼目がある。紫式部は清少納言の漢学を『紫式部日記』の感想の部で手ひどく批評している。しかし、この日の日録を捨てずに断片として残したのは、紫式部もまたこの白楽天の詩の話を捨てるにしのびなかったからだと解すべきところである。『源氏物語』(朝顔の巻)で紫式部が『枕草子』を相手どって、批評というよりはむしろかすめた悪口を言ったことはすでに述べた。それにもかかわらず紫式部自身このような記事を捨てずに残しているのは、紫式部の気持の中に清少納言への対抗意識が甚だ強かったこと、むしろ清少納言に対して嫉妬あるいは羨望を感じていたことを示すものである。

このように、「断片」は彼女にとって印象深い出来事の記録であり、日録の部を整理するときにも捨てきれなかったものがここに置いてあるのだということになるだろう。そのことは次の(2)(3)を見ることによって一層鮮明になる。

(2)は有名な話である。いろいろな事情を考え合わせると、これはおそらく寛弘五年の初夏のことだろうと思われる。

『源氏物語』が彰子中宮の御前にあるのを殿(道長)が御覧になって、例の冗談を仰言るうちに、梅の実の下に敷かれた紙をとって書かれた歌、

すき物と名にし立てれば見る人の折らで過ぐるはあらじとぞ思ふ

給はせたれば、
人にまだ折られぬものを誰かこのすきものぞとは口ならしけむ
めざましうと聞こゆ。
(酸っぱくておいしいものと知られているから、梅を見る人が折らずに過ぎることはないだろう(お前は好《す》き者として有名だから、お前を見る男が、手折ってものにせずに過ぎることはなかろうと思う)。
その紙を私に下さったので。
まだ誰にも折られたりしない梅なのに、食べ慣れて酸くておいしいなどと言うことが、何でできましょう(誰にも屈したことのない私を、何で好き者だなどと馴れ馴れしく仰言ったのでしょう)。
あんまりなと申し上げた。)

私はこのやりとりを読んで最後の「めざましう」に注目する。「めざまし」とは現代の言葉としては「失礼な」にあたる。多くは、目下の者が目上の者を超えて事をしたり(例えば桐壺の更衣が、他の女御たちをさし置いて帝の寵愛を専らにしたことなどがその典型である)、下のものが当然すべきことをしなかったりした場合に、「心外な」という気持で使う。いずれも相手の無作法、疎略な扱いに対する問責をこめて使う。ここで紫式部という「女房」の位置の女が道長に向かってそうした言葉を投げている。これを単なる女の身ぶりだととる見解に私はくみしない。本心からほとばしり出てきたこの言葉を紫式部は自分で止めることができなかったのだろうと思う。二人の男に会ったりはしないという気持で厳しく生きて来たこの誇り高い学問人は、こうした専制者の人も無げな言葉に全身で反発した。私は彼女の性格から推してこの「めざましう」の一句にその気迫を読む。

しかし考えてみれば、彼女の「人にまだ折られぬものを」という表現をきいて、その意気込みとは全く別に、「それなら今は男はいないわけだ。だから訪ねてよいのだ」と道長は受取ったかもしれない。およそ当時の宮廷の、中宮彰子に仕える女房の中で、道長の誘いになびかない者はあり得なかっただろう。むしろ道長に誘われることは女として栄誉であると思う者が多かっただろう。だから道長自身としては「めざましう」にこめられた紫式部の必死の思いを別に重くは考えなかっただろう。

(3)の記事は(2)のつづきである。

渡殿に寝た夜、戸をたたく人があると、その音を聞いたが、恐ろしさに声も立てずに夜を明かした翌朝、

夜もすがら水鶏《くひな》よりけになくなくぞまきの戸ぐちをたたきわびつる

(昨夜は水鶏がたたくにもまして私は泣く泣く固い板戸をたたきあぐんでしまいました。)

その返歌、

ただならじとばかりたたく水鶏ゆゑ明けてはいかにくやしからまし

(ただごとではないとばかり鳴くくいなですが(ただごとではあるまいと思われるほど戸を叩くあなたですが)、戸を明けたならいかに後悔されることが起こったでしょう。)

道長は相手を「すき者」と揶揄しただけでなく、現実に紫式部の部屋の戸をたたいた。その夜紫式部はおそろしさにその戸をあけなかった。ここでその音の「いとはしさに」(嫌悪せられたから)といわず、「おそろしさに」とあることに注意すべきである。『源氏物語』の作者を儒教的な貞女としたいと思う研究者は、この文章によって、紫式部は道長を峻拒しつづけたと読む。一方、当時の社会における藤原道長の勢威や、『尊卑分脈』の紫式部の項に「藤原道長妾」とある記事などを考慮する研究者は、紫式部と道長とのそうした関係がこの後で生じたと見なしている。いずれにしても、彼女はこの事件を日録の部の日付の判明する箇所に入れて置かず、断片として最後に置いた。(もっとも梅の実の生じる時節は、七月あるいは八月に始まり一月に終る日録の間には無いから、これは必然的に日録の部からはみ出してしまう。)この事件は彼女にとって極めて重要な、あるいは忘れることのできない事件であった。だから、日録の中に入れることはできなくても、捨て去ることのできない事件の一群の中にこれを入れたのであろう。

以上「断片」を通覧すれば、藤原道長という人物が紫式部にとって忘れがたい、強烈な記憶をとどめた存在であったのだということは確かだと言ってよいと思われる。

(2) 感想の部

感想の部は、相手に対する丁寧を表明する「侍《はべ》り」という助動詞を数多く使用していて、あたかも消息文であるかのような文体によって書かれており、日を追っての記述ではなく、日録の部と異質である。だから、全然別のものが後人によって合綴されたのではないかと考えられるほどである。しかし寛弘六年正月一日の日録につづいて、文章の流れは極めて自然に感想へと移行している。その連続のさまは円滑で何の無理も感じられない。ということは、作者が確かに日録を打ち切って、意識的に感想文へ移行したのである。つまり感想の部は作者の意図的な制作であり、まさしくここに配置されたものである。そのことをまず認めなくてはならない。

では『紫式部日記』の約三分の一弱の分量を占めるこの感想の部で、作者は何を書いているのか。

感想の部は、先輩や同輩の女房一人一人を次々に取り上げて、その印象を述べ批評することに始まり、次に集団としての女房の気風や特色などに及んでいる。

個人の論評は、宰相の君(関白藤原兼家の孫娘)、大納言の君(左大臣源雅信の孫娘)、宣旨の君(中納言源伊陟の娘)という三人の先輩の容姿から始まっている。態度についても論評を加え、「らうらうじ」(することがいかにも年功を経て行き届いた感じがする)とか、「あてなるさまし給へり」(高貴な様子でいらっしゃる)などと、髪・身長・顔立ち・態度にわたってこまかに記し、全体としては讃辞を呈している。この三人はみな、紫式部の生まれた家よりも、夫の宣孝の家よりも家格が高い。紫式部は女房としての日常の生活で、いつもこの人たちに対して引け目を感じていたはずである。

次の四人も北野の三位(参議藤原遠度の娘)、小少将の君(左大臣源雅信の孫娘)など、紫式部より家格の高い人が多い。この四人に対しては容姿から心ざま、心ばえまでも評している。批評はその人の個性に及び、当然のことながら紫式部が物語の作者としての眼で周囲の人々を観ていたことがよく分る。例えば北野の三位は、態度が華やかで美々しく、かなわないと感じられる人であるとか、小少将の君は、芽ぶいたばかりのしだり柳のようにか弱く、そこはかとなく高貴であるが、触れれば崩れそうで気がかりであるなどと書いてある。この小少将の描写は『源氏物語』の若菜の巻の女三の宮の描写と酷似していることが指摘されている。この他に二人を加えた合計七人が先輩及び同輩である。

次には若輩七人の女房を取り上げている。まずその中では、はじめの四人はよしとする人々で、中でも容貌が美しい二人を最初に取り上げ、その一人に「顔もかどかどしうあなをかしの人やとぞ見えて侍る」(才気があふれていてなんと美しい人かと見えます)と言う。ところがすぐつづいて「かたち(容貌)は直すべきところなし」と書いてある。この表現を単にそのままの讃辞と受け取ることもできる。しかし、年の行った上臈の女房の位置にいた作者が、先輩や同輩に対しては「給ふ」という敬語表現を使い、「あえかにわりなきところ着いたまへる」(触れるとこわれそうで、何ともいいようのない雰囲気がおありである)などと気をつかった表現をしているのに、若い人に対しては「かたちは直すべきところなし」と書いている。これを見ると、この紫式部という先輩は、もし不満なことでもあれば手を出して若い人の顔の形を変えようとまでしそうな気配を感じる。というのは、この先輩は若い人に対して、場合によると実際に意地悪をするかもしれないと思わせる記事が続いているからである。それは次の二人に対するほめ言葉の直後に見出される。

それらは殿上人の見残す少なかなり。誰もとりはづしては隠れなけれど、人ぐまをも用意するに、隠れてぞ侍るかし。

（この若い美人の女房たちに対しては、殿上人が誘いもかけずに捨て置くことは少ないという噂です。誰でもついうっかり用心を怠れば露見してしまいますが、彼女らは人目につかない所でも気をつけているから隠れごとで済んでいるのです。）

つまり、若い美人の女房たちに対しては殿上人があれこれと働きかける。彼女たちも喜々としてそれに応じているが、巧みに人目につかないように行動している。それを「私はちゃんと見て知っているんですよ」と四十歳近い紫式部が書いている。若く美しいからこそ可能なさまざまの行動を、ちらと見るだけで何が起こっているのかこの作者は見抜くことができる。そして微笑とか好意とかで若者のそれをやさしく見守るよりも、自分自身の不足・不満を裏にこめた視線でそれらを見ている。

次の若い女三人に対しては全く賞讃の言葉を与えていない。「わる口を言わなければならない人のことはここで扱わない」と断って始めた論評なのに、年長者、同輩にはそれを守りながら、この三人には遠慮なく見下げる箇所を指摘している。「髪はひどく多かったが、急にあきれるほど落ちてしまって髪のすそもほめたものではなくなった」とか、「昔はよい若人だったが今は里居したままでくすぶっている」とか。これら先輩同輩合わせて七人、若輩七人、計十四人の女房は、作者自身の生活圏である中宮彰子の周辺の女房であるが、その個人個人の名をあげて、作者は親友の小少将の君までも論評した。

こうした個人に対する批評の次には女房集団の論へと進行する。それは斎院の選子《せんし》内親王のもとに仕える女房たちの集団と、紫式部の属する中宮彰子のもとに仕える女房集団の気風・習慣・態度の比較である。これは斎院選子内親王に仕える中将の君といわれる女房の一通の手紙がきっかけになって展開される。この中将の君という女房は、実は紫式部の弟惟規《のぶのり》の愛人であった。だから、多分、その中将の君が惟規に送った手紙の中にあった感想を、惟規が姉に見せたか、あるいはそれを何かの機会に紫式部が見たかしたものだろうと思われるのだが、紫式部はいたく刺戟された。

それは派手な書きぶりの手紙であった。「自分だけが世の中の情趣を知るもので、心深さも自分に及ぶものはないでしょう。すべて世間の人々は心も魂も無いようなものです」という調子である。式部はそぞろに不快で、「おほやけ腹」(公憤)という言葉まで使って、全く憎らしいと書いている。愛人への私的な手紙とはいえ、そこに「歌などのひとかど面白いものは、わが斎院よりほかには分る人は誰もいないでしょう。秀れた人が育つとすれば、わが斎院こそその人をお見分けになるでしょう」などとある文面を見て、紫式部は「何も、斎院方の歌がすべてよいわけではない。ただいかにもひとふし見所があり、素養があるという印象を与える所もあるだけだ」と書き、

「お仕えする人々を比較して優劣を競うとするなら、こちら側の人も決して劣ってなどいない」と力んでいる。

紫式部は斎院方のすぐれた点をいやいやながら認めた上で、それに対して綿々と反論を繰り広げ、斎院にはお客が少なく、従って仕事も少ないから、面白い夕月夜、風情ある有明、花のたよりやほととぎすの声につけてすぐれた歌を作ることができる。しかし中宮方は忙しいからそれができないとか、中宮さまが派手なことはお好みでないから皆引込み思案になるのだとか、長々と弁解している。これを読むと、紫式部がいかに競争心強く、勝気な気性の人であったかがよくわかる。

当時、皇后定子をとりまく女房集団には清少納言がおり、清少納言の『枕草子』は紫式部にとって仮想敵とも見なされる作品であった。それへの紫式部の応対についてはすでに記した。また中将の君が誇らしげに書く斎院選子内親王とは、大斎院といわれて五代の天皇の斎院をつとめ、『大斎院前《さき》の御集《ぎょしゅう》』『大斎院御集』があり、深く仏道に帰依して『発心和歌集』を著したほどの方であった。だからそこに仕える女房の言葉は裏づけのあるものである。そうした相手に反発せずにいられず、そこに女房集団の生活の比較まで持ち込んで長々しく書きつけるところに、紫式部という人がいる。

ここに見て来たようにこの感想の部は、個人の容姿に関する印象から始まって集団としての女房の比較論へと展開している。これはあたかもAと−Aの関係で、まず年配の者と若者とを比較し、ついで個人と集団とを対比させる形になっている。それには違いないが、この文章の進みを心の底で動かしているのは、実は集団としての斎院対中宮方という比較ではなく、斎院方の女房が仕えている、その大斎院といわれた選子内親王こそが最も気がかりな相手だったのだと私は思う。和歌に精進して実際にすぐれた多くの作品を残している皇女選子内親王の存在が紫式部の心に重くのしかかっていた。しかし内親王を批評の対象とすることはできない。そこで女房集団の問題として、その周辺をめぐって書いたのではなかろうかと思う。

というのは、この女房集団の比較論の直後に和泉式部・赤染衛門・清少納言という三人の女性作家が突如として取り上げられるからである。つまり紫式部が本当に提示論断したかったのは、選子内親王を含む「作家」たちだったのであり、最も論評を加えたい相手は実はここに挙げた三人であった。これまでの長々しい女房批評の文章は、本当はこの人たちを論じるための導入部であったのだと私は思う。

和泉式部についてはこう書いている。

和泉式部という人は晴れ晴れと恋愛を書きかわした人です。非難される行動はあるけれど、開けひろげた気持で文章を書くと才能があり、ちょっとした言葉にもほのかな色彩が見られます。しかし和歌とは少しばかり面白いものなので〔その程度のことでは不足なのです〕。和歌には知識や理論も必要で、その点から見れば和泉式部は本式の歌人ではありません。口にまかせた歌などならば必ず目立つ表現がありますが、他人の歌を評論したり道理を述べたりすると、そこまでは分っていないようです。ですから口から自然に歌の走り出て来るだけの人で、私が面と向かって恥ずかしくなるような歌よみだとは思われません。

赤染衛門についてはこう書いている。

特に第一流の門閥でもないのにいかにも第一流のように振舞い、歌よみとしては何かにつけて読みちらしたりはしないけれど、私の耳に入る限りでは折りふしのちょっとした歌も、恥ずかしくなるような口つきで読んではいます。しかしややもすれば腰折れ歌になりそうな下手な歌をよみ、何ともいいようのない、上品ぶったことをして分った様子をする人。憎らしくも気の毒にも思われることです。

清少納言についての論評は有名である。

清少納言こそしたり顔で、大層ご立派だったと言います。あれほど賢《さか》しい人らしく振舞い、漢字を書き散らしておいでだったけれど、よく見ればまだ全く不足なところが多いのです。人と一風違ったことをあんな風に書くことを生まれつき好む人は、必ずどこかで見劣りするもので、身の成り行きが異常なものになるに決まっていますし、ああ派手にふるまう人は、寒々として何でもない状況でも情趣を求めて一寸でも面白いことは見すごさずに扱うので、自然に常識にはずれてきて一生が実を結ばなくなるのでしょう。その結末が何でいいことがありましょう。

すでに述べたように清少納言の『枕草子』は『源氏物語』の仮想敵であった。清少納言の宮中での派手な機敏な応対は女房たちの羨望の的であった。清少納言より約十年くらい遅れて宮廷の人となった紫式部にとって、先輩清少納言の一挙手一投足は決して無視できるものではなかった。その清少納言の仕えていた定子皇后の兄伊周《これちか》・隆家は、紫式部の仕える藤原道長の謀略と攻撃のもとに失脚し、二人は配流・召還・宥免という屈辱にまみれ、定子皇后は御輿《みこし》が入らないような小さな門の臣下の家に行啓して御産をしなければならなかった。にも拘らず、その中で生きた清少納言はその悲運を無視し、『枕草子』の中に一言だに泣き言を記さずに世界から消えて行った。勝ち方である中宮彰子に仕えた紫式部は右の文章の中で清少納言の将来は「うたて」(異常)なものであり、「あだなるさま」(実を結ばないさま)になるに決まっていると突き放している。

これで、紫式部の眼前にある三人の才女に対する彼女の評言は終わっている。それぞれの人についてAとして一応は認めるような言葉を使いながら、−Aとして「はづかしげの歌よみやとはおぼえ侍らず」「憎くもいとほしくも覚え侍るわざなり」「まだいと足らぬこと多かり。……そのあだになりぬる人のはて、いかでかはよく侍らむ」と断定を下して、紫式部はようやく自分に立ちかえる。彼女はつづいて次のように書いている。

かくかたがたにつけて一ふしの思ひ出でらるべきことなくて過ぐし侍りぬる人の、殊に行く末の頼みもなきこそなぐさめ思ふかただに侍らねど、「心すごうもてなす身ぞとだに思ひ侍らじ」との心なほ失せぬにや、物思ひまさる秋の夜も端に出でゐて眺めば……

(こう種々の点から何一つ思い出されるべきこともなくて一生をすごしてしまった私の、ことに将来何の頼みもないのは、慰めとなる点が何一つありませんが、「荒涼として何のよるべもないわが身だ(見棄てられたわが身だ)と扱うことなど考えもすまい」という気持がなお消えないからか、物思いまさる秋の夜も縁側に出て月を眺めていると……)

ここに「心すごうもてなす身ぞとだに思ひ侍らじ」とあるこの言葉は、紫式部を理解する上で極めて重要である。「見棄てられ荒涼として何のよるべもない身だと扱うことなど考えなどすまい」。この考えは夫宣孝を失った時にも、またその後のさまざまな経験の場合にも、彼女を支えたただ一本の柱である。

「風の涼しい夕暮、ひとり琴をかき鳴らすと、それさえ人待ち顔であると聞く男もあろうかとみずからいましめる」と書きついで、筆は今や孤独に住む作者自身の家の様子に廻って来る。昔から好きな琴も琵琶も塵の中にある。古い歌・物語が虫の巣になっている。書籍が好きだった夫も死んで誰も手をふれる人はない。つれづれの耐え難さに一つ二つを引き出して見ていると、女房たちが集まって、「こうして漢文の本などをお読みになるからあなたは仕合せが少ないのです。何で女が漢籍などを読むのです。昔はお経を読むことすら人はとがめたものです」などとひそやかに言う。しかし、「そんなに物忌みをして生きたからとて、その人の行く末が、長く幸福だったと見える例などはない」と言い返してやりたいが、考えが足りないようなのでやめにした。また、いかにも仏道に帰依していますという恰好で大声でお経をあげ、数珠《じゅず》を音高くもむなんぞは気に入らないことと思われるからそれもしない。言いたいことも人目をはばかって遠慮する。どうせ分るはずもない人に物を言っても役に立たない。ことに物のすこし分る人はかえって自分だけに分る理屈を立てて人を馬鹿にする。

だから私は、いかにも老いぼれた人間の恰好をすることにした。すると、「こんな方とは思いもかけませんでした。派手で、会えば気がひけ、取っつきの悪い、とげとげしい様子をしたお方。物語を好み、上品めかしく、和歌を作り、人を人とも思わず、競争意識に燃えて相手を見下す人だと人々が皆言って、憎らしいと非難していましたけれど、実際にお逢いしてみるとおいらかで別人かと思われます」と人はいう。

この「おいらか」という言葉に現在の諸注は「おっとりと穏和温厚な性格」とか、「のどか、のんびりしている」とかいう訳語をあてている。しかし「おいらか」は「おほらか」とは別の言葉である。諸注は「おいらか」と「おほらか」と混同している。「おいらか」とは「老いらか」であると思われる。年老いてくると人生のさまざまのことを一通りも二通りも経験する。物の成行きとはこういうものだと納得する。他人がこんなひどいことをすると憤《いきどお》ったりしても、自分もまた同じことをしようとする存在だと気づいてくる。そうなればむやみに感情をとがらせなくなる。気持が波立たなくなり、執心が淡くなる。そうした結果達するおだやかさが「おいらか」である。花散里《はなちるさと》と女三の宮に対して「おいらか」という形容が繰り返し使われるが、それは花散里が感情の波立ちの少ない、執着の少ない人だからであり、女三の宮が何事にも生まれつき関心が淡く、むしろ感情そのものが薄い人だということを「おいらか」が表現している。女が物怨じをひどくするので、もし「おいらか」だったらいいと思う。また、男が恋人のところへ行こうとするのを妻が「おいらか」に見送る。こうなって来ると「おいらか」に単に「おっとり」とか、「のんびり」という意味を与えたのではすこしずれてくることが分るだろう。むしろ「素知らぬ顔で」とか「なにげなく、素知らぬふうで」とでも訳すべきところである。こうした「素知らぬ」ということは、すでに老人に至って経験を積んで、何はどうなるという事の経過が見通せてはじめて可能なことである。その外から見た形のおだやかさも「おいらか」で表現される。「おいらか」とはそういう状態をいう言葉だと知ったとき、『紫式部日記』のこの箇所の「あやしきまでおいらかに、こと人となむ覚ゆる」という評言の意味を把えたことになる。ここの意味を単純に「のんびりした人柄で」などと受取れば全くはずれる。すぐつづいて「人にかうおいらけものと見おとされにける」というのも、「年をとって万事に反応が薄く、力がかすかになった御老体だと見下げられた」ということである。それは真実には彼女自身が自覚的にわが身をそのようにもてなしたのであった。紫式部は年をとってのんびりするような、そうした性格ではなかった。

進んで紫式部は述べている。

> 他人が進んで憎らしいことをしでかしたとき、また下手なことを過ってしたときにも、それを嘲笑するのに遠慮はいらないと思います。全く心根のよい人は、他人がその人を憎もうとも、その人はやはり他人を思いやり助けてやるでしょう。しかし、私にはとてもそれはできません。慈悲深い仏様でも、仏法僧をそしる罪は浅いとは説いておいでになりませんもの。ましてこれほど濁った世の人間が、つらい仕打ちをするならば、こちらもつらい

仕打ちで返していいと思います。自分の方が言葉で言い負けまいと、ひどい言葉を相手にあびせかけ、向かい合って機嫌悪く睨みかわすとしても、そうせずに自分の気持を隠し、表面はなだらかにしても、無理な細工のさかい目は誰の眼にもはっきりと見えるのです。

自分は何ごともやりすごして、おいらかな人間になりきろうと思う。そうすれば人々は付き合いやすい人間だと私をいう。そう書くそばから、彼女自身の中で燃えている敵愾心《てきがいしん》が首をもたげる。「なげの情つくらまほし」(見せかけの情の形ばかりでも作りたい)と思う一方で、自分に対して非難して来る人間には仕返しをせずにはいられないと言葉を極めて彼女はいう。仏も三宝をそしる罪を「浅し」とは言わなかったではないかと、彼女はここで仏と三宝とまでも比喩として持ち出している。

それならば、一体、彼女にとっての本当の三宝は何であったのか。彼女はここで言葉を継いで語り始める。それは彼女の「三宝」が仏法それ自身ではなかったことを示している。

「左衛門の内侍《ないし》という女房がおりました。一条天皇が『源氏物語』を人に読ませてお聞きになり「この人は『日本紀《にほんぎ》』をこそ読みたるべけれ。まことに才あるべし」(この人はきっと『日本紀』を読んだにちがいない。本当に漢学の才があるに相違ない)と仰せられたのに、それを間違えて彼女は「ひどく漢学の才をふりまわす」と殿上人に言いふらし、私に「日本紀の御局《つぼね》」と仇名をつけた。全くおかしなことです。そんなところで漢学の才などひけらかすものですか。

私の弟がまだ少年で学問を習っていたとき、脇で聴いていて、弟は読み取りがおそく、忘れてしまったところでも私は「あやしきまで」覚えていたので、学問好きの親は「残念なことに男の子でなかったとは不幸です」といつも嘆いておいででした。しかし「男でも漢学の学識をひけらかすようでは、どういうわけか栄達しないもののようですよ」という人があって後は、私は「一といふ文字をだに書き渡し侍らず」に全く無学をよそおいました。御屏風の上に書いた字すらも読めない顔をしたものです。

ですが、中宮さまの前で一昨年の夏ごろから『白氏文集《はくしもんじゅう》』の「楽府《がふ》」二巻を隠れてお教え申し上げました。中宮様もお隠しになりましたが、殿(道長)も主上も様子を御存知になり、殿は立派な写本をお作りになって献上されました。実際、こんな御進講のことなど、左衛門の内侍は聞いたはずもありません。知ったらどんなにひどくそしることか。すべて世の中のことは、いろいろわずらわしく、いやなものです」。

一体この文章は何なのだろう。何でこのような文章を紫式部は書いたのだろう。先輩同輩の品評に始まり、若輩の女房の論評に移り、斎宮の女房集団と中宮方の女房集団との比較に進んで来たけれども、すでに指摘したように、それは選子内親王の学芸の力が紫式部に対する圧力であったからだと私は思う。それを枕にして論評は和泉式部・赤染衛門・清少納言に向けられ、それらを論断した後は一呼吸置いて自己の学芸の回顧に展開する。

私は一条天皇に賞讃されたことがある。私は子供のときよく漢籍を覚えた人間なのだ。非難をおそれて一の字も読めない恰好をしたこともある。「日本紀の御局」というあだ名をもらったが、そんな日本製の漢文の本などではない。私はすでにひそかに中宮彰子に白楽天の「楽府」二巻を三年にわたって講じている。

最後に至ってこのような私ごとを書きつづける感想の部のこうした展開を見るとき、この感想の部は窮極的には自分の学芸を語るところへ集中するようにと仕組まれていると見ざるを得ない。

おそらく作者は「死」が目前にあることを感じたのである。実際にこの後で死んだのかどうか。多分死んではいないだろう。しかし作者は「死」が眼前にあることを感じた。そして、自分の一生を顧みたのである。私という存在は何だったのか。私は何をした人間なのか。何を大事にして生きて来たのか。死を前にして、彼女は自己の存在を確認しようとした。他の誰でもない私とは何であるかと問うと、それは自分が学問をこそ大切にして生きてきた人間であるということ。学問ができたということ。和泉式部も、赤染衛門も、清少納言ですらも、物の数でも何でもない。私は「楽府」の講義を中宮彰子に三年にわたってつづけるほど、たしかに漢学ができる女である。これについては当代のどの才能も及びもつかない。私だけの私がここにいる。

感想の部の最初に提示され、論評の対象となった女性は、皆、関白の孫、大臣の孫、三位の人間の子供等である。それに比べて、父親為時は五位の地方長官級の人間である。自分はそのあるか無きかの父親の子供である。夫宣孝も同じ階層の人間であった。しかし私は『源氏物語』の作者である。とは言っても、「物語」というジャンルは当時は単なる女子供のためのおなぐさみの読み物にすぎず、低い評価しか与えられない対象であった。それに比べて、和歌や漢学は正式な芸術・学問としての位置を占めていた。

実際には、和泉式部は、生き方の上で非難しようとすれば非難できる生き方をしたと言えなくはない。しかし、相ついで親王たちに深く深く愛され、彼女は恋愛こそが女の一生だという生き方をしている。その和泉式部の作った歌は、即座に口をついて出て来るものにすぎない。とはいえ、紫式部の及びもつかない、人の心をうつ作品が数多くある。和歌は当時公認された芸術であった。その世界で和泉式部は生きている。だから和泉式部に難点を見つけるために、紫式部は和泉式部が歌の学問、歌の理論にくらいという論義を展開してこれを低く評価しようとつとめている。本当は紫式部は和泉式部の個性に、或るかなわなさを感じていたに相違ない。紫式部自身が歌の作者として和泉式部をこえて高い評価を当時の歌壇で得ていたと見ることはできない。和泉式部は『後拾遺集』に六十七首入選しているが、紫式部は二首である。

清少納言も紫式部の論難の対象である。しかし皇后定子・伊周の兄妹のかもし出した宮廷の雰囲気の中に清少納言が加わって展開した会話の即妙、機敏、高尚さは、到底、中宮彰子の周辺で及びうるものではなかった。紫式部自身、この日記の最後の断片の中に、『白氏文集』の語句をふまえた会話の部分をわざわざ保存しているが、それは紫式部の気持の中に清少納言への羨望があったことを証するものといえること、すでに記した通りである。それにしても、自己の学問の歴史を記すことによって自己の存在を確かめ、みずからをそこに定立させずには生きていることができないほどに紫式部という人を追いつめた何かがあった。

つづいて彼女は書いている。

今はもはや言葉をつつしむこともしますまい。ともかくただ阿弥陀仏に向かって、たゆみなくお経を習いましょう。この世の厭わしいことはすべて露ばかりも心に止まらなくなりましたから、出家して修行すれば怠るはずもありませぬ。しかしただ一途《いちず》に世を背《そむ》いて出家しても、来迎《らいごう》の雲に乗れない間の不安動揺が必ずあるでしょう。それで私は足をとどめて様子を見ているのです。年もすでによい年ごろになりました。これからはひどく老いぼれて目が見えなくなってお経が読めず、心も一層にぶくなりまさって行くでしょうから、本当に出家の心の深い人の人まねのようではありますけれど、今はただその方面のことを考えております。一体、罪深い人間は、必ず出家の志がかなうとは限らないものかもしれません。前世の宿業が思い知られることばかり多いので、何事につけても悲しく思われます。

これは、『紫式部日記』の最後に書かれている感懐として極めて重要である。これが出家に関するその頃の気持を述べた文章であることには間違いはない。これを一途に出家を願う文章だと読む人もある。しかし原文をつぶさに読むと、この時点で作者はたやすく出家に踏み切ってこの文章を書いてはいない。「お経を習いましょう」「出家になったなら懈怠《けだい》するはずもありません」といいながら、「来迎の雲に乗らないうちの動揺があるでしょう」といい、「今はただ、そういう方面のことを考えております」といい、また一方では罪ふかい人間はたやすく出家が「かなひはべらじ」と書いている。出家のすぐ近くに寄りながら、決して、ひたすらに仏道にとりすがりそれに帰依するとは作者は言っていない。ここには仏道に全身を委ねる安心も立命もない。

この感想の部は、赤染衛門を「丹波の守の北の方」と書いてあるところから、赤染衛門の夫、大江匡衡《まさひら》が丹波守になった寛弘七年三月三十日以後に書かれたとされている。

私は先に『紫式部集』によって娘時代の紫式部の人柄を点描した。そこでは省いたが、親しい友だちが九州に行き、その別れた友だちが九州で死んだことを悲しむ歌なども残されている。また宣孝に送ったほのかな、上品な、優しい、あたたかい歌もあった。それらは紫式部の素質の基本を明らかに示すものであった。また夫宣孝の死を悲しみ、子供の病気に際しては、寡婦として誰でも感じるこの世を憂いものと思う歌を残しているのも見た。私はそこに本性明るい、ほのぼのとして、こまやかな優しさをたたえた紫式部を見る。

それに比べて寛弘七年三月以降の執筆とされるこの日記の巻末の感想の部全体を覆う空気は、とげとげしく、荒々しく、はげしく、必死で、しかも不足・不快・不満が何と色濃く立ちこめていることであろう。紫式部は夫を失った長保三(一〇〇一)年から、寛弘七(一〇一〇)年まで足かけ十年間、何の喜びもなく、常にこのような憂愁につつまれ、悲しみや不愉快とだけ同居して生きて来たのだろうか。

普通にはそのように紫式部は理解されているようである。果して、そう考えてよいのか。私はここで『紫式部日記』の約三分の二を占める日録の部をあらためて見たい。

(3) 日録の部の基本的問題

さて日録の部の分析に入ろうと思うが、現行の本文が日付の日またはその近くに執筆されたままの本文であるか、それともずっと後になって、作者によって、あるいは他の人によって現在の形に整えられたものであるかという基本的問題がある。それについてあらかじめ考えておかなくてはならない。

この日録の部は寛弘五年秋七月(あるいは八月)の二十日頃から始まり、翌年の正月一日に及んでいるもので、お産のために中宮彰子が土御門邸に退出したとき、それに従った紫式部の記した日録である。すでに述べたことであるが、紫式部は物語作者として、この皇子あるいは皇女の誕生という彼女にとって初めての経験を書きとめておこうとしたものと私は考えている。

ところで『紫式部日記』の内容を検討するには、この日記と類似する本文をもつ『栄花物語』の初花《はつはな》の巻と比較することが必要である。

現行『紫式部日記』の日録の部と、『栄花物語』初花の巻の中の中宮彰子出産の記事とは全体として本文が酷似している。『栄花物語』はかなり忠実に『紫式部日記』

を用いたかのように見える。それゆえ、『栄花物語』は現行『紫式部日記』から引用したものだと思われやすい。しかし両者はすべて同文かというとそうではない。いろいろな点に相違が見出される。

まず第一に最も大きな相違は現行『紫式部日記』にはかなり多くの個人的事柄が書きこまれているに対し、『栄花物語』にはそれがほとんど見られないことである。それならばその個人的事柄はすべて後から書き加えられたのか、それとも最初から書き込まれてあったものを『栄花物語』が省略したのかがまず問題である。それを解釈する材料は『栄花物語』の記事の中に見出される。

皇子が誕生して親王の宣下《せんげ》があった十月十六日の夜、道長は藤原氏の上達部《かんだちめ》をひきつれて御礼の拝舞をした。『紫式部日記』にはその記事の中に「藤原ながら門《かど》分れたるは列にも立ちたまはざりけり」(同じ藤原氏でも門流が別な者は一人も列に加わっておいでではないのだった)と、彼女の感想が書き添えてある。これは道長の一族だけが拝舞したことを、脇から眺めて書いたいささか批評的な感想である。このことについては後に詳しく述べるつもりであるが、『栄花物語』にはその部分が、「藤氏ながら門わかれたるは列にも立ち給はず」と多少異なった形ではあるが、ほとんどそのまま見えている。これは『栄花物語』の著者が、『紫式部日記』の文章の背後にこめられている紫式部の批評的な意識を汲みとることができず、むしろ藤原道長の栄華に対する讃歎の言葉ととって、ほとんどそのまま初花の巻の記事の中に書き入れたものである。

道長の一族に対して表立って書くべきでないこのような批評的記事がここにあるという事実は、『紫式部日記』には個人的感想などが最初から書き込まれていたことを示している。そしてこのような道長の一族に対する批評的記事が最初から書かれていることは、『紫式部日記』が、道長の命令によって藤原氏のために中宮の御産の記録として書かれたものではないという証拠である。

それはともかく、一般的に初花の巻では紫式部個人に関係する記事、あるいは紫式部の個人的感想は省略してある。それがまず相違の一である。

第二には『紫式部日記』とそれに相当する『栄花物語』の文章とは、一般的にはかなり細かい点まで一致しており、文章全体の一致、文脈の一致、語句の一致がはなはだ多い。しかし次のようなところも見出される。この部分は『栄花物語』の本文の方が事柄について詳しいのである。

『栄花物語』巻八初花(九月十五日御産養《うぶやしない》の項)

ものの数にもあらぬ上達部の御供の男ども、随身、宮の下部など、ここかしこに群れゐつつうち笑み合へり。あるはそそかしげに急ぎ渡るも、かれが身には何ばかりの喜びかあらむ、されどあたらしく出で給へる光もさやけくて御陰に隠れ奉るべきなめりと思ふが嬉しうめでたきなるべし。所々の篝火立ちあかし、月の光もいと明きに、とのの内の人々は何ばかりの数にもあらぬ五位なども腰うちかがめ、世にあひ顔に、そこはかとなく行きちがふもあはれに見ゆ。

これが『紫式部日記』には次のように書かれている。両者に共通の語句にそれぞれ傍線をほどこしておく。

ここかしこの岩のかくれ木のもとごとにうち群れつつをる上達部の随身などやうの者どもさへ、おのがじし語らふべかめることは、かかる世の中の光の出でおはしましたることを、かげにいつしかと思ひしも及び顔にこそ、そぞろにうち笑み、ここちよげなるや。まして殿の内の人は何ばかりの数にしもあらぬ五位どもなども、そこはかとなく腰うちかがめて行きちがひ、いそがしげなるさまして時にあひ顔なり。

この両者を読み較べて見れば、この二つが密接な関係を持つことは明瞭だが、この部分については『栄花物語』は現行の『紫式部日記』を底本として成立したものではないと思われる。ここの部分は初花の巻の方が描写的で、現行『紫式部日記』はむしろそれを抽象化した表現のように見受けられる。だが、現行『紫式部日記』がすべて

『栄花物語』の本文を基礎として成立したものではないことも明らかである。

また現行『紫式部日記』には当日の覚え書きでもなければ、はるか後からでは到底書けまいと思われるような、行事の細部まで記されているところもあるが、一方では後から書き加えたことの明白な箇所がある。例えば「かばかりなる事の、うち思ひ出でらるるもあり、その折はをかしきことの過ぎぬれば忘るるもあるはいかなるぞ」のようなところである。こうした、後から書き加えられたことの明瞭な箇所はいくつもある。

その上、人の官位の書き方が後の時点によって行われているものがある。藤原公任《きんとう》を「四条の大納言」としているが、公任が「権《ごん》大納言」の職についたのは寛弘六年三月四日である。藤原行成《ゆきなり》を「侍従の中納言」としているが、行成は同じく寛弘六年三月四日に「権中納言」の職についている。また源済政《なりまさ》を「美濃の少将」としているが、済政が「美濃守」になったのは寛弘六年正月以後である。従ってこれらの日録の記事は敦成《あつひら》親王誕生の寛弘五年当時に執筆されたままではない。少なくとも寛弘六年以後の執筆の部分があると言われている。またすでに記したように、感想の部では赤染衛門を「丹波守の北の方」としているが、赤染衛門の夫、大江匡衡が丹波守になったのは寛弘七年三月三十日であるから、少なくとも「感想」の一部分はそれ以後の執筆である。

以上の点を考え合わせれば現行『紫式部日記』と『栄花物語』初花の巻の記事とは兄弟の関係にある。つまり次のような関係にあると考えるのが妥当である。

第一次『紫式部日記』
→ 式部の個人的記事あるいは感想など省く。部分的に修正。 → 『栄花物語』初花の巻
→ 一部分の文章を削り、また追加修補する。 → 現行『紫式部日記』

この第一次『紫式部日記』は、現行『紫式部日記』とは別に伝えられていた模様で、藤原定家は第一次『紫式部日記』を見たと覚しい記録を残しているが、その書物は現在は伝存していない。

このように考えると、次の大切な問題を考えて行く手懸りが得られる。それは現行『紫式部日記』が、何故「秋のけはひ入り立つままに」と、七月二十日頃、あるいは八月二十日頃から始まっているかという問題である。

中宮彰子は四月十三日に着帯のために道長の土御門邸に退出した。そして六月十四日に一度宮中に帰った。そして出産のために七月十六日再び土御門邸に退出した。紫式部はその前回の退出にも勿論従っていたと思われる。現に、道長の土御門邸で四月

二十三日から始まった法華三十講のことを詠んだ歌などが彼女の歌集『紫式部集』の中に「日記歌」としてまとめて五首載っている。その初めの歌は、

妙《たへ》なりや今日は五月《さつき》の五日とて五つの巻に合へる御法《みのり》も

というものである。法華経第五巻の最初の提婆品《だいばほん》には、釈迦が阿私仙《あしせん》から法華経を得るために、阿私仙の奴《やっこ》となり、木の実をとり水を汲み、薪を拾って仕えたという話が載っている。その第五巻の提婆品の講ぜられる日が、寛弘五年の五月五日に当ったとは、まことに霊妙で、あたかも釈尊が土御門邸の今日の盛大な法事のために苦行せられたかのように思われるというのが、この歌の意味である。

ところが提婆品を五月五日に講じたについては、五月五日に特に二座を講じて、無理に日を合わせたものであったことが分っている。紫式部は当然その事情を知っていた。にもかかわらず紫式部はこの歌を作って、「妙《たへ》なりや……」(霊妙不可思議なことだ……)と歌っている。それは、まさに道長の一族の繁栄を讃美するために儀礼的に作歌につとめた以外の何ものでもない。この法華三十講は、中宮彰子がはじめて妊娠し、もし皇子誕生のことがあれば、道長一家の将来の繁栄を約束する重大事であるから、それを祈って特別になされた行事だった。従って、『紫式部日記』がもし主家のための記録であるなら、この行事は記録から決して省略せらるべきものではない。それ

が「日記歌」の存在によって、たしかに一度は書きとめられたことが判るのに、現行『紫式部日記』には欠けている。それは第一次『紫式部日記』には存在したその部分を、省いたのだと考えられる。

現行『紫式部日記』の巻頭を読むと、この回顧的な日記の書きはじめの部分としてこれは全く整った形をしている。これ以前の部分が脱落した結果偶然現在の形になったものではないと、益田勝実氏は言うが、全くその通りである。現行の形の最初の部分より前の部分としては「断片」の中の「すきもの」の歌などもあったのだと思う。梅は夏のものであるから、土御門邸に最初に行ったとき、それは枝にあり、中宮彰子が食べるために採って供されていたのだと思う。(その時点の「すきもの」の歌の話が捨て難くて、巻末の「断片」の中に保存されたのだろう。)

では何故、道長家の繁栄を讃美する五月五日の五巻の日の記事などを『紫式部日記』では省き、秋に入ってからの七月(あるいは八月)からこの日記の本文を始めたのか。この問題を考えることによって、現行『紫式部日記』が何であるか、どんな作品なのであるかを知る手懸りが得られるかもしれない。

さきに見た「断片」によれば、道長なる人物は紫式部にとって忘れることのできない存在だったのではないかと疑いがかけられよう。また「感想の部」によれば紫式部は孤独に陥っており、学問こそ自分の存在の証明であると彼女自身で叫んでいる。彼女はどうしてそこに追い込まれたのか。それを明らかにすることは『紫式部日記』のみならず『源氏物語』の理解にも深くかかわるように思われる。それらのことについてこの日録の部は何を語るだろうか。

(4) 日録の部の分析——陽と陰

『紫式部日記』の日録の部を分析するに先立って、私はこの『紫式部日記』の現行の形を一応紫式部の最終的な手入れを経た本文であると仮定しようと思う。そしてこの形に整えた時点で加えたと明らかに知られる部分があるから、それを弁別しながら、この内容を吟味したい。

私の視点は、紫式部が女房として仕えていた藤原道長家の人々および道長個人に対して、彼女がどのような気分、あるいは感情を持って、その日その日を送っていたかを見るところにある。私は「秋のけはひ入り立つままに」という始めから、年末の十二月三十日に至る日記の本文の順に従って、そこに使われている形容詞と形容動詞を中心に、彼女の感情の起伏を見て行こうと思う。その形容語を「陽」と「陰」とに二分し、それの分布を月日の順に検証してみようとする。「陽」の中には、讃美、信頼、好意、幸福感、喜び、優越感などの感情が含まれる。「陰」の中には、違和感、劣等感、恐怖、嫌悪、惑乱、不安、悲哀、苦痛、慨嘆、憂鬱、拒否、非難などの感情が含まれる。なお形容詞、形容動詞では汲み得ない箇所もあるから、それは句として加えておいた。

その挙例を通覧すれば、「陽」と「陰」とは日録の部全体にわたって混在しているものではなく、ある時点を境としてその前後にかなり鮮明に二分される。つまり前半に「陽」、後半に「陰」がおよそ集中連続している。このような事実が何を意味するか、先の「断片」の「道長」と、感想の部の「孤独」とにこのことがどうかかわるか、その二つが後で行う考察の課題となる。まずすべての例を順次に挙げ、「陽」に○、「陰」に△の印をつけることにする。例外的なものもあるから、それは後で個々に解説を加える。

1○（讃美）　秋のけはひ入り立つままに土御門殿のありさまいはむかたなくをかし

2○（讃美）　うき世のなぐさめには、かかる御前をこそ尋ねまゐるべかりけれ

3○△（讃美・不可解）　うつし心をばひきたがへたとしへなくよろづ忘らるるもかつはあやし

4○（讃美・羞恥）　〔道長ノ〕御さまのいとはづかしげなるに、わが朝がほの思ひ知らるれば

5○（讃美）　〔頼通ガ〕年のほどよりはいとおとなしく心にくきさまして

6○(讃美) をさなしと人のあなづり聞ゆるこそあしけれとはづかしげに見ゆ

7○(讃美) 物語にほめたる男の心地しはべりしか

8○△(讃美・不可解) かばかりなることの、うち思ひいでらるるもあり、その折はをかしきことの過ぎぬれば忘るるもあるはいかなるぞ

9○(好意・讃美) 〔弁ノ宰相ノ〕臥したまへる額つき、いとらうたげになまめかし。絵にかきたるものの姫君の心地すれば、口おほひを引きやりて「物語の女の心地もしたまへるかな」といふに

10○(讃美) 三世の仏もいかに翔りたまふらむと思ひやらる。陰陽師とて世にある限り召し集めて、八百万の神も耳ふり立てぬはあらじと見えきこゆ

11○(信頼) 殿(道長)のうちそへて仏念じきこえ給ふほどの頼もしく

12○(親和) 宰相の君の顔がはりし給へるさまなどこそいとめづらかに侍りしか。ましていかなりけむ

13○(喜び) 午の刻に空晴れて朝日さし出でたる心地す。たひらかにおはしますうれしさのたぐひもなきに、男にさへおはしましけるよろこびいかがはなのめならむ

14○(幸福感) 殿いでさせ給ひて、日ごろ埋もれつる遣水つくろはせ給ひ、人々の御けしきどもここちよげなり

15○(満足) 扇など見目にはおどろおどろしくかかやかさでよしなからぬさまにしたり。……よはひのほど同じまちのはをかしと見かはしたり

16○（優越感）あやしき賤《しづ》の男《を》のさへづりありくけしきどもまで色ふしに立ち顔なり

17○（優越感）上達部の随身などやうの者どもさへ、おのがじし語らふべかめることは、かかる世の中の光の出でおはしましたることを、かげにいつしかと思ひしも及び顔にこそ、そぞろにうち笑みここちよげなるや

18○（優越感）まして殿のうちの人は、何ばかりの数にしもあらぬ五位どもなども、そこはかとなく腰うちかがめて行きちがひ、いそがしげなるさまして時にあひ顔なり

19○（優越感・幸福感）その夜の御前の有様のいと人に見せまほしければ、夜居の僧のさぶらふ御屏風をおしあけて、この世にはかうめでたきことまたえ見給はじと言ひ侍りしかば「あなかしこ、あなかしこ」と本尊をばおきて手を押しすりてぞ喜びはべりし

20〔不明〕攤《だ》うち給ふ。紙のあらそひいとまさなし（予想もできない激しさだったの意か）

21○（幸福感）殿いでゐ給ひておぼすことなき御けしきに、もてはやしたはぶれたまふ

22○（讃美）〔彰子中宮ガ〕つねよりもあえかに若くうつくしげなり。……そこひも知らずきよらなるに……かけまくもいとさらなればえぞ書きつづけ侍らぬ

23○（讃美）〔道長ガ皇子ヲ〕わが心をやりてささげうつくしみ給ふもことわりにめでたし

24○（満足）「あはれこの宮の御しとにぬるるはうれしきわざかな。このぬれたるあぶるこそ思ふやうなる心地すれ」とよろこばせ給ふ

25△（慨嘆・苦痛）ものうく思はずになげかしきことのまさるぞいと苦しき。いかで今はなほ

物忘れしなむ。思ひがひもなし

26△(苦痛) 心をやりて遊ぶと見ゆれど、身はいと苦しかんなりと思ひよそへらる

27△(悲哀) ことわりの時雨の空は雲間あれどながむる袖ぞかわくまもなき

28△(同情) 駕輿丁の……いと苦しげにうつ伏しふせる。なにの異事《ことごと》なる

29△(劣等感) 高きまじらひも身のほど限りあるに、いとやすげなしかしと見る

30○(讃美) その日の髪あげうるはしき姿、唐絵をかしげに書きたるやうなり

31○(讃美) 夢のやうにもごよひのだつほど、よそほひ昔天降りけむをとめごの姿もかくやありけむとまでおぼゆ

32○(讃美) 内侍のいで入るすみの柱もとより出づ。これはよろしき天女なり

33○(讃美) 御前の御遊びはじまりていとおもしろきに、若宮の御声うつくしう聞えたまふ

34△(批評的) あるじのおほい殿(道長)……と酔ひ泣きしたまふ。さらなることなれど御みづからもおぼし知るこそいとめでたけれ

35△(劣等感) 藤原ながら門分れたるは列にも立ちたまはざりけり

36△(不満) 宮の家司、別当、おもと人など職定まりけり。かねても聞かでねたきこと多かり

37○(讃美) 明けたてば殿もうへも参り給ひつつもてかしづき聞え給ふ。にほひいと心ことなり。

38△(不快) 〔宮ノ大夫ニ〕はかなきいらへなどす。いと思ふことなげなる御けしきどもなり

39△(拒否) 上達部のゐ給はむも、かかる所と言ひながらかたはらいたし。……なにかあざれ。

ばましと思へば〔格子ヲ〕はなたず
40○（讃美）〔実資ニ対シテ〕され今めく人よりもげにいとはづかしげにこそおはすべかめりし
か
41△（嫌悪）兵部のおもとひこしろひ聞きにくきたはぶれ声も殿のたまはす
42△（嫌悪・恐怖）おそろしかるべき夜の御酔ひなめりと見て……隠れなむとするに
43△（恐怖・嫌悪）いとわびしく恐ろしければ聞ゆ
44△（劣等感）千代もあくまじき御ゆくすゑの数ならぬ心地にだに思ひつづけらる
45△（苦痛）〔道長ガ〕惜しみののしりて……かかるわざしいづとさいなむ
46△（不満）よろしう書きかへたりしはみなひき失ひて心もとなき名（未熟ダトイウ評判）をぞ
とりはべりけむかし
47△（悔恨）見どころもなきふるさとの木立を見るにも、ものむつかしう思ひ乱れて
48△（不安）行く末の心ぼそさはやるかたなきものから
49△（劣等感）世にあるべき人かずとは思はずながら、さしあたりてはづかし、いみじと思ひ
しるかたばかりのがれたりしを、さも残ることなく思ひ知る身のうさかな
50△（劣等感）我をいかに面《おも》なく心浅きものと思ひおとすらむと……いとはづかしく
51△（違和感）あらぬ世に来たる心地ぞ、ここにてしもうちまさりものあはれなりける
52△（孤独感）なつかしく思ふぞものはかなきや。……物語したまひしけはひの恋しきも、な
ほ世にしたがひぬる心か

53△（嫌々）〔手紙ヲ〕給はせしことなればかたじけなくて（失礼ニアタルカラ）参りぬ
54△（不愉快）〔馬ノ中将ガ〕わろき人と乗りたりと思ひたりしこそ、あなことごとしと、いとどかかるありさまむつかしう思ひ侍りしか
55△（憂鬱）細殿の三の口に入りて臥したれば小少将の君もおはしてなほかかる有様の憂きことを語らひつつ……身も冷えにけるもののはしたなさをいふに
56△（皮肉・冷笑）おのがじし家路と急ぐも何ばかりの里人ぞはと思ひおくらる
57△（劣等感・同情）〔五節舞姫ガ〕歩み入るさまどもあさましうつれなのわざやとのみ思へど、人のうへとのみおぼえず
58△（嫌悪）殿もしのびて遣戸より北におはしませば、心にまかせたらずうるさし
59△（倦怠・不快）ものうければしばしやすらひてありさまに従ひてまゐらむと思ひてゐたるに……殿おはしまして……心にもあらずまうのぼりたり
60△（同情）舞姫どものいかに苦しからむと見ゆるに
61△（非難）このごろの君達はただ五節所のをかしきことを語る。……と聞きにくく語る
62△（同情）〔舞姫ニ対シテ〕あいなく胸つぶれていとほしくこそあれ、……いかに臆すらむと、あいなくかたはらいたきぞかたくなしきや
63△（不信）目に見す見すあさましきものは人の心なりければ
64△（自己嫌悪）今より後のおもなさは、ただ馴れに馴れすぎ、ひたおもてにならむやすしかしと、身のありさまの夢のやうに思ひつづけられて

65△(悲哀)　兼時が去年《こぞ》まではいとつきづきしげなりしを、こよなく衰へたる振舞ぞ見しるまじき人の上なれど、あはれに思ひよそへらるる事多く侍る
66△(自己嫌悪)　いみじくも夢路にまどはれしかなと思ひいづれば、こよなく立ち馴れにけるもうとましの身のほどやとおぼゆ
67△(悲傷)　御前にも参らず心ぼそくてうち伏したるに
68△(悲傷)　年暮れてわがよふけ行く風の音に心のうちのすさましきかな

右の六十八例を通覧すると、24まではおよそ「陽」が支配的である。25以後は「陰」が圧倒的に多い。24は「十月十余日」のつづきにあり、25は「行幸近くなりぬとて」の段にある。それ故、そこを境に、前半と後半とに分けると、前半の生活感情と後半の生活感情の間には対照的な相違がある。勿論前半には3・8後半には30・31・32・33・37・40という例外があるが、それらについては後でその内容を吟味することにして、一応保留するとすれば、この前半と後半の陽と陰の整然たる対照は決して偶然的なものでなく、紫式部のある真実を伝えるものであるように思われる。

そこでそれを逐次説明することにする。

前半の九月十五日の産養《うぶやしない》(誕生して三日・五日・七日・九日の夜、親族が衣類や餅などを産家に贈る祝儀)の夜の記事に、次のようなことが書いてある。「あやしき賤の

男」(卑しい下賤の者)も晴れの場に立った顔をしており、「上達部の随身」などまでが、願いがかなったという顔をしている(16・17)。そして「何ばかりの数にしもあらぬ五位どもなども」一人前によい時節に合ったという顔をしている(18)と述べている。「色ふしに立ち顔」「およひ顔」「時にあひ顔」と、作者はそれらの人々の様子を見下している。その上、作者はこの盛儀を誰かに見せたいという気持を抑えきれず、夜居の僧の座の脇の屛風を押しあけ、「この世では、こんなめでたい盛儀をまたと見ることはおできにならないでしょう」と語りかけた。すると、僧は「あなかしこ、あなかしこ(勿体ないことで)」と本尊をさし置き、紫式部に向かって手を押しすって喜びを表明した(19)。彼女は「五位どもなど」と書いている。五位といえば彼女の父親や夫の位階である。彼女はそれより上の扱いを受けていたのか、五位さえも見くだしている。これらは皇子の誕生をわがことのように喜んだ記事ではあるが、その背後に、彼女の優越意識、そして大臣家に同調する者としての意識が顕著にあらわれているのを見ないわけには行かない。

ところが後半の十月十六日になると行幸に奉仕した駕輿《がよ》の仕丁が、重い輿《こし》をかついで階《はし》からのぼり「いと苦しげにうつぶし」ていると描写し(28)、私は彼らよりは高い位で宮仕えをしているが、身分には限りがあり、輿の仕丁と本質的に何の相違もない

(29)と言う。十一月一日の五十日の祝いの日には自分を「物の数でない存在だ」と言い(44)、五節《ごせち》の舞姫が歩み入る様子を「あさましくつれない」ことで、他人ごととは思えない(57)、どんなに苦しいだろう(60)、胸がつぶれる思いがして気の毒だ(62)と書いている。前半では下賤の者、随身をはじめ、五位の人にまで優越の念をもって臨んでいたのに、後半では弱者に対する同情を濃く表わしている。そして自分が「すべてはかないことにつけても、違った世界に来た心地がいよいよまさり、自分自身がものあわれだ」と述べている(51)。

大臣家の人々に対しては前半では、まず全体として土御門殿の様子を「言はむ方なくをかし(立派だ)」(1)と讃美することから始まり、中宮彰子の様子を「憂き世のなぐさめには、こうした御前にこそお仕えすべきものなのだった」(2)と言い、産後の中宮についても「若くうつくしげ」であり「色合が底知れず清ら」であると第一級の讃辞をつらねている。また、彼女が女房「宰相の君」と話しているとき、道長の長男頼《より》通《みち》がその部屋に立寄り、簾のつまをあげて長押《なげし》に腰をおろし、「よい気立ての女は少ないらしい」などと話す様子を讃美し、「物語でほめている男のようだ」と感嘆している(7)。ところが後半では中宮大夫藤原斉信《ただのぶ》が語りかけて来たのに「何の苦労もない様子だ」と嫌味を言い、「下の格子を取りはずして」と求められても、こんなところに上達部を坐らせては人目が気にかかるとてはずすことをせず、たしなみにはずれると不機嫌である(38・39)。

また、このごろの君達は五節の舞姫に対して、ただあそこがよかったここがよかったと一ふし面白く見えるところだけ話題にする。それは「聞きにくいことだ」と言い(61)、出仕して宮仕えに馴れてしまった自分自身を「疎《うと》ましい身のほどである」と書いている(66)。ことに注目されるのは、すでに記したように十月十六日、親王宣下のあった日に道長が氏の上達部をひきつれて御礼の拝舞に参上したときの次の一句である。「藤原ながら門分れたるは列にも立ちたまはざりけり」。親王宣下の奉慶であるから広く人々が参加してよいはずであるのに、道長の一族しか参列せず、同じ藤原氏とはいえ、実資・懐平・顕光・隆家など小野宮流、その他の人々はその列に加わっていなかった。実資はこの時のことをその著『小右記』に「左府一族の公卿侍臣、御在所の坤の方に於いて頭の弁、道方を以て慶びを奏せしめて拝舞す」と書いている。つまり小野宮流の実資は、自分たちが九条家流の仲間から除外されていることを意識して自分の日記に書いており、紫式部もまたその事実に気づき、かつそれを、実資と同じ意識を持って自分の日記に書きとめたのである。これを五月五日の五巻の日に、無理に「妙《たへ》なりや……」の歌を作った彼女と比較すれば、その左大臣家を見る目の変っていることは明らかである。

友人に対しても前半には弁の宰相の君が昼寝している様子を見て、「らうたげになまめかし」とほめ、「絵にかきたるものの姫君の心地」がするとて、その口覆いを引きのけて起こしてしまい、「物語の女の心地がする」と語りかけた(9)。目を覚まさせられた相手はおこっているが、紫式部は機嫌よく友人に対して戯れている。また、同輩たちの美しい様子を描写して、自分が何となく気恥ずかしく、きまりが悪いので昼は中宮のお前に仕えず、自分の部屋から通る人々の着物の色を見ていると、きちんとして立派だなどと書いている。そして、年齢が同じくらいの同輩の人々の持つ扇が同じようなので「面白いことだ」とお互いに見せ合ったりしている(15)。つまり紫式部は同輩と機嫌よく付き合っている。

後半に至ると友人の描き方が変っている。始めて出仕した時に、宮廷の余りの華美に身の卑小を感じた彼女は、やがてそれに慣れたのだが、宮仕えという環境に対する違和感が再び前面にあらわれ、こまやかに話が通じる人、自然に親しく話せる人、そんな友だちばかりをすこしでも「なつかしく思うのがはかない感じだ」と書いており、以前、大納言の君が、夜々中宮の御前近くに臥して話をなさった「気配が恋しい」のも、自分が世間並みの生活に順応したからだろうか(52)と言う。さらに、十一月十七日内裏に還啓の中宮彰子に従った紫式部は、一条院の東の対《たい》の東廂《ひがしひさし》の廊下の三の口に入って臥したが、そこに親友小少将が来て、こんなところにいるのがつらいと二人で話し合い、厚ぼったい着物を着重ねて火鉢に火を入れ、身体が冷えてしまったみっともなさを話し合っている(55)。

年ごろつれづれに眺め明かし暮らしては花鳥の色や声を春秋に見聞きし、行きかう雲のさま、月の影、霜雪を見ては新しい季節の到来を感じつつ、将来の心細さはやるかた無かったものの、気心の合う友だちとしみじみと語らい、手紙を交わし、縁の遠い人までたずねて話をしたものだ。作品をお互いの間で批評しあって、何でもない言葉につれづれをなぐさめては、世にあるべき人かずの内だとは思わなくとも、さし当っては恥ずかしい、つらい生きざまだと感じることからはまぬがれていた。しかし今は残ることなく、そうした恥や苦しさを味わうわが身である。試みに物語を取り出して見るが、昔見たように心もひかれず浅ましく、心や言葉をかよわせた人々も、私をどんなに恥知らずの心浅いものと見下げておいでだろうと思っただけで恥ずかしくて手紙を出すこともできない。他人に対して奥深い心づかいをして行こうと思っている人は、私がこんな有様ではさぞかし手紙をとり散らしているだろうと疑っておいでだろうから、どうして私の心持を深く推し測って下さることがあろう。それももっともで、しっくりした気分にならず、往来がぱったり絶えはしなくても、自然と往き来のなくなってしまった人も多い。私を、住みか定まらぬ人間に

なってしまったのだと思って、訪ねてくる人も稀になった。(48・49・50)

このように彼女はしみじみと述懐している。文学好きの友達との行き来も絶え、彼女は孤独にさいなまれ、車に乗るにも、同輩の馬の中将が自分と一緒に乗っていやな人と一緒になったという顔をしたと、自分で不機嫌になっている(54)。

十一月十七日の夜、一条院に帰って安眠する場所もなく寒くて仕方がない時に、中宮権亮《ごんのすけ》藤原実成、源経房、藤原公信らが次々に挨拶に来る。「明朝早く参ります。今夜は耐えがたく寒くて体もすくんでしまいました」などという。それに対して「それぞれ家路をと急ぐけれど、何ほどの家人が待っているのだと、見送るにつけて思われる」と書いている(56)。こうした記述のあとに、「はっきりと目に見えてあさましいものは人間の心である。これから先の私の厚かましさは、こうした宮仕えの生活にも馴れて、人前に顔をむき出しにすることまで、たやすくなるだろうと、わが身のありさまが夢のように思いつづけられる」(63・64)と書き、尾張宿禰兼時が去年までは立派に舞ったのに、今年は衰えが目立つと、「あはれ」を感じてもいる(65)。これらは明らかに「感想の部」の紫式部の心理へと連続する生活感情である。

では道長に対しては前半と後半とで何らかの相違が見られるだろうか。

まず前半では、中宮彰子の安産を待望する道長が、院源少僧都の読みあげる御願書につづいて、声をあげて念仏すると、「殿(道長)のうちそへて仏念じきこえ給ふほどの頼もしく」とその声を信頼の念をもって聞いている(11)。御産のあと、九月十六日の夜、若い女房たちは舟遊びをして楽しんだが、道長は多くの女房の前に出て満足げに冗談を言って女房たちを笑わせた。「おぼすこと無き御けしきに、もてはやしたはぶれたまふ」と紫式部自身も安らかな筆致でそれを描いている(21)。十月十余日、生まれて一か月の新皇子は乳母に抱かれてすくすくと育っていた。夜中も抱いて居ねむりをしている乳母の胸元を、道長はひろげて見たりした。眠っていた乳母が目覚めておどろくさまを「いとほし」(気の毒)と見るものの、早く育てと思う道長が、捧げ抱いていつくしむ姿を「ことわりにめでたし」(当然で本当にめでたいこと)と紫式部は書いた(23)。そして、皇子に小水をかけられた道長が、「この皇子の御小水にぬれるのは嬉しいことだ。これをあぶるのこそ満足のきわみだ」と喜んだということを如実に描き上げている(24)。ここには道長の行動に同調する紫式部自身の喜びや幸福感があふれている。

また、出産の前、道長が秋の朝霧の庭を散歩しながら、随身に遣水の滞りをはらわせ、庭の南のおみなえしを一枝折って几帳の上から紫式部に示したとき、彼女は道長の様子が「はづかしげなるにわが朝がほの思ひ知らるれば」と記している。「はづかしげなり」とは相手がいみじく立派で、まともに目を合わせにくい様子だという意味である。「朝がほ」とは自分の寝起きの顔である。彼女は道長にまともに顔を合わせられず、歌を求められたのにことつけて硯のもとに引きさがった。彼女の歌は次のようなものだった。

をみなへしさかりの色を見るからに露のわきける身こそ知らるれ

（おみなえしの露をふくんだ盛りの美しさを一目見ただけで、分けへだてをして露の置いてくれないわが身のさまが思い知られます。）

道長は「早いね」とほほえんで硯を召した。

白露はわきても置かじをみなへし心からにや色の染むらむ

（白露は分けへだてをしておみなえしにだけ置くわけではないだろう。心がけ次第でおみなえしは美しく染まっているのではないだろうか。）

道長はすでに梅の実にことよせて紫式部を「すき者」と言い、その戸口を一夜たたいたことがある。それの後のこの歌のやりとりである。ここには紫式部の羞恥と随順と、訴えまでがある。『源氏物語』は物事をあらわには描かない作品である。常にほのかにしかし的確に表現する作品である。その作者が寝起きの顔をまず心にかけ、「露のわきける身こそ知らるれ」（分けへだてをして露はわが身にはおりてくれません）と歌っている。道長の返歌には「心からにや(心次第で)色の染むらむ」とある。これは何を意味するものであろう。これを、二人の間にはすでに特別の関係があると読む研究者もいる。これを単なる言葉のやりとりだと読む研究者もある。

後半では道長は次のように描かれている。

十月十六日の夜、土御門邸に天皇を迎えて管絃の遊びがあった。右大臣藤原顕光まで「万歳楽の響きが皇子の御声に合って聞こえます」と祝賀の辞をのべる。藤原公任も「万歳楽、千秋楽」と唱和する。道長は、「ああ以前の行幸を名誉あることと思ったのは何故だろう。こんな嬉しい名誉ある行幸もこの世にあるものであったのに」と酔い泣きした。それに対して紫式部は「言うまでもないことだが、御自身で今日の行幸の仕合せを感じておいでだということはほんとうにめでたいことである」と書いている(34)。「御みづからもおぼし知るこそいとめでたけれ」という物の言い方は、何となく素直な喜びではなく、理屈がついているように感じられる。

次のような記事がある。

十一月一日は皇子誕生の五十日の祝いの日であった。夜に入って人々は乱酔し、清涼殿は狼藉の場となって行った。権中納言藤原隆家が、隅の柱のもとに寄って、女房兵部の袖を無理じいに引っぱっている。何処かへ連れ込もうとしているのである。すると道長が「聞きにくきたはぶれ声」を発した(41)。何か下品なことをその二人に向かって叫んだのである。それを耳にして紫式部は「恐ろしかるべき夜の御酔ひなめりと見て」同僚の宰相の君と示し合わせて何処かに隠れようとする(42)。東面《ひがしおもて》の間《ま》はと見ると、頼通や教通など、また兼隆などがすでに入りこんで騒がしく駄目である。二人は中宮の御帳台のうしろに隠れた。ところが道長はその帳《とばり》をさっと取りはらわせて、二人とも捕えてしまい、引き出して坐らせた。「和歌を一つずつよめ。そうすれば許そう」。彼女は全く困惑して、かつ恐ろしいので一首申し上げたとある。

事の経過を追ってみると、道長は紫式部の行動を素知らぬ顔でずっと見ていたのである。だから御帳台のかげに隠れたことも知っていた。それで簡単につかまえて引き出した。何故道長は紫式部を目で追っていたのか。それを知るにはこの話の直前の記事から読まなくてはならない。

東の柱のもとに右大将藤原実資が寄りかかって、女房の衣の褄や袖ぐちを数えておられた〔大野注、実資は女好きで有名であった〕。その様子が人と異なっている。人々が酔い乱れているから分るまいとあなどり、私は誰と話をしても気づかれまいと思って、右大将実資とちょっとした会話をしてみたところ、現代風にしゃれた恰好をする人よりも、実にご立派な方とお見受けした。酒杯の順がめぐって来るのを右大将は気にしておいでだったが、いつも誰もがうたう「千年万代《ちとせよろずよ》」でそこを切りぬけられた。すると藤原公任さまが「このあたりに若紫がお仕えでしょうか」と突然顔をお出しになった。『源氏物語』にかかわりそうな人もお見えでないのに何で紫の上がおいでになるはずがあろうと、私は出ても行かずに聞き流した。

この後で、権中納言が隅の間の柱のもとで女房兵部の袖を引いていたところへとつづく。その時、道長が「聞きにくきたはぶれ声」で叫んだのである。五十日の祝いの日は狼藉が公認されている。女房にとってどんな目に合わせられるか分らない日である。それで二人は逃げたのだった。

どうして道長は機嫌が悪かったのか。私の推測では、紫式部が実資の傍らに寄り、話し込んでいる様子が気に入らなかったのである。「げにいとはづかしげ(ご立派)な人だったと書いているところから察するに、紫式部が相手に感じ入って言葉をかわしているさまが、道長の眼にとまっていた。(それがいけなかったのだとは紫式部自身後で気づいた。だから「酔ひのまぎれをあなづりきこえ、また誰とかは(誰と話してもかまうまい)など思ひ侍りて」と彼女はみずから書いている。)実資は血筋の上で、小野宮流の人間であり、九条家流の道長に対して『小右記』で批判的なことをしばしば書いている。そして女好きで有名であったのだから、その右大将実資と紫式部が親しく口をきいている様子に、道長は眼をとめていた。酔ってはいても、道長という人物は宮廷や邸内の人間の小さな動きに対しても決してにぶい神経をはたらかせることはない。そこにまた思いがけないことが起こった。「このわたりに若紫やさぶらふ」と藤原公任が顔を出した。紫式部の『源氏物語』は、すでに有名になっていた。祝いの日の座興として公任は言ったにすぎないのだろうが、道長は、才人公任と紫式部とが意外に接近しているのかもしれないと、反射的に警戒しただろう。紫式部は道長が以前から心の底では公任を快く思っていないことを知っていたから、危険を感じとって、「そんな人がいるはずもなかろう」という形で聞き流して、何の受け答えもしなかった。

この二つのことが道長にとっては愉快でなかった。今日は九条家の将来の繁栄を祝う敦成親王の誕生五十日の祝いである。そこに小野宮流の実資と親しげに話し、しかも才人公任に何やら珍らしい言葉をかけられた女房がいる。その不愉快さが隆家と兵部の袖のひき合いのところで声にあらわれた。声が不機嫌そのものであることを紫式部はすぐ感じ取った。道長という男が激怒した場合、どんなはげしいことをするかを紫式部は知っている。そこでこの場から逃げかくれようとしたのである。

さて捕まって歌を詠めば許すといわれた紫式部は歌を詠んだ。するとそれを二度ばかり口ずさんだだけで早速道長も一首ものして朗誦した。紫式部は恐ろしかった。しかし捕まえられたことによって、自分が道長からずっと注目されていたことを悟った彼女は、ある喜び・満足を感じていただろう。彼女は道長の歌について、「あれほど酔っておいでだったけれど、日頃お考えのことだから、立派な歌をお作りになったのももっともだ」と受け取り、将来このお家は繁栄なさるだろうと「数ならぬ心地」にさえ思いつづけられたと書いている(44)。ここにおいて彼女は自分自身を「数ならぬ者」に限定している。

また次のような記事がある。

十一月十日ごろ、内裏への還啓が近くなって、中宮彰子の前では物語の御冊子づくりが続いていた。紫式部は、『源氏物語』を書きつづけていたのだと思われる。紙を選りととのえ、原本をそえてあちこちに清書を依頼する。一方では書写されて来たものを綴じるのに明け暮れていた。道長は中宮に向かって、「こんな冷たい時節に、何処の子持ちがこんなことをなさるか」と言ったものの、よい薄物の紙、筆、墨などを持って来る。持って来た硯まで中宮が紫式部に下賜されるので道長はそれを惜しんで式部をののしり、「部屋の奥に坐ってお仕えしていて、こんなことをしでかす」と意地わるをいう(45)。道長は紫式部が部屋の奥に坐って字ばかり書いて立ち居の仕事をあまりせずに、しかもその結果こんなに多くの人々の手をわずらわせると冗談めかしてとげのある言葉を口にしたのである。

紫式部は自分の部屋に自分の書いた物語の本などを隠して置いたのだが、式部が中宮の前に伺候している間に、道長はこっそり部屋に入り、そのあたりをあさって、みな次女の妍子に奉ってしまった。改稿してよくした分は紛失したので（草稿本などが広まって）、下手だという評判をとったことだと思うと紫式部は書いている(46)。

そして五節の舞姫を一条院で天皇・中宮が御覧のとき、道長も忍んでやって来て、遣戸《やりど》の北にいた。それを「心にまかせたらず、うるさし」(58)と嫌悪している。

また十一月二十一日の御前の試みの日、ものういので出かけるのを休もうかと思っているところへ道長が来て「どうしてこんなことをしているのか、さあ、一緒に」とせめ立てたので「心にもあらず参上《まうのぼ》りたり」とある(59)。

なお私は先の挙例の中に入れておかなかったが、道長と紫式部の間柄を考える上で決して逸することのできない、注意すべき事例がある。それは道長が皇子の御小水にぬれてそれをあぶるのが満足だといって喜んだという記事の直後、24と25の中間にある。

中務の宮わたりの御ことを御心に入れて、そなたの心よせある人とおぼして語らはせ給ふも……

二品中務卿具平親王の娘に隆姫があり、道長は長男頼通の結婚の相手にこの隆姫を望んだ。紫式部の父親為時は、みずから中書大王(中務卿)の「藩邸之旧僕」と書いているように、具平親王の家の家司《けいし》をしていたろうと言われている。その縁などによって道長は紫式部を「そなたの心よせある人とおぼして」(あちらが好意を寄せている人とお考えになって)この縁談について「語らはせ給ふ」と書いてある。「語らふ」とは打ち明けて語ることであり、実情を語って相手を味方に引き入れることでもある。名詞として「語らひ」となれば現代の言葉でいえば「説得」という意味もある。道長は息子の結婚について他人にみだりに口にしないことを彼女に打ち明けて語った。おそらくそれは中務家に対して、彼女が仲に立つなり使者となるなり、何らかはたらくことを求めたのだったろう。道長は彼女にそれだけのことを打ち明けて語る間柄にあり、また、意を決して彼女に語った。

そして後半十月十六日には皇子付きの役職が決定した。紫式部はそこに弟の惟規が何らかの形で加わることを期待していたはずである。

(36)

宮の家司、別当、おもと人など職定まりけり。かねても聞かでねたきこと多かりところが弟はその二十五人の中に入っていなかった。それはまだよい。彼女は「かねても聞かで」(前以て何も聞かされないで)と書いている。「ねたし」とは相手からすげなくされたりした場合、いまいましいと感じることである。これは道長の意志次第で決定されるその人事について、彼女が前以て聞かされるはずの関係にいたことを意味する。

しかし、それがそのように運ばなかった。その間わずかに数日である。その間に何かが起こっていたのである。

それはともかく、前半と後半とを比較すれば道長に対する前半の好意・信頼・幸福感・喜びの気持は後半では表明されていない。後半には時に恐怖・嫌悪すら表明されている。

以上に見たところによれば紫式部の大臣家の人々に対する気持、道長に対する感情、友人に対する気持において、前半と後半とでは対照的に大きな相違がある。後半では、弱者に対する優越感は失せ、自分自身を卑小な存在と扱い、劣等感が随所にあらわれている。彼女は孤独になってしまったのであり、その不足不満は人間全体に対する不信へと連なって行く。彼女は前半において大臣家の栄華に同調している。それが後半では道長を含めた明るい栄華の世界から除外されたと感じている。これはどうしたことか。それを考える前に、前半と後半とにある例外の吟味をしておくことにしよう。

まず後半の、多くの△の中にある○を見ると、30・31・32は儀式に加わる内侍や女房の容姿の見事さをたたえた言葉である。彼女の生活感情の明暗にかかわらず、儀式そのものの華美壮麗は誰の目にも明らかだった。それで彼女はそれを讃歎したわけである。33は宴遊における新皇子の泣き声がかわいらしいという記事であり、37は若宮の世話をする道長と倫子のさまが「にほひいと心ことなり」ととらえられたもので、これらは皆儀式の立派さに通ずるものばかりである。

40は、十一月一日の五十日の祝いの日に藤原実資が「はづかしげ」な人物であることが分ったと書いてあるところで、実資は道長に対する批判者であるから、それを「はづかしげ」と賞讃する気持の中には、道長に背くものがあると見られても仕方がない。事実この後で道長は隠れた彼女をつかまえ、あやまりの歌を作らせた。このことはすでに記した通りである。以上が後半の部の例外の説明である。

次に前半における例外は二例である。

まず8についていえば、これはすでに述べた頼通の容姿、態度が立派だと賞讃した直後にある文章で、

かばかりなることの、うち思ひいでらるるもあり、その折はをかしきことの、過

ぎぬれば忘るるもあるはいかなるぞ。

というものである。大臣家の長男を賞讃したあとで、「こんなことには思い出すことのできるものもあり、その折は一ふし面白いと思って書いておいたことでも、時がたつと忘れてしまうこともあるのは、どうしたわけだろう」というので、頼通への賞讃が、後から想い出そうとしても、その文章以外には実際の場を想起できないことを言っている。これは、第一次『紫式部日記』に対する手入れが、かなりの年月の後に行われたものであることを示している。その手入れを行った時期は、日記の後半に見える彼女の生活感情の色濃い不快、暗の時期のそれであるから、その気分によってこの文章はここに追記されたものと見える。

いま一つは現行『紫式部日記』の巻頭の部分にある。

うき世のなぐさめには、かかる御前をこそたづね参るべかりけれ(2)とうつし心をばひきたがへ、たとしへなくよろづ忘らるるもかつはあやし(3)

「憂き世の慰めとしてはこんな華麗な御前にこそお仕えに参るべきだったのだと、たとえようもなく、万事が忘れられる」という讃美のことばについて、後になって作者は違和を感じ、「うつし心をばひきたがへ」(現実の生活の気持とは逆に)と補い、かつ全体としての讃歎の念に対しても、「あやし」(不可解だ)と留保を加えた。

この3の例が巻頭にあるために、紫式部は夫宣孝の死後、常に憂愁と共に生きていたと見なす研究者が多い。しかしすでに示したように、全体として見れば、この日録の前半は陽、後半は陰と明らかに生活感情の対照的な相違がある。それを確かに把握することが『紫式部日記』の理解の上で重要であると思う。

これらの点に基づいて『紫式部日記』全体の構成を見直せば次の通りになる。

(1) 日録の部・前半。「中務の宮わたりの御ことを」の段まで。生活感情は陽。一部分に後からの書き入れ修正があり、そこだけには陰暗の色がある。

(2) 日録の部・後半。「行幸近くなりぬとて」の段から。生活感情は陰。儀式に関することを除いては暗い表現がつづく。陽の時期をなつかしむ表現がある。

(3) 感想の部。日録の末尾を承けて自然に展開しており、生活の基本的感情は日録の部の後半に連続して陰・悲傷・孤独である。

(4) 断片。日録の部に収め得ない挿話を集めてある。藤原道長に関する印象深いことが大部分を占めている。

このような区分が可能であるが、日録の前半と後半との間には果して何か事件でもあったのだろうか。何故右のような区分が可能なのか。

(5) 岐れ目の出来事

そのことを考えるために、重要なのは日録の部の前半から後半に転じるところであろう。そこで後半の最初である「行幸近くなりぬとて」の段を細かく吟味しながら読んでみる。陽の生活感情から一転して後半を貫く悲傷・孤独の生活感情は、どのようにして始まったかをそこに見ることができるかもしれない。

行幸が近くなったとて土御門の御殿のうちをいよいよ手入れをなさる。実に見事な菊の株を求め出しては掘って来る。色とりどりに変わったもの、黄色の見ごたえあるもの、さまざまに植え立てたものなどをほの暗い朝霧の絶え間に見渡すと、言い伝えのようにわが身の老いも消え去りそうな気持がするのに、まして私は心のうちに思うことが少しでも人並みな身であったのだったら、わが身を色めかしく若々しく振舞い、この短い無常の世を楽しく過ごすことができるだろうに、どうしたわけか、慶賀すべきこと、面白いことを見聞きするにつけ、ただ胸のうちで願いをかけた方向に引く力ばかりが強くて、もの憂くて、意外にも嘆かわしい気持がまさる。それが苦しい。どうか今はやはりすっかり物忘れをしてしまいたい。思いつめてもその甲斐もない。物事に執着の心を持つことは罪も深いと聞いているなどと思いつづけ、夜が明け離れれば、つくづくと、水鳥が池水の上を無心に泳いでいるのをじっと見ている。

水鳥を水の上とやよそに見むわれも浮きたる世をすぐしつつ

（水の上に浮いているだけの、我と何のかかわりもない存在だとあの水鳥をどうして見ることができよう。自分も浮いて定めない世を生き渡っているのだから。）

あの鳥も、あのように楽しげに水の上で遊んでいると見えるけれど、身は苦しいのだということだ。それはわが身にそっくりである。

小少将からの手紙が来た。その返事を書こうとすると時雨がさっと降って来た。それで使者も帰りを急ぐ。「空の様子までさわがしくて」と私は腰折れの歌を書き加えたのだったろうか。

暗くなる頃、小少将から返事が来た。ぼかし染めの濃紫の雲紙《くもがみ》に次の歌が書かれていた。

雲間なくながむる空もかきくらしいかにしのぶる時雨なるらむ

（雲の切れ目もなく降りつづける空もいよいよ暗くなり、何とひどく降るこの時雨なのでしょう。あなたはこの空のように暗く閉ざされた心で物を思いつづけ、悲しみの涙をどんなに辛抱しておいでのことでしょう。）

私は前の手紙で何と書いたのかも覚えていないが、

ことわりの時雨の空は雲間あれどながむる袖ぞかわく間もなき

（時節がら降る時雨の空には雲の切れ目があるけれど、眺めやる私の袖は涙でかわく間もありません。）

この「行幸近くなりぬとて」という一段は解釈の上でもいくつかの問題があり、異なる見解が表明されている段である。まずここにある、

めでたきこと、面白きことを見聞くにつけても、ただ思ひかけたりし心のひく方のみ強くて、

という所の「思ひかけたりし心」とは、何について「思ひかけ」たのかが疑問である。「思ひ懸く」とは、「願いをかける」という意味と思われるのだが、何を願っているのかである。注釈家の中にはこれが出家の願いであると取る人も多く、むしろそれが有力のようですらある。しかし、この「行幸近くなりぬとて」の段は私のいう「日録の後半」の最初のところである。「前半」の書きぶりで分るように紫式部は前半では好機嫌に、優越感さえ持ってふるまっていた。その点から考えて、「仏道に入る願いがいつも強くて」という意味にここをとるのは適切であろうか。紫式部の仏道志向があたかも既定の事実であるかのように説く人もあるが、夫を失った際に、また子供が病気をした際に、悲しみや憂慮につつまれるのは誰しも当然のことである。またはじめて宮廷に出仕したときに惑いを感じるのもむしろ普通のことである。だからそれらの材料によって、紫式部が宣孝の死後常に憂愁の人で、仏道に入ることばかりを強く願っていたと解することはできないだろう。

日録の部につづく感想の部においても彼女は念仏三昧の生活に入っているわけでは決してない。最後に至っても仏道に入ろうかという意向の極く近くにまで至ってはい

ても、仏門に入る一歩手前にとどまっている。『源氏物語』の中に、数多くの仏典からの引用をしているところを見れば、彼女は多くの仏典を読んでおり、仏教について豊富な知識を持っていた。しかし五戒を受けてはいないし、感想の部の最後でも、その周辺をめぐっているというべきである。まして日録の部の前半の彼女の生活感情の明るさを見るとき、後半の部の最初のこの時点において、出家入道が彼女のひたすら願っていたことだったと見ることはできない。

ここで彼女は「思ふことの少しもなのめなる身ならましかば」と書いている。「胸の中に大切にしていることが、少しでも世間並みの身である私なのだったら」とは、つまり私は世間普通の女房とちがうということである。普通であるとは、身を「すずきしくもてなし、若やぎて、常なき世を過ぐ」すことである。寡婦が女房として宮仕えに出れば、普通は、若づくりをし色めかしい様子をして、誰か男の誘いがあれば身をまかせるようになり、その男が去れば次の男の訪れを待つ生活になって行く。そうした暮しで、この長くもない女の一生を楽しく過ごす。女房伊勢も、和泉式部も形の上ではそういう暮しをしている。「しかし、私にはそれはできない」と言う。彼女が幼少のときから好きであり、心を注ぎ、卓越した才能を発揮した学問の世界、儒教の倫理では、みだりがわしいことをよしとしていない。だから自分は世間の普通の女のように「すきずきしく」ふるまうことはできない、と言っているわけである。また、「めでたいこと、目の前が開けるような華やかなことを見たり聞いたりするにつけて、そうしたことには自分は本当は引かれない」と彼女は言う。ではこの時期に彼女の心を「強く引く」願いごととは何であったろうか。

日録の後半の生活感情の色彩は感想の部の色調と基本を一つにしている。「陰」の色どりは感想の部で不満・不信・嫌悪へといよいよすさまじさを加えて、最後に彼女はつきつめて自分自身をあらわにする。「他の誰でもない私とは何なのか。それは私が学問ができる人間だということだ。私は学問をこそ大切にして生きてきた。私でなければならない私はそこにある」。彼女は死を眼前に見て、自己の存在を確認しようとしてそう言っている。これはたしかに「願うところが全く普通とは違う」生き方であろう。そういう人間として生きたいという願いは、意識的、無意識的に彼女の最も根深いところにはたらき、夫を失った悲しみの後にはいよいよはっきりした形をとって来ていただろう。彼女のそうした生の根本の志向こそ「思ひかけたりし心のひく方」だったのではなかろうか。

ところがそれに引かれる彼女は「嘆かしく」「苦し」さがまさるとはどういうことか。

今はなほ物忘れしなむ、思ひがひもなし、罪も深かなり、

と彼女は書いている。「物忘れ」とは何かにつけてすっかり忘れてしまうことである。「思ひがひもなし」とは思うかいも無いということだが、「思ふ」とは、胸の中にじっとたくわえて外に示さずに願い、望み、予想し、心配し、恨み、恋し、執着することをいう。だから「思ひがひもなし」とは、胸の中に思いつめて抱いていてもそのかいが無いということである。また、「罪も深かなり」とあるこの「なり」は終止形を承けている「なり」で、伝聞を表わすものである。従ってここは「罪も深いということだ」の意である。「物忘れせずに、かいもないことを思うこと」、つまり一つの執着を持つことは罪が深いと聞いている、と言う。仏教では万事につけて現世のことに執着することをよからずとしている。執着を棄てることが重大事なのであり、地位も財産も、異性も、すべてこの世に執着することから離れることが大切であると教えている。彼女はここで、やはり一切を忘れてしまいたいと言っている。ということは彼女には忘れ得ないことがあったことを意味する。

先には「朝霧の絶え間に見わたしたるは」とあった。まだ暗い朝霧の中で物がよく見分けられなかったのだが、今やはっきり明けきってみると、池水の上に水鳥が無心に遊泳しているのが見えて来た。「水鳥が水の上に浮いている。それを自分に無関係

のものと見ることはできない。私も浮いた世の中に水鳥のように生きているのだ。あの水鳥も、あんな風に無心に遊んでいるように見える。しかし実は、その身は甚だ苦しいということだ。水鳥の動きが我が身にそっくりに見えてくる」。

「身はいと苦しかなり」の「なり」は、先の「罪も深かなり」の「なり」と同じく伝聞の「なり」である。ということは「身はいと苦し」という表現には本歌があることを意味している。そこで私はその本歌を求めた。すると、曾禰好忠《そねのよしただ》の『曾丹集』に、

　をしどりのみなるる音はつれなきを下苦しとは知るらめや人

という一首がある。注これは「鴛鴦《おしどり》が水に馴れて遊《およ》いでいる水音は何気ないが、実際には苦しいのだと人は果たして知っているだろうか」という意味である。紫式部は『源氏物語』の中でも『曾丹集』から引き歌を作っているのだから、ここでも『曾丹集』から引いたと見ていいだろう。

同じ日のことであろう。小少将から手紙が来た。その返事を書いているうちに時雨が降って来た。使いは帰りを急ぐ様子である。紫式部は歌を書き込んだ手紙を渡した。その歌は記録されていないが、彼女は急がされて、つい悲しみをそのまま小少将に表明してしまったに相違ない。夕方になって小少将から返事が来た。

「雲間なくながむる空」、「ながむる」とは長雨が降るという意味と、うれいの目で

眺めやるという意味とに兼ねて使われる言葉である。「しのぶる時雨」、これも「忍《しの》ぶる」(忍耐する)と「しの降《ふ》る」(ひどく降る)とに兼ねて使われる言葉である。小少将の歌は「なんとひどく降るしぐれなのだろう」という意味と、「あなたは涙をどんな具合にこらえておいでだろう」という意味とを兼ねた表現であった。小少将は「あなたがどんなに苦しいか悲しいかがわかる」と言って来たのである。それを見て紫式部は、時雨にせかされてつい本心を書き送ってしまった自分の歌を思いかえすが、恥ずかしさにここに記録する気にはならなかった。それで「何を書いたか覚えていない」とだけ書いている。しかし、返歌には彼女は気持をありのままに書き送った。「時雨の空には雲の切れ目があるけれど、眺める私の袖は涙でかわく間もありません」。

小少将は、部屋を同じくして住んでいた最も親しい友達である。そして紫式部自身が感想の部で、次のように評した人である。

> そこはかとなく高貴だが、華やかでも派手でもなくしっとりと美しい。芽をふきはじめた若いしだり柳の風情がある。容姿はかわいらしげで物ごしは奥ゆかしく、自分から物事の判断をくだすことはないほどに控え目で、見苦しいまで子供らしい人である。腹黒い人が、他人を悪しざまに扱い、言いつけたりすれば心底までそうだと思い込み、おのが身を失うこともありそうなほど、あえかで――さわればこわれそうで――何とも仕方のないところ

があって気がかりな人である。

萩谷朴氏のいわれるように小少将は十七、八歳で源則理と結婚したがやがて離別し、従妹である中宮彰子のもとに寛弘のはじめごろ出仕したらしい。これも叔母倫子を頼ってのことであろうという。この可憐な小少将に道長は近づき、これを召人(貴族の私宅に仕え、主人と関係を持つ女房)としていた。その小少将と紫式部は同じ部屋に寝起きしていた。だから、すでに記したように「断片」の中で道長が「かたみに(互いに)知らぬ人も語らはば」と聞きにくい言葉を投げたのである。それに対して「誰もさるうとうとしきこと無ければ、心やすくてなむ」と紫式部は返事している。二人の仲はそんな疎々しいことはないとは、互いに女としての最も内密のことも知り合って暮している仲であるということである。その人から、「あなたの苦しさ、悲しさが分る」と言って来た。

ここまでが「行幸近くなりぬとて」の段についての注釈的理解である。ではここで一体何が起こったのか。一つの推測を述べてみよう。私はこの「行幸近くなりぬとて」とある文章の直前の六十字ばかりの一節に注目する。

中務の宮わたりの御ことを御心に入れて、そなたの心よせある人とおぼして語らはせ給ふも、まことに心のうちは思ひゐたること多かり。

この文章の前半についてはすでに記した。後半の意味は、「自分としては本当のところ、胸のうちには思っていたことが多くあった」という。「胸のうちには思っていたことが多くあった」とは何なのか。

すでに述べたように紫式部の父親為時は中務宮具平親王のところに「奴僕」として、おそらく家司として仕えていたことがある。また具平親王の落としだねである頼成が、親王の命によって紫式部の従兄の伊祐の子として養育されているという事情もあった。そうした人間関係の縁故を考えに入れて道長は、紫式部に何らかのはたらきを求めて来た。

ここで具平親王とはどんな人かと見ると、親王は歌人として、評論家として当時著名な人物であった。為時や叔父為頼は、文芸趣味の生活の上からも親王と交渉が深かった。現に『源氏物語』の古写本の中にも、従一位麗子本、あるいは堀河左大臣俊房本と呼ばれるものがある。それらの人々は具平親王の係累の人々である。つまり『源氏物語』の写本の中には具平親王の縁によって書写されて広まったとおぼしいものがある。紫式部がこうした文学に生きる人々との交際を嬉しく思い、心から大切にしていたことはすでに記した。物語についてこの人々と論評し合い、他愛ない言葉につれづれを慰めていたと彼女は書いている。それは立派な生きざまであるとは思われないが、しかし満足の行くしわざだった。「気心のかよう人で、打ちとけた話のできた人たちも、宮仕えの後ではどんなに私をあつかましく心浅い人間と見下げているだろうと恥ずかしい」。こう書いた彼女の意識の中には相手としてこの具平親王があった。具平親王その他の文学サークルの人々は、必ずしも道長の許への出仕に全幅の好意を寄せていたとは言いがたいのである。

しかし、一面紫式部は、出仕したことによって中宮彰子に「楽府《がふ》」の講義をさせてもらい、紙や筆や墨を得て物語の執筆の自由を与えられ、場合によっては父親や弟の職を得るに便宜があるかもしれない位置に立った。それは彼女として止むを得ずに置かれた場であるとともに、好ましい場でもあったはずである。この二つの相反する事実は、紫式部の心の中で矛盾としていつもせめぎ合っていたであろう。しかしそれも、平常の生活の中では厳しく問いつめられず、日常の忙しさにとりまぎれて時は過ぎたことであろう。

私はここで、あらためて紫式部と道長との間柄について考えてみようと思う。そのために、一方の当事者藤原道長の人物について顧みておくことにする。

藤原道長が年少の頃、父親兼家が藤原公任の万事に秀れていることをたたえて、「どうしてこんなにご立派なのか。うらやましいことだ。私の子供たちが、その影すら踏めそうにないのが残念だ」と言ったとき、兄道隆や道兼が恥ずかしげに黙ったに対して、道長は「影をば踏まで、面《つら》をやは踏まぬ」(影なんぞ踏まず、面を踏んづけてやりゃあいいんだ)と言ったと『大鏡』にある。ここに道長の生得の負けん気と剛愎さが表われている。

また、五月の下旬の雨の闇夜に、花山《かざん》天皇が胆《きも》だめしをしようと提案したところ、少年道長は「どこへなりと参りましょう」と答え、真暗な大極殿《だいごくでん》に行っただけでなく、証拠として高御座《たかみくら》の南面の柱のもとを削って持って帰って来た。翌朝それを柱の傷と合わせてみるとぴったりと一致したという。これも『大鏡』に書いてあるが、兄二人は恐れて指定の場所へ行くことができなかった。ここには剛胆だけでなく、周到な注意力が表われている。

藤原実資はすでに記したように、その著『小右記』の中で九条家流の道長をしばしば論難しているが、その理由は、道長が宮廷の前例を無視することにあった。それは、権力者として慣習などに頓着せず、時に専断にことを行う道長の気性を示している。

三十年の長きにわたって政権を確保するには、右にあげたいくつかの能力と気質は必要であっただろう。そして『紫式部日記』の記述を見ても、権力者として言いたい放題の言葉を吐き、女房たちの前で勝手に振舞っている。ところが、道長には次のような一面がある。道長の子供顕信が十九歳で突如として叡山に登り剃髪出家してしまった時のことである。それを訪ねた道長の言葉を『栄花物語』の作者は次のように書きとめている。

「さてもいかに思ひ立ちしことぞ。何事の憂かりしぞ。我をつらしと思ふことやありし。つかさかうぶりの心もとなく覚えしか。また、いかでかと思ひかけたりし女のことやありし。他事《ことごと》は知らず、世にあらん限りは何事をか見捨ててはあらんと思ふに、心憂くかく母をも我をも思はでかかること」と宣ひつづけて泣かせ給へば、

(「それにしてもどうして思い立ったのか。何事がいやだったのか。私の仕打ちにつらいと思うことがあったのか。官位の進みが思い通りでなかったのか。また、何としてもと心を懸けた女のことがあったのか。他の事は知らないが、私が生きている限りは決して見捨てたりはしないつもりであったのに、こうお前の母も私も捨ててこんなことになって私はつらい」と仰言りつづけて涙をこぼされたので)（栄花物語・ひかげのかづら）

ここには十九歳の男が何を不足と思ったのか、官位のことか、女の事があったのかと的確にたずね、父親としての届いた心遣いを優しく語る道長の姿が見出される。こうした剛さ、智慧、優しさを備えている男は、女にとっておそらく頼もしく、尊敬を

寄せうる人間であったに相違ない。

道長は文芸趣味に乏しい人間であったと思われるが、彼の作った歌を見ると力強く厚みがあり、彼が力を持つとともにこまやかさを感じ分ける行き届いた感情の持ち主であったことがうかがわれる。このように、一面で魅力ある人間であるが、彼を彼たらしめたのはやはり剛気と細心と、おそらくは謀略を以て権勢を維持しつづける権力主義への志向にあったに相違ない。

こうした道長と、紫式部とが、具平親王とその娘に関して向き合うことが起こったのだった。道長はその権力志向の一つの行き方として源氏――皇族の子孫との結婚政策を考えていた。頼通と具平親王の娘隆姫とをめあわせたい。（道長の北の方倫子もやはり皇統の源雅信の娘である。）それがためには、わが陣営の人間として紫式部はこの際働くはずの人間である。道長はその判断のもとに紫式部に語らった。しかしその時、紫式部の心をよぎったのは、文学、学問の上で尊敬し親愛する具平親王の姿である。その姿への顧慮が優先した。道長への応対において彼女はおそらく一瞬、逡巡の色を見せたのではなかったろうか。原文を見ると「そなたの心よせある人とおぼして語らはせ給ふも、まことに心のうちは思ひゐたること多かり」とある。「語らはせ給ふも」の「も」に注目する要がある。「も」はここでは「けれども」の意である。

つまりその下には、それに反対し、それを否定する叙述が来る。「お話があったけれども、本当の私の心持としてはいろいろ考えることがあった」というのである。

俊敏炯眼《けいがん》な道長は、今、心を打ち明けて真剣に語らっている相手が、実は本当の味方ではなかったと感じ取った。策略と懸け引きによって権力の座を保ち、それを発展させて行くことに根源的な力を向けている道長は、心の中で、即座に紫式部を陣営からはずした。それ以後は、以前のように彼女に接近することを断ち切ったのである。だから十月十六日の新皇子付きの役職の中に、紫式部の弟惟規を加えなかったし、そのことを彼女に前以て何もしらせなかった。「かねても聞かでねたきこと多かり」という彼女の表現はその変化の様相を明らかに示している。

「行幸近くなりぬとて」の段を見ると、紫式部は暗い朝霧の絶え間に見える菊の花を描き、はっきり明け離れると水鳥の動きが目に入ることを叙している。彼女は寝ずに起きていた。彼女は菊を見て「老いもしりぞきそうな心地がする」と書いている。重陽《ちょうよう》の日の菊が老いをぬぐうとは当時の社会の通念であるが、ここで老いがいきなり出てくるのは、彼女が、「私は老《ふ》けたのではないか」と心をよぎる思いにとらわれたからなのではないだろうか。「しかし私は普通の人のように、若やいで、すきずきしいことはできない」と自分で説明を与えている。どうしてここで「老けた」とか、

「若々しく振舞う」とかいうことが出て来るのか。また、「願いをかけていた心の引く方のみ強く」といいながら「一切を忘れてしまいたい。思いつめてもかいがない。罪も深いということだ」という言葉が続くのは何故か。彼女には学問へのこころとは別に、何かすっかり忘れてしまいたいことがあったのだ。無心に見える水鳥の遊ぶさまを見て「身はいと苦しかなり」(身体は苦しいということだ)と表現している。何故彼女は「身体は苦しい」というのか。

彼女が小少将に送ったはじめの歌をわれわれは知ることができないが、その歌を見た小少将――彼女は道長の召人であり、道長の女への接し方を、すべてつぶさに知っている人であり、紫式部と秘密をわかち合っている――が、何で「あなたの耐えている悲傷がどんなに大きいか、私は思いやることができる」という歌をよこしたのか。

この日、小少将から紫式部へ手紙が来たということは、彼女らの部屋には、前夜紫式部だけがいたということである。紫式部は誰かが来てくれるのを待っていたのではなかろうか。夜を通して起きていてもその人は来なかった。その朝のことが、「行幸近くなりぬとて」の段に書かれているのではなかろうか。

焦燥にかられて待つうちに、紫式部は一切を受け取ることが出来た。道長が中務宮具平親王への、自分のはたらきを「語らはせ給ふ」気持が分らないではなかった。しかし「思ひかけたりし心のひく方のみ強」い私は、学問人として具平親王から見下げられたくはなかったのだと彼女はここで自分自身に弁明している。これは実は感想の部の最後で彼女が「私は学問をして来た人間なのだ」と叫ぶかのように書いたところと一貫している。

ことは単に藤原家の主長、道長の不興を買ったということではあるまい。これは推測にしか過ぎないが、おそらく紫式部は女として自分自身に信じて来た、二人の男に会ってはならないという準則に反する関係を道長との間に保っていたのである。それによって彼女は陽気になり、活潑に振舞うようになり、大臣家、道長の同調者、讃美者の側に立った。それは日録の前半に明白である。しかし突然中務宮具平親王のことが眼前に現われた。

生の根源において学問が好きで、それを大切にしたいと願って生きて来た彼女は、権力の維持と進展とを根本的に志向する道長の仲介のもとめに対して、その時、即座に満足な形で応答することができなかった。権力の機構も、身辺の人間も、すべてを掌握し、思うままに操ることによって生きて来た男は、この女房の一瞬のためらいを見逃さなかった。それは彼に対するひそかな敵意とすら彼に受け取られたかもしれない。彼は彼女に対する彼の認識を甘かったと思い、自分が不明だったと瞬時に考えたことだろう。それは直ちに二人の「特別な関係」の断止へとつらなるものである。それを紫式部の側から修復することは当然不可能なことであった。

(6) 作品としての『紫式部日記』

その日以後、『紫式部日記』の日録の部の後半が始まる。「陽」は「陰」に移り、それは感想の部へと極めて自然に進んで行く。

さて私はここで再び日録の部の最初が「秋のけはひ入り立つままに」という文章で始まっている理由について考えて見たい。私は先に、日録の部の「前半」には、「後半」の生活感情による追記があることを述べたが、それはさらにさかのぼった時期に対してはどうしたのだろうかとここで考えてみることである。

現行本以前の『紫式部日記』には、五月五日の五巻の日の歌があったことはすでに述べた。その最初の歌は大臣家に対する極端な讃美の歌であった。しかし紫式部は、その時、心の底から大臣家の讃美者になり切っていたわけではなかった。あまりにもその善美をつくした法要のさまを見ると、我が身の小ささが振り返られて悲しくさえなることを防ぐことはできなかった。紫式部は次の大納言の君の歌などを一緒に書き加えている。

澄める池の底まで照らすかがり火にまばゆきまでもうきわが身かな

（澄みきった池の底まで照らすかがり火の明るさが、まぶしく恥ずかしく思われるほど卑小なわが身であることよ。）

これらの歌を含む五月五日、六日の歌、これは『紫式部集』に「日記歌」として収められているから、第一次『紫式部日記』には存在していたに相違ないのだが、それが現行本には見出されない。それはどうしたことか。

これは、現行本を成立させた手入れの際に、その部分を削除したのだろうと私は推測している。

つまり日録の部の後半以後の「陰」の生活感情からすれば、五巻の日の歌の最初の作などは、あまりに大臣家に対する追従の気配が顕著であり到底そのまま現行本に収める気持になれなかった。その歌を省くとすれば、それ以外の歌を含む当日の記事を「日記」の始めの部分として収めることは不自然をまぬがれなかっただろう。そこでそれらすべてを捨て、「秋のけはひ入り立つままに」というところを巻頭にすえて、以後の記述を続けて現行本を発足させたのではあるまいか。[注]

こうした考えを進めて行けば、この『紫式部日記』という文献は、普通にいう日記ではないという結論に達する。作者は、はじめ中宮彰子の出産のための里下りに随行するに際して、その前後の記録を自分自身のために書きとどめようとした。それは日録の形をとって、最初の里下りから書きつがれていた。しかし時の経過とともに、この土御門邸への随行は、彼女の一生にとって極めて重大な意味を持つに至った。

それは道長との接近と乖離である。憂愁を底流として生きていた彼女に、道長との接近は快活と幸福感とさらには優越感までも与え、大臣家に対する讃美をもたらした。彼女は女としてみずみずしく生き返った。しかしそれは彼女の根源的な志向の一つである学問する人間の立場、それに導かれる倫理を貫いて生きようとする立場に対しては大きな矛盾をはらんでいた。事あるごとにそれは彼女の中でせめぎ合っていたはずである。しかし「論理」に従って生きるよりも「女として生きる魅力」が、ある時期の彼女をとりこにしていたように見える。彼女は日録の前半において臆面もなく快活だからである。だから、もし中務宮の一件が生じなかったら、その状況はそのまま推移したかもしれない。

ところが、長男頼通と、中務宮家の隆姫との結婚の話のために道長が紫式部を本当の味方と見なして語りかけた。紫式部の内部に渦巻いていた矛盾は一挙に露呈したのだった。剛愎で細心で謀略をあえてする道長は、全き味方ではないと断定した女に再び近づこうとはしなかった。冷静に見れば紫式部は所詮、単なる一人の女房、五位の階層の出身の女房風情にすぎない。

しかし紫式部にとって、道長との接近は、単に快活と歓びがもたらされただけではすまなかったはずである。それは彼女の内部で、死んだ夫、宣孝との間に記憶として保たれて来た、ほのかな、温かな、一本道の、夫への誠意をゆるがせ、彼女が得たと思っていた夫の愛の裏側を彼女に見せただろう。道長の訪れを心待ちする身になって、それまで見えなかった男の動き、男の陰影を見すえる女に彼女は変って行っただろう。のみならず、男を知り分ける女自身についてみずから多くを知っただろう。ほのぼのと優しい生来の彼女の気質に、ねたみや憎みや皮肉の目なざしが加えられたことだろう。そして道長の圧倒的な人間的魅力、その剛さ、ずぶとさ、深さ、幅広さ、優しさ、行き届く配慮のこまやかさを感じるとき、死んだ夫、宣孝との生活の仕合せな記憶は彼女から消え去って行っただろう。宣孝という人間は結局、五位の階層の派手な気性の男にすぎなかったと思われるようになっただろう。

そして突如、道長との疎隔が到来した。

彼女は一挙に違和感、劣等感、惑乱、恐怖の世界に追込まれ、不安と不足と不満、慨嘆の生活へと導かれた。時の経過につれて彼女は、依存を拒否して自己存在のあかしをみずから打ち立てる以外に道は残されていないという認識に追いつめられて行ったように見える。道長と逢うことによって宣孝を喪失していた紫式部は、道長から疎隔されることによって、二人の男を二人ながら失ってしまい、文字通り孤独になったのではあるまいか。孤独とは単独ではない。求める人間を持っていて、それがどこにも得られず、ただひとりでいることである。日録の部で個人的な動きが活写されているのはほとんどすべて道長であり、断片の部の話題の主がおよそ道長であることを見ると、中宮彰子の里下り以後のある時期から、紫式部の目がいつも追っていた対象が何であったかをほぼ知ることができる。

紫式部は死の予感によって、自分の一生を分岐する瞬間であったあの土御門邸の半年あまりを明確に客観化しようとした。自分は何をしたのか、何が起きたのか、自分はそれをどう考えどう耐えているか、窮極において自分はどんな人間なのか、それを確実な形象としようと紫式部は考えた。その意志によって、日録の部分の事実を整理し、感想の部を書き進めた。それは「日記」という名の「作品」をこの世に残すことであった。

つまり『紫式部日記』とは単に日々の出来事を書きとめたものに、その後で消息文が継ぎ足されたという変則的な記録なのではない。作者が意図をもって制作した「作

品」なのである。感想の部の最後において、紫式部は、あたかもこの書を書き与える相手があるかのような筆づかいで、

つれづれにおはしますらむ、またつれづれの心を御覧ぜよ。またおぼさむことのいとかう役《やく》なしごと多からずとも、書かせ給へ。見たまへむ。

（所在なくておいででしょう。また私の所在ない心を御覧下さい。またお思いになっていることには、これほど役立たずの事ばかり多くはなくとも、どうぞお書きなさいまし。拝見いたしましょう。）

などと書いている。しかしこれらはすべて「作品」化のための形作りにすぎない。この日記を娘賢子に与えるためにまとめた実用書だとする意見なども、これが「作品」であることを見すごした見解であると思う。

彼女の眼前には『かげろふの日記』があったはずである。これは一人の女の愛の一生を明らかに語ろうとする意図によって執筆された記録であり、女手（平仮名）の流布によって女がみずからの存在を、文字によって形象化する先例をなした。しかし『かげろふの日記』は仔細に見れば全体の結構において整わないものであることを否むわけにはいかない。

それに対して紫式部は日記というものが本質的に持つ二つの面を見抜いていた。そ

れは日記が一面において事実の記録だということ。他の一面において日記は、生きていく場における人間の感想の記録でもあるということである。彼女は日記の持つこの二面を鮮明に造型することを求めて、まず第一部に中宮彰子の出産にまつわる事実を書きつらね、第二部に、その場で生きて来た人間である自分の感想、あるいはその場を振り返って見て自分自身を確認するに足りる感想を究極的に取り出して記述し、両者を合して一つの全き「日記」たらしめようとした。女である自分の生涯において最も激しく命を燃やし、生きることに励みを感じ、活気に満ちて楽しかった短い時期。かつまた、永く、うつろで、底知れない悲傷の到来した時期。それを素材にその事実と感想とを連結し、みずからの存在のあかしとしての「日記」という名の「作品」を彼女はここに形象化した。私はこの「日記」をそうした「作品」であると見なしている。

さてそうした作品である彼女の「日記」を成り立たせた経過——夫、宣孝に死に別れた彼女が二人目の男に会うに至り、つかの間に突き放されたという経過と、それに対する彼女の「心すごうもてなす身ぞとだに思ひ侍らじ」(見棄てられて、荒涼と寄るところなく生きる人間だとみずから扱うことすら考えもすまい)という思いとは、同じ彼女の別の作品である「物語」とは何のかかわりもないのだろうか。

私は話を、ⓐ系、ⓑ系あるいはⓒⓓという成立の区分を持つ『源氏物語』に戻さなくてはならない。

八 ⓒの物語

(一) 執筆の時期

私はⓐ系の物語が大筋としては中途に「貴種流離譚」を取り込んだ「致富譚」であることを述べた。それは三史の「本紀」にならい、時間の進行を第一として記述され、人物も事件も、結局は桐壺巻に記された予言の実現へと進んで行くものである。このⓐ系を書いた時期の作者は、まだ人間関係を単眼的レンズで見ることしかできなかったし、整ってはいるがしかしいささか固い文章でⓐ系は始まっている。

ところがⓑ系に至ると、文体が変化してくる。文章には工夫のあとが歴然と見られ、構成が全体としてⓐ系と異なっている。空蟬・夕顔・末摘花・玉鬘にまつわる四つの「失敗に終る挿話」の執筆に先立って、まず作者は「雨夜《あまよ》の品定め」を置く。「雨夜の品定め」とは五月雨《さみだれ》の夜、宮廷のつれづれに光源氏、頭中将《とうのちゅうじょう》、左馬頭《さまのかみ》、藤式部丞《とうしきぶのじょう》という皇子、上級官人、中級官人である四人の人物が集まってかわす女性論義である。光源氏の「隠ろへごと」を暴《あば》くという宣言を実行する前に、作者は総論として宮廷の官人たちの行動の一般的風土をまず読者に見せておこうとした。

ここでは作者は光源氏を「名のみことごとしう、言ひ消たれ給ふ咎《とが》多かんなる」人物として登場させている。頭中将についても「すきがましきあだ人なり」と紹介している。これは実はⓐ系の源内侍の事件のときなどに見えた、うぶな真面目な頭中将の描き方とは統一を欠く取り上げ方であるが、作者はあえてⓑ系における頭中将を「あだ人」と性格づけたわけである。「あだ」とは花が実を結ばないことであり、女に対して男が実意・誠意のないことをいう。次に左馬頭、藤式部丞については「世の好き者にて」と規定した。「すき者」とは、例をあげれば、音楽を好んでひたすらそれに打ち込む尼であり(手習巻)、葵祭《あおいまつり》を見るための恰好の場所を人にゆずる、常識にはずれた物好きであり(源内侍、葵巻)、一途に一人の女に恋いこがれる男をいう(柏木、若菜下巻)。

しかし、およそ……モノと名づけられた人間はその性よからぬ存在という臭いを持つ。『源氏物語』の中に例を求めると、「痴《し》れ者《もの》」「愚者《おれもの》」「さがな者《もの》」「ひが者《もの》」「古《ふる》物《もの》」「わろ者《もの》」などがある。これらを見れば……モノと呼ばれた対象が、その性質、心的機能において立派でないところを持つことが明らかに知られるだろう。だから左馬頭、藤式部丞らが「すき者」といわれた場合、それは好意、尊重の念を以て遇されたのではない。「すき者」と規定された男は女好きで、あれこれと女にかかわるうちには不誠意なこともしでかす男性というほどの意味がこめられている。作者は左馬頭らを、そうした存在とした。光源氏の従者の惟光に対しても作者は「すき者」という扱いをしている(夕顔巻)。

②帚木の男の主役たちはほとんどすべてこうした設定を与えられている。それはこれから始まるⓑ系の物語の男たちの行動に対する、作者の評価の根本的な姿勢の一つをあらかじめ表現しているものである。すでに述べた雨夜の品定めには、嫉妬のあまり男の指に嚙みついた女の話、恋人が訪ねて来たのに一緒に来た別の男と戯《ざ》れ言《ごと》をかわした浮気な女の話、子供まである仲であったのに正妻に嫌味を言われて身を隠してしまった内気な女の話、ごつごつした漢語まじりの会話をする学者の娘の話、それらが男たちの間で体験談としてかわされる。作者はそういう話を通して、男たちの行動のいくつもの実例を詳しく叙述している。

それは、つまりこの段階で作者がすでに男たちの女に関する行状の表裏を詳細に心得ていたことを意味している。作者はⓑ系の最初に女性論義の行われる場所として宮廷の五月雨の夜を選んだ。男どもが集まって、女としては「聞きにくい」話をかわす。そのさまを作者は伸び伸びした筆づかいでありありと描写し展開している。こうした記述はおよそⓐ系には見られなかった。ⓑ系の叙述は家庭にこもって生活し、男の訪れを待つだけの位置にいる女性には不可能なことで、宮中での物のたたずまいや、男性官人たちの往来のさま、あるいは日常の言動を目のあたりに見馴れてはじめて書きうることである。それを考えればⓑ系は紫式部が中宮彰子のもとに出仕した後に書かれたものであろうということになる。つまりⓑ系は『紫式部日記』が書かれたような生活の場を作者がすでに生きた、あるいは生きていた時期に執筆されたものであろうと考えられる。

ⓑ系の物語は単に宮廷の官人たちの動静を詳しく心得た上で書かれているだけではない。そこには中《なか》の品《しな》の女たちが光源氏に働きかけられるさま、さそわれて迷う心の動き、光源氏と逢うさま、のがれて後に心ひかれて忘れ得ないさまもことこまかに書き込まれている。

さきに私は空蟬の光源氏への必死の応答が生々しいと書いたが、この空蟬の設定は紫式部自身の状況とそっくりだと何人もの研究者が指摘している。すなわち空蟬は年老いた地方官伊予介《いよのすけ》の後妻である。たまたま伊予介の先妻の子の紀伊守《きいのかみ》の家に空蟬は滞在していたのだが、その紀伊守は、年齢的に空蝉に近く、父親の後妻の空蝉に対して男としての関心を持っている。ところが実生活を見ると紫式部の夫宣孝は年のいった地方官であったし、彼女はその地方官の四番目の妻であった。その最初の妻の子の隆光《たかみつ》は、紫式部とほぼ同年である。つまり物語における空蝉の位置づけと、実人生における紫式部の位置とは酷似する。そうしたことを一応考えに入れて、光源氏に迫られた空蝉のところを読むならば、これはことによると、道長に言い寄られた紫式部を作品の中に取り込んだのではないかという疑いがかけられる。「伊予介を平素は気に入らない夫だと胸のうちに不足に思っているが、その伊予介の夢に光源氏との様子が写ったのではないかと空蝉はそら恐ろしく思った」というところなど、奇妙な真実ささえ感じられる。ⓑ系の作者には双眼的なレンズが作動しているということの意味は、こうした事柄までⓑ系には扱われ描かれているということを含めて考えていうことである。

また㉒玉鬘巻以降で、玉鬘を養女に迎えた光源氏が、次第に成長する玉鬘に引かれて、親の位置にいながら、あやしい振舞をするに至る数々の描写のかげには、四十歳に近づいた権力者の日常生活のさまざまの陰の部分がこまかに書かれている。これなどもそうした生活を目のあたりにしてはじめて可能なことのように見える。つまりⓑ

系を書いた作者自身の生きた日々は、ⓐ系を書いた作者の日々とは何か基本的な相違があることを否定しにくいように思う。

では㉞若菜上、㉟若菜下、㊱柏木、㊲横笛、㊳鈴虫、㊴夕霧、㊵御法《みのり》、㊶幻の八巻から成るⓒの物語の執筆の時期について考えてみよう。十分な答えを提出することはできないが、多少の材料がないではない。

㉞若菜上の巻にこんなところがある。光源氏が生れたばかりの若宮に逢いたさに明石の女御のところに行く。「若宮はお目ざめですか。しばらくの間も恋しくて」と申し上げる。すると明石の上の答えは「若宮は対の上(紫の上)の方におわたしいたしました」ということである。光源氏はいう。

あなたにこの宮を領《らう》じたてまつりて、懐《ふところ》をさらに放たずもてあつかひつつ、人やりならず衣《きぬ》もみな濡らして脱ぎかへがちなめる。

(あちらで紫の上がこの若宮をひとり占めにしてお抱きしては、懐から放さず、若宮のお小水で着物を濡らしては、しきりに脱ぎかえているようだが。)

ここを読めば誰しも『紫式部日記』で藤原道長が生後一か月ほどの敦成親王を捧げ抱いたときの記事を想い出すだろう。

ある時は、わりなきわざしかけたてまつりたまへるを、御紐ひきときて、御几帳のうしろにてあぶらせ給ふ。「あはれ、この宮の御しと(小水)に濡るるは嬉しきわざかな。この濡れたる、あぶるこそ思ふやうなるここちすれ」と喜ばせ給ふ。乳児を抱いている大人が、乳児の小水にぬれるということは稀なことである。それを若菜上では、紫の上が「しきりに着物を脱ぎかえている」といっているのは、一つの誇張であり、この二つの記事に前後関係を求めれば、『紫式部日記』の記事が先だということになるだろう。

㉟若菜下に、女三の宮を描写して次のように書いてある。

人よりけに小さくうつくしげにて、ただ御衣《おんぞ》のみある心地す。にほひやかなる方は後れて、ただいとあてやかにをかしく(河内本なまめかしく)二月の中の十日ばかりの青柳の、わづかにしだりはじめたらむ心地して、鶯の羽風にも乱れぬべくあえかに見え給ふ。桜の細長に、御髪《ぐし》は左右よりこぼれてかかりて柳の糸のさましたり。

これは『紫式部日記』の寛弘六年一月一日の記事のつづき、感想の部の小少将の君の描写と酷似すると、多くの研究者の指摘がある。

小少将の君は、そこはかとなくあてになまめかしう、二月ばかりのしだり柳のさましたり。やうだいいとうつくしげに、もてなし心にくく、……あえかにわりなきところつい給へるぞ、あまりうしろめたげなる。

類似する語句に傍線をほどこしたが、〰〰線をつけた部分は具平親王の、

鶯の羽風になびく青柳の乱れて物を思ふころかな

によるものであると鎌倉時代の注釈書『河海抄《かかいしょう》』は述べている。この場合も、女三の宮の性格、姿態が、小少将の印象によって造型されているだろうとはすでに多くの人が述べている。

こうした例を重ね合わせてみると©の物語は、『紫式部日記』の日録の部を成り立たせた土御門邸での生活の後で書かれたのであろうと推測される。

それらのことを考えに入れて、©の物語は何をいかに描こうとしたのかという中心的な問題を扱ってみたい。

(二) 年代記の完結

『源氏物語』全体の構成から見れば、ⓑ系の話は結局四つの挿話である。ⓑ系はⓐ系の然るべきところに挿み込まれるように仕組まれている。だから、時間の進行という軸に添って考えれば、ⓐ系、ⓑ系は結局ⓐ系一本に統一されるものであり、光源氏

氏の年代記としてはⓐ系が本系で、ⓑ系は列伝であり、個人個人の話にすぎない。光源氏が着々と栄進して行き、最終巻㉝藤裏葉《ふぢのうらば》で「準太上天皇」の位置に至り、六条院を造営して女たちを住まわせるというのがⓐ系ⓑ系を合わせた話の終点となる。

だから、池田亀鑑、武田宗俊以下の諸学者がⓐ系ⓑ系の二系を合わせて㉝藤裏葉までを第一部として扱ったことは理由のないことではない。（しかし現在の源氏学界では概してⓐ系ⓑ系の分離そのものを見ようとしない。あるいはその分離について無理に別の解釈を与えようとする傾きがある。それでは『源氏物語』を正当に理解することはできない。私がはじめに、長々とその分離の根拠あることを述べたのはその故である。）

そして、ⓒの物語はこの第一部ⓐ系の最終巻㉝藤裏葉を承けている。ここに至ってはじめてⓑ系の登場人物もⓐ系と合流し、ⓐⓑ両系の人物が話に現われてくる。例えばⓐ系の大団円㉝藤裏葉に顔を見せなかった玉鬘のごときが、ⓒのはじめ㉞若菜上では、光源氏の四十歳の賀のために子供まで引きつれて現われるのである。

先に繰返し書いたように、ⓐ系の構成上の特徴は時刻表に乗って事態が推移して行くことであった。それが光源氏の年代記たる所以でもあった。ⓒの物語はそのⓐ系に直接つづくのだから、やはり時の進行を一つの指標として持っている。㉞若菜上以降でもⓐ系同様「年も返りぬ」とか「年暮れぬ」という表現が一つの目印となり、二月、三月、四月と月の進行もまたしばしば記録されて話が進んで行く。ⓒの物語の骨組みは光源氏の四十歳から五十二歳までの年代記であるというところにある。光源氏の死までを描くことによって、ⓐ系とⓒとを合わせて、その出生から最期まで描ききった年代記あるいは「本紀《ほんぎ》」が完成する。このことはⓒの物語を全体として理解する上で大切な点の一つである。そこでⓒの物語における時刻表の状況を次に一見しておくことにしよう。

㉞若菜上（光源氏四十歳）　○年も返りぬ　○かくて二月の十余日に　○月のうちに　○神無月に　○十二月の二十日あまりのほどに

（四十一歳）　○年返りぬ　○三月の十余日のほどに　○三月ばかりの空うららかなる日

㉟若菜下　○〔三月〕つごもりの日は

（四年間空白）　○二年ばかりになりぬれば

（四十六歳）　○内裏の帝御位につかせ給ひて十八年にならせ給ひぬ　○十月中《なか》の十日なれば

（四十七歳）
○年返りぬ　○二月もすぎぬ　○四月十余日ばかりのことなり　○五月などは　○六月になりてぞ　○八月は　○九月は　○十月にと思しまうくるを　○十二月になりにけり　○御賀は二十五日になりにけり

㊱柏木（四十八歳）
○年も返りぬ　○三月になれば　○四月ばかりの空は　○秋つ方になれば

㊲横笛（四十九歳）
○林にぬき出でたる筍《たかうな》　○秋の夕のものあはれなるに

㊳鈴虫（五十歳）
○夏ごろ　○秋ごろ　○十五夜の夕暮に

㊴夕霧
○八月中の十日ばかりなれば　○九月になりぬ　○九月十余日　○十三日の月のいとはなやかに

㊵御法（五十一歳）
○三月の十日なれば　○夏になりては　○秋待ちつけて　○十五日の暁　○野分立ちて

㊶幻（五十二歳）
○春の光を見給ふにつけて　○二月になれば　○春深く　○祭の日（四月）　○五月雨は　○いと暑きころ　○七月七日も　○御正日には（八月）　○九月になりて　○神無月は　○年暮れぬと思すも

右の表に見るように、ⓒの物語の進行は、光源氏が五十二歳で死ぬまでの年代記である。

さて、ⓒの物語は光源氏の四十歳から始まっている。四十歳といえばそれは「老年」に属していた。敗戦前まで四十歳は「初老」であった。私たちの高等学校に講演に見えた風巻景次郎氏は――氏は後に武田宗俊氏の『源氏物語』成立論に触発されて、「並びの巻」について多くの論考を発表されたりしたすぐれた研究者であるが――その年にちょうど四十歳に達した由だった。私たちの乞いによって色紙に揮毫《きごう》されたとき、氏は「老来初心」とお書きになった。

光源氏は準太上天皇の位を得て、六条院を立派に造営し、関係する女性たちをそこにそれぞれ住まわせたとき、栄耀の極点に達し、その翌年、彼は四十歳になった。つまり「老」に足を踏み入れた。「老」に足を踏み入れるとは、「死」が影をさしはじめて、「死」が静かに終着で待ちうける時期である。ⓐ系の中には、まだ幼いと言ってもよい紫の上をさらって来て養う光源氏の姿があった。新枕《にいまくら》の翌朝の涙にぬれて機嫌のわるい紫の上の記述もあった。夕霧と雲居雁の幼い恋も書かれていた。しかし、「老」の世界には、そうした新鮮な生き生きした景色は見えにくくなる。その代わりに、豊熟した堂々たる光源氏の生活がある。それは儀式によく象徴される。ⓒの物語には、賀の祝い、願《がん》ほどきのための住吉詣でなどの、宮廷や邸宅あるいは旅先での壮麗な動きが次々と絵図のように繰りひろげられている。

まず四十歳に達した賀の祝いが、玉鬘によって若菜の献呈という形で行われる。ついで祝賀が紫の上、秋好中宮《あきこのむ》によって、また勅命をうけた夕霧によって行われる。光源氏の四十の賀は次々に華美をつくした儀式として描きつづけられて行く。これがⓒの物語のかなりの部分を占める出来事である。

ついで翌年になると明石の姫君が東宮の第一子を出産する。この皇子は当然次代の皇太子であり、やがて天皇の位に至るだろう。これはⓐ系の予言の全き完成を意味する。これを聞いた明石入道はこの世の願いがことごとく果たされたことに満足して入山し、現世との縁を自ら断つ。光源氏は一族を引きつれて住吉の神社にお礼参りをする。ついで冷泉帝の譲位がある。今上の即位である。

光源氏の栄華の一生は、すべて見事に実を結んだように外からは見えた。光源氏は一生を回顧して、出逢った女性たちのそれぞれの個性についての感懐を述べ、あるいはそれぞれの気質を語り、あるいはそれぞれの音楽の演奏の特質を述べる。そしてそれら多くの女性の中で、紫の上が自分の一生にとって不足のない伴侶であったことをみずから認める。そうしたことは人間の一生にとって、類稀れな仕合せと受け取られるべき成行きであるだろう。

しかし実は㉞若菜上の巻で起こった事件によって——それについては後に詳しく述べるけれども、紫の上自身は内心いたく傷つき、心のその痛手から病がちとなり、やがてわが子として養育した明石女御の出産の後には、仏門に入って後生の安穏を願いたいと思う身となったのだった。しかし光源氏はその願いを許さなかった。自分一人が取り残されることを恐れたのである。紫の上は病重く、法華千巻の供養などを重ねながら、やがてこの世から去って行く。そして後を追うように光源氏自身も死ぬのである。

ⓐ系では光源氏の栄耀への前進がすなわち話の筋であった。須磨への退去すらも後の光源氏の栄華への踏み石として役立つほどであった。作者はそのことを心にかけて次々に記述して行った。しかしⓒの物語の歩みは光源氏の死を到達点とする。そこでは「時」は衰退への指標としての役目を負っている。

ところがⓒの物語を読み進むとき、「時の進み」はⓐ系で果たしたのとは異なった役割、むしろ小さい役割しか負っていないことに誰しも気づく。ⓐ系では、登場人物について当然取り扱われるべきかと思われる苦しみの心理、あるいは細かく記述されるべきかと思われる微妙な人間関係のあやなどを捨て置いても、作者は「時刻表」に合わせて事態の進むことに心を使っていた。しかしⓒの物語に至ると「時」の質が大きく変化している。ここでは時の経過に従って事が進んで行くことよりも、生じる事件そのものをありありと語り、そのことにかかわる人間のありさまを目に見えるように描きあげることに作者の最大の関心が向かっている。たとえば若菜下などである。

というのは、光源氏四十一歳の三月までの記事が若菜下のはじめにあるが、そこで話は切れて、「さ言ひつつも二年ばかりになりぬれば」と、ここに二年の空白が置かれている。つづいて、「はかなくて年月もかさなりて」とあって、冷泉帝が即位して十八年になったと記されている。この記述だけを読むと若菜上で四十の賀を行ったばかりの光源氏が実際に何歳になったのか、読み手には直ぐは分らない。ということは、作者は光源氏の年齢をあらわに示すことはないと思っていることであるが、しかし計算すると光源氏はここでは四十一歳から四年間の空白を置いて一挙に四十六歳に達していることが判明する。

このように光源氏に関して四年間も記事が無いことは、ⓐ系では⑤若紫以後に絶えて無かった。ⓐ系では四年間も記事が無ければ人々の官位は変ってしまい、話の進みがおかしくなる恐れがある。だから㉑少女《をとめ》の巻の後の三年間の空隙は玉鬘の話で埋められている。（本当は逆に玉鬘の話を挿み込むために、そこに三年の空隙を作ったのだということについてはすでに述べた。）それに対してⓒの物語では、ここで唐突に四年の歳月が過ぎる。そこに何の手当てもない。つまりⓒの物語では、光源氏がいずれ死ぬこと、死に至る過程に生じてくる出来事を扱うということを除いては、「時」は重要な意味を持っていない。

それは次のような事実からも言えることである。時刻表だけを見れば、ⓒの物語でも時の進行は整っている。㊶幻の巻の年次のごときは五月、七月、八月、九月、十月、十二月とこまかく書いてある。しかしその中味は極めて粗略で、形だけを保つために置かれた月の記載である。

一方㉞若菜上の「年暮れゆくままに」から「かくて二月の十余日に」の間のごとき、短い時間しかたっていないのに、そこには女三の宮の降嫁や光源氏の四十賀に関する実に実に長い叙述が置かれている。これは時の進行を重んじて話を進めて行った、ⓐ系では絶えて見られなかった書き方である。

つまりⓒの物語でも、「時の進行」は建て前として一本の大筋ではあるが、もはや作者は実はそれを第一義的なものと位置づけてはいない。作者は、この時の進行にからめて、別の問題を中心にすえて描きたいと考えている。

㈢　一対二の関係

では一体ⓒの物語で作者がことこまかに見極め、描き出そうとしている問題は何であったのか。

そのことについて述べる前に、『源氏物語』のⓒの部分をまだ読んでいない人々のために、すでに記した光源氏の年代記の部分、四十歳の賀の祝いや、明石関係のことは省いて、それ以外のあら筋をここで記しておくことにしよう。

ⓒの物語の最初の話題は婿選びである。先帝朱雀院は出家したいと思っているが、その前に、娘の女三の宮の後見《うしろみ》をしてくれる人物をきめたいと願う。何人もの候補者があげられ、さまざまの人物が詳しく論評されて、結局光源氏を「親ざまに」して、そこに託するのが一番よいという結論になる。

光源氏はⓐ系ⓑ系で見たように、今まですでに何人もの女性と関係を持っている。それが朱雀院にとっては懸念だが、結局光源氏に落着く。光源氏としてみれば、今まで関係のあった女性の数は多いが、その中に内親王はいなかった。それで、朱雀院の要請をうけるやこれを引受ける。

「紫の上に対する私の気持は、つゆ変わるはずもなく、女三の宮が降嫁されるならかえって紫の上への気持は深さこそまされ、心が離れるようなことはないのだが、そこが明らかに分るまでは、紫の上もきっと私を疑うことだろう」と光源氏は当然の気がねをする。光源氏は紫の上に向かって、「今はもう新たな女性を迎えるなどということは、いかにも年はのいかない人間のすることのようで、気が進まない。だから人づてに御意向が示されたときには、とかく言い逃れたけれど、じかに仰せがあっては心苦しくて御辞退もできなかった。しかし人々はあれこれということだろう」などと語る。紫の上は関心が無いかの様子で「それは切ないお話でこそあれ、私などは何の心置きなどいたしましょう。私を、めざましいもの(非難すべき相手)とか、このような者がいてはいけないなどとお咎《とが》めもございませんなら、安心でございます。向こうの母上様などの関係から私を疎遠でなくお取り扱い下さいましょうか」とつつましく答える。

しかし内親王である女三の宮を迎えるということは、永らく「北の方」の位置にいた紫の上にとっては大きな打撃であった。紫の上の出自《しゅつじ》は、式部卿の宮ではある。しかし内親王と比較されては到底その相手となりうるものではない。表向き異存なくそれを承け入れたものの、降嫁の後、女三の宮のもとに夜ごとに通う光源氏を見送ることは、優しい紫の上の心の内を傷つけた。そしてそれをつくろおうとする紫の上の姿がこまかく描かれ、その心労がもとで彼女は病がちになり、心の傷に耐えながらやがて死への道をたどって行く。

光源氏がこうした経緯の中で敢えて迎えた女三の宮であったのに、十三歳という年からいっても仕方ないことではあるが、いかにも年はが行かず、ただ幼さが目につくばかりだった。自分が若かった頃、紫の上を自宅に強引に連れて来た時のことを思うと、女三の宮はあえかで——さわればこわれそうに——可憐である以外の何もなかった。光源氏は今さらのように紫の上の資質のすぐれているのを感じた。こうして女三の宮と紫の上との間にあって双方に気をかねてそれぞれに交わって行くことが心苦しくなって来た光源氏は、朱雀院の出家の後、ひとりでいる朧月夜のもとに行きはじめる。紫の上は今やそれに対しても、「おいらか」に見送る以外のことをしなかった。

さて、太政大臣(つまり昔の頭中将)の子供に柏木なる若者がいた。女三の宮降嫁の際の候補者の一人であったが、「皇女《みこ》でなくては、結婚の相手と考えない」と一途に思い込んでいる青年であり、「静かに身を持してはいるが、高い位を目がけて」いた。柏木は女三の宮が光源氏によって厚く大切にされてはいないことを知り、心のうちの、女三の宮に会いたいとの願いの火を消すことができず、光源氏が出家でもすれば、その後で女三の宮に近づきたいと思っていた。光源氏の六条院での蹴まりの会のとき、部屋の中から猫が駆け出て紐を御簾《みす》にひっかけ、御簾が引き揚げられてしまった時に、御簾のそばにいた女三の宮を柏木はかいま見る。女の様子をそのように直接目にすることは、当時としてはいわば女の秘密にあらわに接したような気持にうたれることであった。柏木の恋ははげしくつのる。

紫の上の看病のために光源氏が二条院に詰めきりになっていたとき、六条院にひとりいる女三の宮に対して、柏木は女房を責めて案内させる。女三の宮の前に立ち現われた柏木はおびえる女三の宮に綿々と思いのほどを語りかけ、激情のとりことなる。柏木はまどろみのうちに猫を夢見る。女三の宮は懐妊した。

何かにつけて至らない女三の宮は、柏木から来た手紙の始末をあやまり、光源氏に見つけられる。光源氏はその手紙が柏木の手であることを認識する。それは以前、桐壺帝に気づかれずに自分が藤壺との間にあえてした行動のちょうど逆の立場に自分が立つことであった。光源氏は久し振りに六条院の奏楽に顔を出した柏木をにらみすえる。事の露見をすでに知っていた柏木はそれによって心を病み、病を得る。やがて女三の宮は男子を出産する。光源氏はその子(薫)を自分の子として人々の前で抱く。女三の宮は源氏の反対を押し切って出家する。出家するとは生きながらこの世との縁を断ち切ることである。

柏木は女三の宮に対する熱い思いに耐えて生きていたのだったが、女三の宮に会う以前に、女二の宮の降嫁を迎えていた。当時、皇女は臣下とたやすく結婚はしない習いであったから、女二の宮(落葉の宮)の母君は柏木との結婚を望んだわけではなかったが、女三の宮の結婚がどことなくうまく行っていないと感じていた朱雀院は、女二の宮を柏木にくだすことに決め、それがむしろ仕合せであったと考えていた。しかし柏木自身の心はずっと女三の宮に向いていた。

病あらたまって今わの際《きわ》に柏木は夕霧に語る。「六条院(光源氏)に対して、いささか不都合なことがあり、申し訳ないと思いながら、次第に心細く病に伏す身になったのです。六条院の試楽《しがく》に召されてもお許しの気配はありませんでした。もし機会があれば、どうか六条院に対する私の心持をお伝え下さい」。こうして柏木が世を去ると人々はそれを惜しみ、夕霧は女二の宮を弔問してさまざま慰めの言葉をかける。

夕霧は少年の時、雲居雁との間に幼い恋愛の間柄にあった。父、光源氏の意向で大学に学び、当然の貴族の例に反して六位という低い位から栄進して、長い忍耐の後に雲居雁と結婚したのだった。夕霧は「まめ人」(誠実な人間)といわれていた。雲居雁との間には七人の子供が生まれた。

しかし夕霧が女二の宮を訪問すると、その邸はいかにも静かで、荒れた感じはするけれども貴《あて》に気高《けだか》く、庭には花が植えられ、「虫の音しげき野辺」と歌にあるように、花が乱れ咲く夕映えのたたずまいを見るのだった。女二の宮の母君は柏木遺愛の笛を夕霧に贈り、夕霧はそれを盤渉調《ばんしきちょう》(冬の調子)で半分ほど吹いたりする。わが家では子供がさわぎ廻り、妻雲居雁が胸もあらわに幼な児に乳をふくませるあわただしさの中にいる夕霧は、女二の宮を訪れると異なる世界に来たかのように感じられ、心を深くひかれるのだった。

その笛を話題にして夕霧は光源氏に、柏木が何をしたのか、その不審を問いただそうとするが、光源氏は取り合おうとはしない。夕霧は次第に女二の宮に接近し、女二の宮の母君は心痛のあまり死ぬ。事の成り行きを知った雲居雁は夕霧に向かって「私はとっくに死にました。いつも私を鬼と仰言いますから、鬼になりきろうと思います」とか、「いっそのこと死んでおしまいなさい。私も死にましょう。あなたを見れば憎らしい。声を聞けば愛想もない。見棄てて私が先に死ぬのは、後が気がかりです」などという。

やがて女房の手引で夕霧は女二の宮に迫り関係を結ぶ。雲居雁は父の邸《やしき》に帰ってしまう。しかし結局、まめ人である夕霧は、女二の宮と雲居雁との邸を一晩おきに十五日ずつきちんと通うようになったと書かれている。当時の読み手は、真面目な男が二人の女に、ひと月のうち十五日ずつ通うと読んで、思わず吹き出したことだろう。

紫の上は死期の近づいたことを感じて、明石の上や養女である明石中宮に逢う。そして二条院を第三皇子匂宮にゆずることを遺言して、やせ細って死ぬ。光源氏は回顧してさまざまの光景を思い浮べる。女三の宮降嫁の頃、雪の朝、戻って来て戸口で身も冷え入るように感じたとき、紫の上の袖が涙にぬれていたことがあったなどと光源氏は思い起す。光源氏はお経を読み、「世界がはかなく憂きものであることを悟らせようと、仏が定めておかれたわが身の運であろう」と人に語ったりする。親しかった人々に順次に会って光源氏はこの世から消える。

これがⓒのあらあらの筋である。

ではこのⓒの物語で作者は何を描こうとしたのか。説明のために私は次の図を作った。

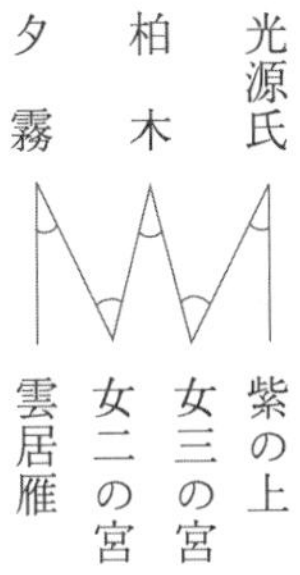

ここには三人の男性と四人の女性とが挙げてある。女三の宮、女二の宮という人物ははじめてⓒで登場する人物である。柏木もⓒではじめて大きな役割を担う。先に述べた明石関係の人物——明石の上、明石入道、明石の尼君、明石女御など——を除くと、ここには㉞若菜上から㊶幻までの主要な人物がすべて網羅されているといってよいだろう。ところがこの七人の人物の間に生じた男と女の関係を直線で結び合わせると、ここに一対二の関係となるものが五組見出される。(1)光源氏と紫の上・女三の宮、(2)女三の宮と光源氏・柏木、(3)柏木と女三の宮・女二の宮、(4)女二の宮と柏木・夕霧、(5)夕霧と女二の宮・雲居雁、という五組である。(もしここに、わずかではあるが関係してくる朱雀院と朧月夜とまで加えると、朧月夜と朱雀院・光源氏、光源氏と朧月夜・紫の上、という二組が加わり、九人、七組の一対二の関係となるが、朧月夜関係はほんのわずかの記述しかないからここからは省く。)

男と女との間の一対二の人間関係とは、いわゆる三角関係である。その三角関係のありようについて、順次に、多少の説明を加えてみよう。

まず(1)からである。作者はⓒの物語のはじめを、女三の宮の降嫁の相手選びの話から始めている。その記述は深々として広い用意の感じられる筆づかいで進められるが、結局ここに光源氏と、女三の宮・紫の上という一対二の関係が生じた。この二十余年の間、その途中には須磨の別れなどもあったけれども、紫の上はずっと光源氏を信頼し、光源氏もまた紫の上を深く信頼して生きて来た。ここには安らかな夫婦の愛があったように思われた。しかし、今や、それも過去のこととなった。男は内親王という女の不可思議な魅力の前には、年月によって培《つちか》った静かな愛すらも至上のものとはしなかった。光源氏は紫の上に心をつかわないわけではなかった。その気持を察することもできた。しかし女三の宮を迎えた。それに対して紫の上は辛抱を重ねて、静かに光源氏に応対することができた。光源氏が幼稚な女三の宮への応対に気づかいをするのが、すべて紫の上には理解できるが、なおかつそれは彼女の心に刺さる。すでに人生に対して成熟した光源氏と紫の上とのお互いの心の配り方、辛抱の様子、耐《こら》えることの苦しいさまがこまやかに鋭くここに描かれている。

(2)女三の宮はただあえかなばかりの、心の届かない少女であった。それに対する光源氏の失望。本人の器量も知らず、ただ女三の宮を得たいと、ひたすらに思い入る柏木が次に大きく描き出される。女三の宮の届かなさは、蹴まりの日に、御簾のもとに不用意に立っていたという事にあらわれている。偶然の猫のたわむれとはいえ、そのこと一つが女三の宮を見事に描き出す。その立ち姿を見て恋心をかき立てられた柏木は、その猫を東宮から手に入れて愛翫する。前後の見さかいなく情に走るままに女に突き進んで行く若い男の一念がありありと描かれる。そして実は四年が経過して——柏木は依然として女三の宮を忘れず、遂に女房を語らって、光源氏のいない六条院の女三の宮の前に突然現われ、「ただ一言「あわれな」と声をおかけ下さい。そうすれば私の気持は静まるでしょう」という。しかし至らない女三の宮はおどおどと何の言葉も返し得ず、次第に柏木は「ひたぶる」な心に駆られて行った。この若菜の巻の上下に記される蹴まりの会、夕陽の中の猫の出来事、その猫をもらいうけて飼う柏木、そして女三の宮との急迫したやりとりは、ⓒの物語の最も印象的な叙述として読み手の心に深く刻まれる。

女三の宮の不注意から、柏木の手紙は光源氏に見られてしまったのだが、それが誰の手であるかを確かめた光源氏の最初に思ったことは、その内容があまりにあらわであることだった。自分はこうした軽々しいことはしなかったと思う光源氏の心の動きは、事態にただ驚くとか傷つくとかいうことではなく、相手のするわざを思いやり、それを評価することから始まっている。それは人の世の動きを一方的に喜び、期待し、あるいは悲しむということを、もはやし終えた人間が、自分自身をすら客観的に見得る人間になりつつあることを示している。ⓐ系での光源氏、ⓑ系でひそかごとにひたすら心を使った光源氏には、こうした姿は描かれていない。光源氏にとってこの柏木・女三の宮の事件は藤壺との関係の応報としてとらえられた。これほど鮮明な応報の話は、この物語には他にない。(ただし、それはⓒの物語に至って応報として扱われたのであって、ⓐ系執筆の段階ではⓒのここまで見通しを持って書かれてはいなかったことが注意されなければならない。)

柏木もまた、一途に女に迫って行くだけの人間として扱われていない。生れて来る子供を思い、相手の女三の宮を思い、そして光源氏の心中を思って、申し訳ないという気持を抱いて死んで行く。これもまた人間の、他に何とも仕方のない関係として書かれている。

(3)柏木は女二の宮には深い愛情を感じていない。むしろ顔立ちがよくないなどと言って女二の宮の心に傷を負わせている。心は女三の宮にあったからなのだが、死に際しては夕霧に女二の宮を頼んでいる。彼女は、柏木と女三の宮との関係を知らずに後に残された。こうしたことも三角関係の場合の一つの真実として作者はここに置いている。

(4)柏木は死に際して夕霧に、女三の宮とのことをほのめかす。と同時にそれを「いかなる讒言《ざんげん》などのありけるにか」と偽り、これがこの世の愁えであると自分をかばって訴える。窮してみずからを守ろうとする柏木であるが「一条に住んでおいでの宮

（妻、女二の宮）を事にふれて訪ねてやって下さい」と言って死ぬ。作者はAを思うと同時に−Aを思い浮べる人であると記したが、このあたりに至って描写はいよいよこまやかになり、人間が単純な、一方的な存在でないことを、さまざまの角度から描いて行く。柏木の死後、夕霧は女二の宮を弔問するうちに、それにひかれて行く。

(5)夕霧は「まめ人」として通って来た人物である。雲居雁との恋を実らせたと聞いた朱雀院が、女三の宮を夕霧に降嫁させることをあきらめて、「もっと早く言葉をかけてみるべきだった」と言ったほどであった。しかし夕霧は弔問を重ねるうちに女二の宮に傾斜して行く。母御息所《みやすんどころ》の手厚い心づかいに逢うと、女二の宮との生活は魅力のあるものに見えた。母御息所が憂慮のうちに死んだ後、夕霧は女房の手引で、隠れた女二の宮に寄った。女二の宮はつとめて夕霧を避けたが避けきることはできなかった。その翌朝、女二の宮は夕霧に対して自分の容貌をはずかしく思うとともに、自分で自分の心に対していろいろと言いわけをしたと書いてある。夕霧を避けていた自分とちがう女になったことに自分で気づいたのである。

一方の雲居雁は夕霧の子供を七人も生むほどの健康な人である。夕霧が女二の宮に通っているということは、雲居雁には到底忍耐できることでなかった。派手な言葉、すさまじい行動が展開される。これも三角関係に見られる一つの相である。

次々に展開してくるこれらの事件を読み進むと、作者はⓒの物語で男と女との三角関係の種々相を描ききろうと意図していたのだろうということが次第に明らかになる。もとより、男と女の三角関係は、すでにⓐ系においていくつもある。全体の筋の上で重要と見られるものだけでも次の三つがあげられる。ここにも七人の男女が登場している。

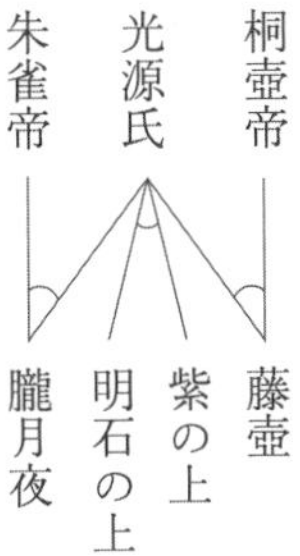

しかしここに見られる三組の一対二の関係は、ⓒの物語での一対二の関係とは本質的に異なっている。藤壺と光源氏との関係を桐壺帝は知らなかった。これは勿論一般の世間にも知られなかった。それに対して朧月夜と光源氏との関係は世間に知れた。その結果として須磨への退去があった。その点でこの二つは異なっているが、この二つとも、ⓐ系の物語が、致富譚として成り立つための必要な設定であり、いわばはじめからの筋書きであって、作者にはそのこと自体を究明して行こうとする姿勢は最初から無い。

紫の上は藤壺の身代りである。これと明石の上との関係も実は本来深刻な葛藤をもたらすべきものである。しかし作者はこれを明石の姫君の実母、養母の関係へと進展させ、二人が二人とも賢くふるまうということでおさめている。朧月夜のことも、それが原因で須磨に退去したわけだが、そのことについての紫の上の動きや心理は物語の中でほとんど扱われていない。つまり三角関係が引き起こす深刻な事態は結局ⓐ系では展開していない。

ところがⓒの物語における一対二の関係では、その大部分が、三人が三人なりにそれぞれ事態を知り、かつ認めているということがある。かかわる相手二人に対する心づかいをそれぞれがする。しかも互いに相手の心を傷めて行く。そうした成り行きを招く男のわりない欲望が描き出され、受け身に置かれる女の苦しみ、悲しみ、恐れ、あるいは怒りが描かれている。

ⓑ系で扱われた空蟬、夕顔、末摘花などは、光源氏とかかわり合うことによって、その「個としての存在」を明らかに浮き上がらせている。あるものは一度は逢って切ない言葉を吐いたけれども二度目、三度目には逢わなかった。あるものはつれ出されたある院で怨霊にとり殺された。あるものは古めかしい衣裳に包まれて旧態依然たる暮らしをする以上の能力を持ち合わせていなかった。これらは皆個々に明確な人格の

像を示した。しかし光源氏と一対一でかかわり合う以上に深くそれが他とからみ合うことはない。ところがⓒでは一対二という間柄が五組も扱われている。そして、そのそれぞれの人間が他のいま一人とのかかわりを知り、その間でそれなりの反省や抑制をしながら、しかも互いに傷つく姿がとらえられている。つまりここでは三角関係が問題にされている。それは人間の間柄を見る作者の眼が、単眼から双眼へ、双眼から複眼へと様がわりをしていることであると思う。作者が複眼を身に備えることができてはじめて見えてくる人間模様がここに描かれるに至ったということができよう。

人によってはⓒの物語を分けて、女三の宮物語、夕霧物語のように扱っている。それは最も印象に深い話題を中心にⓒの物語を区分し、それぞれの特質を考えようとする立場であり、ある意味で妥当と言えるかもしれない。しかし、女三の宮物語、夕霧物語というふうにⓒの物語を扱うと、㊵御法《みのり》㊶幻という巻はⓒの中の主要な筋からはずれてしまう。しかし、この㊵㊶の二巻は『源氏物語』全体から見れば決して剰余とすることのできない巻々である。紫の上、光源氏がこの世を去るとは、つまりそこで光源氏の年代記が終結に至ることで、それを欠くことは不可能なのである。そのことは誰の目にも明らかだろう。

また女三の宮物語、夕霧物語のように区分すると、その話の内容の相違などを明らかに見るには役立つだろう。しかし雲居雁の嫉妬の話などは、『源氏物語』全体の中での異質性が鮮明に見えて来て、何で雲居雁に関するくだりがこんなに大きな部分を占め、細かく描写されているのか、その作者の意図が、読み手に理解しがたくなる。

一見不要であるかのようなその夕霧と女二の宮・雲居雁の物語に、あれほどの筆を使った作者の意図は、作者がⓒの物語では、大筋としての光源氏の年代記に並んで、男女の三角関係の種々相、二人の男に逢う女、二人の女に逢う男の実際の動きと、陰の心のそぞろきとを突き究めて描こうとしているのだと考えてはじめて納得されるだろう。ⓒの物語ではじめて登場した女三の宮、女二の宮という皇女はそれぞれ二人の男にあう。これは当時としては人の心を痛ましめることであった。また、ⓐ系から登場している紫の上、雲居雁は相手の男に頼って自分なりの愛の生活を持続して来た。この二人は、年進んだ後において新たな展開に遭い、一人は悲しみに耐えずに病に傷つく。一人は怒りを表明して騒動を起こす。作者はさまざまの人間関係の中に、それぞれの個性、条件を与え、異なる状況を作り出して具体的に書き、重複した関係はⓒに一つも描かれていない。

私は夏目漱石の晩年の作品群を思い浮かべる。『こころ』『明暗』という代表的作品の中心はみな三角関係である。それに先立つ『彼岸過迄』『それから』『門』『行人』

にも三角関係が含められている。このことは夏目漱石の実人性において生じた三角関係がいつも彼の心を占めていて、胸のうちの問題とされており、それがこのように作品として種々に形象化されたのだということは多くの研究者のいうところであると聞いている。その三角関係の相手が実際に誰であるかについては、相手は嫂《あによめ》であろうとか、「あるだけの菊投げ入れよ棺の中」の句をたむけた大塚楠緒子《なおこ》(大学の美学の教授の夫人)であろうとか、研究者によって見解は分かれるようであるが。

ⓒの物語は、三角関係を中心的な問題として扱った作品であると私は思う。それはⓒのもつ年代記という基本的骨格を越えるほどに、鮮やかに描き上げられている。

それならばこれほどに一対二の関係を作者が凝視しているのは何故なのか。

作者は夫宣孝に死別した。そして『紫式部日記』によって知られたように二人目の男に逢った。それは自らを三角関係の一角に置くことであった。しかし二人目の男は去った。しかもいつも眼前にいて、言葉などをかけてくる。揶揄したりする。それに何も報い得ずに応対する「女房」という位置に置かれた作者は、想念の中でこの問題を追求し、ⓒの物語において一対二の人間関係のさまざまの様態に一つの形を与えたのではなかろうか。

ⓑ系を書き始めたときには、作者は主要な登場人物に「あだ人」「好きもの」とい

う性格規定を与え、男たちをモノ扱いにし、登場人物を揶揄する構えを見せていた。しかしⓒの物語では作者はそうした単純な目で世の中(男女の仲)を見ていない。男自身も、女も、互いに願い、望み、欲して生きているが、つき進んでそれを求めてゆくときに、人は人を傷つけ、また傷つけたみずからも傷つくことを描いている。

ⓒの物語全部を物語の奥の方で見やっている作者のまなざしは、男の激しいひたぶるな恋も、世にいう男の誠実さも、保たれることを願う女の愛情も、それらはみな不確かなもの、はかないもの、崩れるものであるという思いに、ひそやかに、じっとひたっているように見える。その成り行きは、すべてが死へとつらなると言っているかのごとくである。そして年代記として書かれた光源氏の死と、作者の思いとはⓒの物語の終末において手を結ぶように記されている。

作者はⓐ系を書いたときには、文学好きの若い女性の関心に応えようとしていた。ⓑ系を書くときには、中年の男たちの興味をそそる話題を選択した。しかしⓒの物語を書くに当っては、そうした外の読者の関心に応じるよりも、作者自身の内に生じた問題を見極め描き上げようとする心によって全体を組立てたのである。

九 ⓓの物語

㈠ 再び『源氏物語』の表現について

ⓓの物語は光源氏が世を去った後の物語である。それは世に「宇治十帖」と呼ばれているところにほぼ当る。しかし「宇治十帖」の前に㊷匂宮、㊸紅梅、㊹竹河の三巻があり、「宇治十帖」の中心的人物である匂宮《におうのみや》と薫《かおる》の生い立ち、性格などがその匂宮の中に書いてある。従ってその三巻を含めた十三巻がⓓの物語を形成するはずである。しかしその三巻の中には種々複雑な問題があり、偽作説まで立てられている。それは現代の源氏学の一つの難問である。

ところが「宇治十帖」の成立についても古来の難問がひかえている。それは、この十帖に対しても紫式部でない別人の作かという疑いがかけられていることである。①桐壺から読み進んで来ると「宇治十帖」は文章の調子に或る相違が感じられる。例えば各巻のセンテンスの長さを計算してみると、この十巻のセンテンスは明らかに前のⓐⓑⓒと異なっている。つまり平均してセンテンスが長いのである。また単語の上でも「宇治十帖」に目立つものがある。一例をあげれば、いわゆる形容動詞語幹「あたらしげ」「あやしげ」「あらあらしげ」「色めかしげ」「かけかけしげ」など、「……ゲ」という形式の単語が極めて多く使われているし、これらの巻々ではじめて使用された形容動詞も非常に多いという指摘がある。注 また円地文子氏は作品全体の口語訳を行った経験から「宇治十帖」の文章には違ったところがあると述べている。こうした事実はこの他にもあるので、以前から「宇治十帖」は別人の作だという説がとなえられて来た。

ところが他の観点からは、別人の作とはたやすく言えないという見解もある。石垣謙二氏は『助詞の歴史的研究』という名著によって学界に知られているが、石垣氏は「助詞ガの用法」から見れば「宇治十帖には特別な相違を指摘できない」と私に語られたことがある。このように、賛否両論があってそれぞれの根拠を持っている。従ってこの問題はなお今後も綿密に各方面から追究せられるべきことなのである。

現在のところ私は『源氏物語』はⓐⓑⓒⓓと四つの部分に分けて制作されたのだと考えている。その立場に立てばⓓがⓒから、かなりの年月をへだてて書かれたと考えることも可能である。そうすれば同一の作者の作でありながら、文体に顕著な相違が生じることも決して起りえないこととは言えない。

それよりもⓐⓑⓒⓓという順序で制作された作品の内容がいかに一貫性を持って進展し深化しているかを考えてみるべきであると思う。また、『紫式部日記』の最終の「感想の部」と『源氏物語』の最終の部分とを考え合わせてみるときに、果してそこに照応があるか否か、もし相違があるとすればそれは何を意味すると考えられるか。そうした観点からこの問題を扱ってみるべきであると思う。それ故、ひとまず現在の形のままでⓓを全『源氏物語』の一部分と認め、その内容を分析することに心を注ぎたい。

さてⓓの物語が『源氏物語』全体の中でどんな意味を持つか。作者はここで何を書こうとしたのか。そうした点について記すまえに、『源氏物語』の表現について再び考えておきたい。

蛍の巻に、物語論としてよく知られた一節がある。当時広まっていた数々の物語に玉鬘が夢中になり、それを読んだり写したりしている。それを脇から光源氏が冷やかす。その玉鬘との応答の中で光源氏があらためて「物語」についての本当の印象を語るという仕組みで話は展開している。話の途中から訳してみる。

〔光源氏〕「この頃幼い人が女房などに時々読み上げさせているのをちらと聞くと、世間には上手に物語を作る人がいるようですね。嘘《そらごと》を上手に言い馴れている人だろうと思うけれど、そういうわけでもないでしょうかね」と仰言るので、〔玉鬘〕「実際に嘘を仰言りつけておいでの方こそいろいろなところを嘘だとお取りになるのでしょう。私などは何も分りませんから、みんな本当のことと思ってしまいますけど」と言って硯を押しやられるので、〔光源氏〕「失礼にも物語のわるくちを申しました。神代から世にあることを記しておいたという『日本紀』などは、実は、人生のほんの片はしの事が書いてあるだけで、数々の物語の方にこそ人生の真実や詳しいことは書いてあるのでしょう」とお笑いになる。「その人の身の上話として事実の通りに書くことはないとしても、物語は、良いこと、悪いこと、世を生きる人のありさま、その見飽きることもない、聞き流しもできないこと、あるいは後の世まで語りつたえさせたいと思うことを、自分一人の胸にしまって置けずに書きつけはじめたものです。……内容の深い浅いはあるでしょうが全くのそらごとと言いきるのも実際とはちがったことになりますね」。

光源氏の言葉として書かれているが、これは作者紫式部が「物語」にかける意気込みを表明した言葉だと言えるだろう。当時学問の世界で重んじられていた『日本書紀』に対して、こういう批評を下すことは、かなりの勇気が要ることだったはずである。しかし「日本紀の御局」という仇名をつけられた紫式部であるから、実際に『日本書紀』も読んでいて、その通りに感じていたのだろう。私もかつて、上代史の数多くの専門家の中に加わり、『日本書紀』の数々の古写本の本文を校合し、読み下し文を作り、語句の頭注をつけるという作業を何年かにわたってつとめたことがある。かなり詳しく『日本書紀』の原文を読んだ。たしかに『日本書紀』は歴史書として重要な書物である。これを見ずに日本の上代の事蹟を知ることはできない。しかしそこには、主として天皇家の政権の由来、権力の争奪、武力による征服の結果、制度の改変などが編年体で書かれている。中には歌謡によって、個々人の感情のやりとりが表明されているところもある。しかしそれもある限られた場面での気持の応酬にすぎない。その上、『日本書紀』は「本紀」だけしかなくて「列伝」の部を欠いている。だから『日本書紀』を「人生の実相」の記録として見ようとすれば明らかに不足である。その非難を免かれることはできない。ここで紫式部が「神代より世にあることを記し置きけるななる『日本紀』などはただかたそばぞかし注」と言い切る気持は、『日本書紀』の全文と『源氏物語』とを読み較べる人ならば誰でもたやすく理解するだろう。

「世にあることを記し置く」とは、紫式部にとって個々の人間が一生の間に逢着する事件、事態を記録することであり、また、事の進行のかげにある生きる歓び、生きる悲しみを見さだめることであり、それを通して社会の体制の下にあるそれぞれの人生を明確な形で描き出すことを意味したのだと思われる。生きて行く上で「心に籠《こ》めがたく」思われることを記しつけたもの、それこそが物語であると、ここで光源氏に言わせている。紫式部にとってそうした「胸に秘めておくことがむずかしい」ことを書きつけた「物語」はすなわち『源氏物語』であったわけだろう。

そうした気持で物語を制作する場合に作者が心をつくすのは、一つにはその取り上げる主題であり、それを具体化する筋であり、一つにはその表現である。

ⓓの物語の主題については、後に詳しく述べるとして、ここでは『源氏物語』の個々の言葉の読み取りについて少し書きつけることにしようと思う。すでに私は『源氏物語』の表現の項で紫式部がある種の単語をつとめて避けたことを述べた。また、語彙をふやすことについていかに苦心を払ったかを述べた。ここでは作者の個々の単語の使い方を、読み手の側でいかに受け取るべきなのかということをすこし述べてみたい。

まず、はじめの例である。それは次の一句である。

宮、なほかのほのかなりし夕べをおぼし忘るる世なし。

匂宮が忘れることができなかった「かの夕べ」の出来事とは㊿東屋の巻に記された一つの事件である。それは新参の浮舟を中の君の部屋で匂宮がはじめて見かけ、近づいてその裾を押えた事件である。夕方、匂宮が中の君の部屋に行ってみると、中の君は髪を洗いに行っていて留守だった。若君も眠っているので、匂宮はあたりを少しあるきまわる。すると西の方に見かけない女がいる。屏風のかげからのぞくと、新参のいやしくない女房だなとお思いになって、襖《ふすま》をそっと押しあけ、やおら歩み寄られる。この部屋の廊の中の前栽《せんざい》が美しく、色々に花咲き乱れている上に、遣水《やりみず》の辺の、高い石組が見事なので、その女房は端近に臥して眺めている。開いた襖をさらに押しあけ、屏風の端からのぞいても、それを匂宮とは思いもよらない。この辺に来馴れた人かとその女房が起き上った風情が美しい。匂宮の例の好きがましい心は、これを見過すことはない。女の衣の裾をとらえて、襖を閉め、屏風の間にお坐りになる。あやしんで扇で顔をかくし、こちらを見る女のさまが可愛らしい。扇を持たせたままその手をとらえ、「誰だ。お前の名を知りたい」。その言葉に女はものおそろしくなる。宮は顔をそむけて、自分を明かそうとしない。ただ香ばしいかおりがするので、これが聞いている薫様であろうかと浮舟は思う。何とも恥かしい。

乳母が気配を感じて、向うの屏風を押し開けて来る。「これはどうしたことでございます。宜しくないなさりようでございます」というけれど全く憚りもない。出来心のしわざであるが、お口の上手な匂宮が浮舟に、何やかやと仰言る。そのうちに日がすっかり暮れた。しかし「誰と聞かないうちは離さない」と馴れ馴れしく臥しておいでになる。声だけで匂宮と分る乳母は言葉もなくあきれている。

そこに別の女房が来て「まあ暗いこと。大殿油の灯をおつけしなくては」などという。乳母はその女房に事態をつげる。女房が「何ごと」と探り寄ると香ばしくて袿《うちき》姿《すがた》の男が女を押さえている。しかし「女が心を合わせるはずはない」と思われたので、「御前(中の君)に申しあげます」と言う。それでも宮は「怖《お》ぢたまはず」、この女は誰なのだと訊く。結局明石中宮が急病とのしらせが来て匂宮は参内しなくてはならず、離したのだが、この場面は私にとっては『源氏物語』の中の凄惨な場の一つである。

匂宮は明るいうちから、日が没して真暗になるまで新参の浮舟を押えていたのに、それが浮舟の巻のはじめで「かのほのかなりし夕べを思し忘るる世なし」と表現されている。どうしてここでその激烈な行動が「ほのか」と表現されるのか。

「ほのか」という言葉は「ほのぼの」「ほの語らふ」「ほの聞く」「ほの知る」「ほの好く」「ほの見ゆ」「ほのめかす」「ほのぐらし」などと一類をなす言葉である。「ほのか」は「かすか」に近い状態をいうが、「かすか」とは物があるかなきかに、うすく弱く力なく少ないさまをいう。それに対して「ほのか」といえば、物事のほんの一部があらわれていて、その背後に程度の大きいことが期待されている場合、あるいは背後のものをもっとはっきり知りたい場合にいうことが多い。

「灯影《ほかげ》ほのかなるに」「ほのかに〔琴を〕かき鳴らし」「雁の声ほのかに聞ゆる」「墨つきほのかに見え」などの例でも分るように、弱く、あるいはぼんやりとしか分らないときに、もっとはっきり見たい、聞きたいという気持をこめて使われる。こうした使い方は『古今集』『拾遺集』などの歌集から『かげろふの日記』『枕草子』などにもある。しかし『源氏物語』には次のような例がある。

夕顔の巻に、光源氏の手引をするため惟光《これみつ》が夕顔の家を見に行くところがある。かいま見して状況をうかがう。そして光源氏に報告する。「車の音が聞えると若い女どもが覗いたりするようですが、この家の主人と思われる女も、こっそり外出するときもあるようです。顔は「ほのかなれど」可愛らしい様子です」という。ここの「ほのかなれど」は、「はっきり見えませんでしたが」ということでもあるが、「見る」という動詞を添えず「ほのかなり」というだけで、「ちらと見ただけですが(もっとはっきり見たかったのですが)」という気持を表わしている。

宿木の巻には次のような例がある。中将の君が娘の浮舟を中の君の許につれて来る。中の君が会ってみると浮舟は「あやしきまで」大君に似ている。それで中の君は亡き大君を慕っている薫に浮舟のことを話す。薫は心をひかれて中の君に、もっと詳しく話を聞かせてほしいと責める。中の君は訪ねて来た浮舟と中将の君とについて少しばかり語る。

「ほのかなりしかばにや、何ごとも思ひしほどよりは見苦しからずなん見えし」

（ちょっと会っただけだったせいか、何ごとも予想したよりは見苦しくないと思われました。）

つまりこれらの例では「ほのかに見る」と言わずに「ほのかなり」というだけで「ちらっと見る」という意味が表現されている。中の君は浮舟を見て大君に似ていると思ったとすでに書いてある。だから右の文の「ほのかなりしかばにや」は、「はっきり見えなかったからか」という意味ではなく、「ちょっと見ただけだったからか」の意であり、よく見れば欠点は現われるかもしれないが、という気持をこめて言ったのである。「ほのかなり」についてこう分ってくると古来の注釈家が解しかねている次の例も明確に理解できる。

明石の巻で、風雨が静まり光源氏が夢に桐壺帝を見るところがある。住む家は焼け、雨に打たれ、今すこし風が止まなければ潮が上って残るところもなかっただろうと海人《あま》たちはいう。その時源氏の夢の中に桐壺帝が現われ、「舟出して、この浦を去れ」と語る。そして光源氏の手を取って引き立てた。

光源氏は何年来夢の中にも桐壺帝を見奉ることはなかったので、恋しい桐壺帝を「ほのかなれど、さだかに」見奉ったことだけは、はっきり記憶がある。……自分を助けに天翔って来て下さったのだと有難く思う。

ここには「ほのかなれど、さだかに」と書いてある。「ほのか」を「ぼんやり」とだけ解すればこれは「ぼんやりだが、はっきりと」となって、その意味が打ち合わない。多くの注釈家がここを解しかねている。しかし「ほのかなり」一語だけで紫式部は「ちらっと見る」の意に使うことを知れば、このところは「ちらっと見ただけではあるが、はっきり桐壺帝のお姿を見奉った」と解されて、文意明瞭である。

このような例によって、「ほのかなり」とは相手をゆっくりと見たいと思うのに、ほんのちらっと見ただけで不足な気持を感じていることを表わす表現であることが分る。してみれば浮舟の巻の始めの「ほのかなりし夕べ」も理解できよう。つまり匂宮は、あの夕べの新参の女房をもっとゆっくり見たかった。その名も、その正体も知りたかった。不足と不満の気持が匂宮の胸に残っている。従ってそれが「かのほのかなりし夕べ」と表現されたわけであろう。こうした「ほのかなり」という使い方は『枕草子』や『かげろふの日記』などにはそのまま見出すことはできない。

つまり紫式部は「ほのかなり」ということばによって「ほのかに見る」という表現の平凡を脱して、しかも「ちらっと見る」「もっと詳しく知りたいと思う」などの意味をこめた表現としたのである。『源氏物語』が醜悪なこと、激烈なこと、卑俗なことをそのまま話題に持ち込むことを避けようとする美意識によって貫かれていることはすでに述べた。紫式部はまた「ほのかなり」のような柔らかな言葉づかいによって、事実の激しさ、すさまじさを、おだやかに扱い、全体の文章の調和をはかっているわけである。

こうした細《こま》やかな、しとやかな心づかいを重ねて行く『源氏物語』の表現は、一見小さな相違を持つにすぎない単語によって実は大きな意味の違いをあらわしていることがある。その例として「清ら」と「清げ」という単語を取りあげてみよう。注

合わせて百数十の使用例を持つこの二つの単語は、同じ語根によって成り立っているが、その意味の相違を知っておくことは『源氏物語』を読む上で極めて重要である。今その実例を一つあげることにする。浮舟の巻に次の一文がある。

女は、また大将殿を、いと清げに、またかかる人あらむやと見しかど、こまやかににほひ、清らなることはこよなくおはしけりと見る。

薫が浮舟を宇治にかこっているらしいと感づいた匂宮は浮舟を見つけ出そうと、小人数のお付きを従えて宇治へと出発した。匂宮は真夜中に浮舟の住みかを見つけ、薫の声色《こわいろ》を使って邸に入りこみ、暗闇の部屋で浮舟に添い臥してしまう。薫が来たと思

っていた浮舟が「別人だ」と気づいたとき、匂宮は浮舟に声を立てさせなかった。浮舟をわがものにした匂宮は、原文によれば「ひたぶるにあさまし」かったと書いてある。「ひたぶる」という言葉は今日普通に理解されるような単なる「一途に」という意味ではない。「海賊のひたぶるならむよりも、かの恐ろしき人の追ひ来るにや」(玉鬘)という例で分るように「ひたぶる」とは「乱暴である、粗暴な行動をする」という意味をもっていた。つまり匂宮は浮舟に乱暴に荒々しく接した。

翌朝匂宮は「山寺に参籠している」と伝えよと言って、都に帰らず、宇治の邸に居坐っている。女房たちの心痛と混乱の中で浮舟は予定の石山詣をとりやめる。そしてその一日が暮れて行く。匂宮は浮舟をいい女だと思っている。それに対して浮舟が思っていたこと、それが先に引用した文章である。

これを次のように通釈したらどうだろう。「女の方はまた薫の大将さまを綺麗な方、ほかにこんな方があろうかというつもりでいたが、匂宮はどこまでも美しく、綺麗なことはこの上なくおいでであると思う」。

この通釈で話が通じなくなることはないかもしれない。物語は筋を持っている。だから次々と読み進めば、老女と姫君とを読みちがえるようなことはまずは起らない。しかし『源氏物語』を読むときには、単なる口語訳では意味を汲みきれないことがある。

私は先に『源氏物語』の形容語が、四層、五層の使い分けをするものであることを例示した。「清げ」に対して、「清ら」という形がある。このどちらも「綺麗」とか「華麗」とか、ともかく「美しさ」をいう言葉である。しかしそれだけを知って「清げ」も綺麗、「清ら」も綺麗と受け取り、それをもって原文の文章を理解したとしてはならない。

ここで「清ら」という言葉で形容された『源氏物語』の人物を列挙してみよう。それは光源氏、朱雀院、東宮、匂宮、夕霧、藤壺、紫の上、末摘花、六条御息所などである。これに対して「清げ」という言葉で形容された人物は、男では明石入道、致仕の大臣、鬚黒、柏木、八の宮、薫、手習の巻の中将、女では明石の上、源内侍、夕霧の六の君、博士の娘、女房たち(小宰相、侍従、弁など)である。つまり天皇家の人々、あるいは第一級の人物と扱われる人々は概して「清ら」で形容される。それに対して臣下であるもの、あるいは血統の低いと見なされるもの、または二流扱いされる人物は「清げ」で形容されている。「清げ」のゲは「見た形」をいう言葉だから、「清げ」とは「見たところ華麗」であること、つまり本質的本来的には「清《きよ》」でない意であり、二流のものの美だということになる。

しかしその中で宇治の八の宮は皇統の人であるのに「清げ」と扱われている。また皇子である匂宮は多くの場合「清ら」であるが、帝《みかど》と対している場合には「清げ」といわれた例がある。夕霧は光源氏の正妻葵の上の子供として「清ら」扱いであるが、女二の宮(落葉の宮)に対しているときには「清げ」と形容されている。女二の宮は皇女で、夕霧は臣下だからである。また夕霧は柏木と一緒に扱われているときは「清げ」の扱いをうけている。薫の実の父である柏木も「清げ」扱いの人物である。薫は幼くて、まだ光源氏の周りを駆け廻っていたときには、可愛らしく立派だとして「清ら」と言われている。だが、成人してからはもっぱら「清げ」と形容されている。

また、仕えている女房たちの立場からいえば浮舟は「清ら」な人であったし、玉鬘も女房からは「清ら」と扱われている。全く低い身分の下仕えの人にとっては、主人に対して、「清ら」と「清げ」の区別がなく、すべて「清ら」と扱っていることが、この言葉づかいで判明する。つまり「清ら」と「清げ」とは必ずしも社会的な位置に固定した形容語ではなく、相手を遇する使い手の意識によって使い分けられるものである。

そこで注意されるのは、八の宮も薫も「清げ」という形容語で遇されていることである。落魄《らくはく》した八の宮は、皇子であっても「清げ」なる人物とされたわけであるし、薫もまた、社会的地位は高かったのだが、ⓓの物語では第二級の人物であると位置づけられていたことが、この言葉づかいで明らかになる。

こうした「清ら」と「清げ」との使い方を心得た上で、再び先の原文に戻ることとしよう。浮舟は匂宮とすごした一夜が明けて、その一日が暮れて行った夕方に、こう思った。「大将殿（薫）が非常に「清げ」で、こういう立派な方は二人あるまいと思っていたが、匂宮はこまやかに美しく、格別に「清ら」でいらっしゃると思った」というのである。作者は薫以外の男性を知らなかった浮舟に、一夜の間にどんな変化が起ったのかを「清げ」と「清ら」という単語の区別によって明らかに語った。現代語にはこれを訳し分ける単語はない。『源氏物語』の表現をよむとは、こうしたところを読み分けることであろう。

このように一流、二流の取扱いをそれとなく単語で示しているものとして、「ゆゑ」と「よし」とがある。辞典の中には「ゆゑ」に、「おもむき。味。風情。雅致。みやびかなること。風流の心。風流のたしなみ」という訳語を挙げ、「よし」についても「おもむき。味。風情。雅致。情趣。みやびかなること。風流の心。風流のたしなみ」と挙げているものがある。これらの訳語からは「ゆゑ」も「よし」もおよそ同じ意味を示す言葉だと受け取れよう。従って「ゆゑあり」あるいは「よしあり」と原文にあるときには、現代語の訳語としては「趣きがある」とか「奥ゆかしい」とか「風流である」とかの言葉が選ばれる。しかし「ゆゑあり」「よしあり」がどんな人物について使われているか、合わせて七十余の用例について見ると次の事実がある。

まず「ゆゑあり」が使われた人物は桐壺帝、光源氏、朱雀院、紫の上だけである。しかし「ゆゑ」とは単に情趣とか雅致とかいう意味であるよりも、むしろ「由緒」と考えるべき場合があるから、「ゆゑあり」は「古い由緒がある」の意を表わすことが少なくない。そうした意味の場合には古い歌集とか、明石入道の大井の旧宅とか、あるいは宇治の八の宮の邸とかを「ゆゑあり」という。また、全く下仕えの人からは、明石の上の母とか、玉鬘とかまでを「ゆゑあり」と形容していることがある。それは「清ら」について見たように、下仕えの人からは主人について「ゆゑあり」と「よしあり」の区別がつき難かったからであると考えられる。しかし「ゆゑあり」は人そのものを指すときは第一級の人間について使う。というのは「よしあり」とされた人物を見れば明らかである。

「よしあり」といわれた人物を見ると、男では蛍兵部卿宮、明石入道、僧都、夕霧、八の宮。女では六条御息所、秋好中宮、明石の上、近江の君、源内侍、宇治の大君《おおいぎみ》、中の君、浮舟、尼君、女房たちである。

ここには「ゆゑあり」を使った人物との間に明確な区別を見る。ただし、八の宮は「ゆゑあり」とも「よしあり」ともいわれ、六条御息所と夕霧は「清ら」と言われていたのに、「よしあり」と扱われている。それは見た目の美をいう「清ら」「清げ」よりも「ゆゑあり」が血筋や古い由緒にやや重きを置く言葉だから、そこに多少の相違が現われるのだろうと思われる。

これらの「清ら」「清げ」「ゆゑあり」「よしあり」という表現のうちに、当時の社会における確固たる階層の意識の反映を見ないわけには行くまい。紫式部が生きていた社会では皇統にある人々、大臣家の人々の社会的位置はそれを見る人たちにとって明らかに高く、同じ貴族の中にあっても二流・三流の人々は、はっきりと見下げて扱われるさまを作者は宮廷で目のあたりにしたのみならず、自分自身に対した道長の行動の中にそれを口惜しく認めたにちがいない。

作者紫式部は五位の階層の生れであり、そこで育った。それは動かしがたい制約であった。そしてまた、紫式部は言うまでもなく女性である。それもまた彼女の生存の基本的な条件である。そこで、当時の宮廷社会では女性の幸福はどんな形で一般に認識されていたのかを、日常使う単語の面から見ることを試みたい。

「幸福」という観念を現代日本語のやまとことばで言ってみれば、「さいわい」か

「さち」かだろう。「さち」という言葉は、奈良時代には文献の例があるが、平安時代の和歌や女性の作品には使われていない。わずかに漢文訓読系の辞書にのっている。「さち」はおそらくそのころ京都では亡びていたのだろうと思われる。「さいわい」は古形「さいはひ」の形で平安時代の種々の文献に見えている。いま『今昔物語集』にその例を求めてみよう。

○形貌美麗ナル人ヲ求メテ殺シテ其ノ肉《シシ》血ヲ取リテ天神ニ祠《マツ》リテ福《サイハヒ》ヲ祈ル事有リケリ。（第六巻第六話）

○我、家貧シクシテ妻子ヲ顧ミルニ猶足ラズ。然レバ君、我ヲ免《マヌ》カラカス事ヲ得シメヨ。然ラバ我、幸《サイハヒ》トナスベシ。（第九巻第三十話）

○汝、我ニ随ヒテ年来、一事ヲ違ヘザリツ。此レ幸《サイハヒ》也。我ガ死ナム日ハ、穴ヲ同ジクシテ共ニ埋《ウヅ》ムベシ。（第十一巻第一話）

これらの例を見ると「福《サイハヒ》」も「幸《サイハヒ》」も、今日いう意味の「仕合せ」の意とへだたるところは少ない。『今昔物語集』では他に「幸《サイハヒ》ニ」と使う例が多い。それはほとんどすべて二人の人が偶然会う場合について使われ、「タマタマ幸ニ来レリ」とか「幸ニ会ヒ奉ル」と使っている。これなどは「幸運にも」といった意味である。してみれば当時、「さいはひ」とは「幸福」というよりは「幸運」の意で使われたらしいことが分る。

しかし「幸《さいはひ》」は、『今昔物語集』では、捕われた者が許されること、あるいは永年にわたって忠実な人に仕えてもらったこと、あるいは神に多幸を祈ること、そんなふうに幅広い内容を持っている。ところが『源氏物語』の「さいはひ」または「さいはひ人」を見ると次のように使われている。

○世の中にさいはひあり、めでたき〔女の〕人もあいなう大方の世にそねまれ、（御法）

○昔も今も物念じして（辛抱して）のどかなる人こそさいはひは見果て給ふなれ。（浮舟）

○世のことぐさにて「明石の尼君」とぞ幸人《さいはひびと》にいひける。（若菜下）

これらの例を見て目立つことは「さいはひ」に関して話題にのぼる人物が、紫の上、明石の上、明石の尼君、玉鬘、宇治の中の君、浮舟だということである。男について言ったと思われるのは、わずかに一例、絵合の巻で光源氏が故桐壺帝の言葉として語るところに、

才学というものは、世間で重んじるものだからだろうか、その道に目立って進んだ人で、寿命と「さいはひ」の両方を得た人は極めて少ない。

とあるだけである。

つまり『源氏物語』の中では、「さいはひ」(幸運)とは、第二流の女たちが天皇や大臣家の男に取りあげられ「すゑ」られる場合に、ほとんどすべて使われている。女性は富貴な男の支配のもとに生きるのがむしろ一般に幸福と思われていたのであり、「すゑ」られること、あるいは「すゑ」られる女性の一族であることが「幸運」であると思われていた。そうした階層の制約、女であるという条件の中で、紫式部は、自分の、自分としての生き方を貫くことを自己に課して生きていた。それはすでに見た『紫式部日記』の記述が明らかに示すところである。

そこで紫式部が自分自身に対して言いきかせた言葉の意味を次に扱うこととしたい。それは『紫式部日記』の感想の部の次の一文である。

心すごうもてなす身ぞとだに思ひ侍らじ。

私はこの一文を「荒涼として寄るべもないわが身だ(見棄てられたわが身だ)と扱うことなど考えもするものですか」と口語訳した。また重ねてそれを「見棄てられ荒涼として何のよるべもない身だと扱うことなど考えもしますまい」と訳しておいた。この口語訳は何か奇異な印象を与えるかもしれない。それは「心すごし」という言葉の受け取り方によるのである。

「心すごし」という単語には次のような訳語をあてるのが普通である。

いかにも気味わるい。恐ろしい。もの寂しい。

あるいは次のような訳語をあてる。

物さびしい。さびしくて心細い。また人けがなく、気味が悪い。すさまじい。

普通こう訳されている「心すごし」に対して、私は「見棄てられて荒涼とした」という訳語を使った。それは『源氏物語』に使われた「心すごし」「心すごげなり」をすべて吟味した事実にもとづく。次にその例を示そう。（それぞれの例の下に書いたのが所在の巻名と、その言葉で形容された場所あるいはその行為の行われた場所である。）

○深き里は、人離れ、心すごく、若き妻子の思ひわびぬべきにより、

（若紫、明石の浦）

○かの須磨は昔こそ人の住みかなどもありけれ、今はいと里離れ心すごくて、

（須磨、須磨）

○御墓は道の草しげくなりて、分け入り給ふほどいと露けきに、月も雲隠れて森の木立木《こ》深く心すごし。

（須磨（横山本）、京都北山）

○海づらはやや入りて、あはれに心すごげなる山中なり。（須磨、須磨）

○夢の心地したまふままに、搔き鳴らし給へる声も心すごく聞こゆ。（明石、明石の浦）

○山里の人もいかになど絶えずおぼしやれど……住み馴るるままにいと心すごげなる所のさまに、（薄雲、大井の邸）

○同じ調べのものといへど、あはれに心すごきものの、（横笛、一条の宮）

○水の音いと涼しげにて、山おろし心すごく松の響き木深く聞え渡され、（夕霧、小野）

○強ひておはしましぬ。程さへ遠くて、入り給ふほどいと心すごし。（夕霧、小野）

○琴《きん》かき鳴らし給へる、いとあはれに心すごし。（橋姫、宇治）

○いとどしく風のみ吹き払ひて、心すごく荒ましげなる水の音のみ宿守《やどもり》にて、（宿木、宇治）

これを見ると顕著な事実が一つある。「心すごし」によって形容された場所を見ると、それは京都以外が大多数を占めていることである。明石の浦、須磨、小野、宇治はいずれも帝都の外の場所である。そして「心すごし」の前後には「深き里」「人離れ」「里離れ」「山中」「山里」「山おろし」「程さへ遠く」「道の草しげく」という言葉が随伴している。わずかに一例ある都の中の一条の宮は夫柏木の死んだ後にとり残された女二の宮の邸である。つまり華麗な栄光の巷《ちまた》からは遠くへだたった場所、あるいは夫を失った女の住む場所、そこで感じられる「すごさ」。それが「心すごし」の内容である。つまり「心すごし」という単語は明らかに、「栄華」のマイナスの観念として使われている。だから一度、華麗な栄光に近づき、それと交わった後でそれから離れて感じる「心すごし」は「打ち棄てられた、見棄てられた」ことを意味するはずである。

『かげろふの日記』に次のような記事がある。作者のこもる鳴滝に訪ねて来た伯母が、何日か滞在した後で「今日ぞ帰りぬる。車の出づるを見やりて、つくづくと立てれば、木蔭にやうやう行くも、いと心すごし」とある。親しい人の乗った車が都へ帰り去ってしまうのをつくづくと立って見送ると、木蔭に見えかくれして遂に見えなくなってしまった。その時の作者の気持は、あたかも打ち棄てられたかのごとくであったろう。これにつづいて『かげろふの日記』には「その車を見やって立っていたところ、血が頭にのぼって気分が悪くなりひどく苦しいので、僧侶を呼んで護身の法をしてもらった」とある。「心すごし」とはそういう状況をいう言葉である。

こうしたことを踏まえて、私は「心すごうもてなす身ぞとだに思ひ侍らじ」を「見棄てられた者だと扱うわが身であると考えることすらするものか」という意味に『紫式部日記』の一文をとるのである。ここの「心すごし」を「物さびしい」とだけ取ったのでは表現の本意に届かない。まして「気味わるい」という訳語で考えるならば、全く違ったところへ行くことになる。この一文は、孤独の中でみずから励まして立とうとする紫式部の自画像とも言える言葉であることが、後にさらに明瞭になるだろう。

(二)　作者は何を語ろうとしたのか

さて作者はⓓの物語では何を描き何を語ろうとしたか。すでに繰り返し述べたように、この物語は構成も描写もAと−Aとの対照によってなされることが多いのだが、このⓓの物語もまた同じような基本的構造を持っているように見える。

ⓐ系は光源氏の年代記であり、「致富譚」として構成された。ⓑ系はそれと対照的に光源氏の青年期から壮年期にかけての「失敗に終る挿話」四つをあげ、それをⓐ系の処々に挿み込んだものであった。ⓒの物語は同じく光源氏の年代記ではあるが、光

源氏の老年期を扱い、兼ねて男と女の人間関係の崩壊を三角関係を通して描いた。これらⓐⓑⓒは皆「光源氏」の世界の出来事であり、栄光と華美に輝く宮廷・二条院・六条院を中心として展開された。しかし、光源氏は世を去った。その類ない美貌も華麗な才能もこの世から消え失せてしまった。もはやこの世にはそうしたすばらしい人間はいなくなった。だからⓐⓑⓒに対照されるⓓとは、そうした光輝のない世界の物語である。ここには本当の意味の栄華も幸福もない。これはいわば闇の世の物語である。そのことを作者はⓓの物語のはじめ㊷匂宮の巻の冒頭で強調している。

光隠れたまひにし後、かの御影に立ちつぎ給ふべき人、そこらの御末々に有りがたかりけり。

天の下の人、院(光源氏)を恋ひきこえぬなく、とにかくにつけても世はただ火を消ちたるやうに、何事もはえなき嘆きをせぬ折なかりけり。

この光なく、暗く、物もよく見えない世界の物語とは、それでは何処で、どのような人物によって、どんなふうに展開するのだろうか。

選ばれた場所は宇治、東国の常陸、洛北の小野である。それらが舞台の中心部分を占めている。これはいずれも華耀の帝都から離れ、栄光から隔った土地、「心すごき」ところである。「常陸」のごときは「言葉だみて(曲って)」物慾の横行するあらえびすの生活する世界である。こうした「第二の場所」で物語が展開するということがまずⓓの物語の本質を示している。

登場する人物といえば八の宮、その娘大君、中の君。それに配するに薫と匂宮である。遅れて浮舟が加わり、ⓓの物語の後半の主役となる。これらの人物のある者はⓒの物語の中で生をうけ、ⓒの物語をひきつぐ人々ではあるが、ここに特徴的なことが一つある。それはⓓの物語の中心的人物は大部分が宮廷の栄華からはずれた「第二の人々」だということである。まず八の宮は桐壺帝の異母弟で皇子であるのだが、ⓓの物語では「清ら」でなく「清げ」で形容されている。

　かたちいと清げにおはします宮なり。(橋姫)

　涙ぐみつつ念誦したまふさまいと清げなり。(椎本)

また八の宮の長女、大君の態度や声は「よしあり」と描写されている。

　いとよしあり貴《あて》なる声して引き入りながらほのかにのたまふ。(橋姫)

　見おこせ給へる用意、打ちとけたらぬさましてよしあらむとおぼゆ。(椎本)

中の君も形容されるときは「清げ」「よしあり」である。

　何心もなくいと清げにておはす。(浮舟)

中の君は、いと見苦しう、いかにさやうにはあるべきぞと見聞き居給へり。御菓子《くだもの》

よしあるさまにて参り、(椎本)

また ⓓ の物語のはじめから登場し54夢の浮橋の最後のくだりまで舞台から降りない薫は、光源氏の子供として走りまわっていたときには「つぶつぶと清ら」(横笛)と描かれている。しかし ⓓ の物語に登場してからは一貫して「清げ」と扱われている。

いとど〔涙に頬を〕濡らしそへつつ眺めたまふさま、いとなまめかしく清げなり。(総角)

烏帽子直衣《なほし》の姿、いとあらまほしく清げにて、(浮舟)

このことは、作者がこれらの ⓓ の物語の中心人物を、その出自や現在の社会的位置にかかわらず、第二の階層に属するものと位置づけたことを意味する。ただ匂宮は天皇と並ぶときの他はすべて「清ら」である。

いともなまめかしく清らにて匂ひおはしたるも、(総角)

まばゆきまで清らなる人にさし向ひたる、(浮舟)

このように、事の展開する場所とそこで行動する人々を、「第二の場所」と「第二の人々」として描くところに、ⓐⓑⓒ と ⓓ との対照がある。作者はこれまでと質の異なる舞台に登場する、光のない人々に焦点をあてて物語を進行させようとしている。ここでその登場人物についてやや立ち入って説明を加えることとしよう。

八の宮は大臣の娘を母に持つ。冷泉院が東宮に立ったとき、その対抗としてこの八の宮を擁立しようとする人々もあった。しかしそれは成就せず、後見も乏しく、妻を失い、邸も焼け、世を捨てて、宇治に隠棲した。仕えている人々も去り、邸も荒れて、在家の修道者として、萎えばんだ直衣を身につけ、勤行に痩せ細った八の宮は、昔身につけた音楽の演奏をまれには楽しむこともあるという生活をしている。もはや別の女性を妻としようなどとさえしなかったと書かれている。八の宮はこの世に多少の執着を残しながらも、法文《ほうもん》を学ぶことに日を送っていた。

その娘の大君と中の君も当然「第二の人々」である。親がこの状態であれば娘は宮廷に出て見事にふるまうことはもとよりできない。宮廷の人と聞けばそれだけでひけ目を感じ、劣りの者という意識のもとで生活を営んでいる。浮舟については後に記そう。

そこに登場する青年が薫である。これもまた、すでに傷ついている人間であることが強調される。自分の出生にまつわる不安によって、人生に対してひるむ心を植えつけられた薫は、八の宮に仕える古女房から、実の父親である柏木と母三の宮との間の書簡などを手渡される。疑惑は確実な証拠によって深い傷痕を彼の心に刻みつけた。素直な、無垢な幼い心が、周囲にただよう偽りの臭いをかぐ。人は自分をだまそうとするものだと感じ取る若者は、人生を、素直な歓びや積極的な楽しみを生み出す場として見ることができなくなる。女性に対する男性の激しい恋が、許すべからざる過失とされ、その責められる行動が自分の祝福されない誕生をもたらした。自分は頼んで生れて来たのではないのに、はじめから劣等の存在とされるのだと知ったとき、薫は女性という存在に対していつもひるむ心を持ち、女に向かって今一歩踏み込むことをたじろぐ性を身につけた。

自分の知らないところで、思いもかけない恥が自分を待ちうけているかもしれないと薫は絶えず思う。人が自分を何と見るか、何と言うかと絶えず心にかけずにはいられない。自分の劣等を明らかに意識するものほど世間体を気にかける。薫は若い母親の尼姿を見、経文を読むのを恥じるその様子に、いずれは自分が仏門に入って親に対する孝養だけでもしたいと考える。それは自然な親子の情である。薫はそうした意識から宇治の八の宮に接近した。だが法文を学んでいるとはいえ、若い薫に女性に対する感情が芽ばえないということはあり得ない。薫は大君を心にかける。しかし、女性に働きかけることが罪悪を生むというひるみが抑制を加える。その結果として薫は、女に近づく以上のことをしない。薫は女への愛着を、男の突進する恋の行為の形で表現できない。そのくせ、過ぎ去った恋、見送ってしまった恋に対しては強い執着をいつまでも持ちつづけていく。ただ追憶の中でそれに執する。彼は外からは極めて思いやりのある誠実な人間に見える。

代りとして薫は、自分の気持を物の贈与の形で具体化した。女たちの家に葬儀があるときにも、住み家を移るときにも、また病気のときにも、薫は物のつけとどけにぬかりがなく、みずからも出むいて手あてをする。薫とはそういう人間として描かれている。

薫は「まめ人」(誠意の人)と扱われ、鎌倉時代の物語や『無名草子』などでは理想的な人物とされた。社会が全体として混乱し、物の不足の時代に、物によって生き、物に執着を持つ人間の間では、たしかに薫のような手当てのよい人間はこの上ない人間であったろう。また過ぎ去った恋に対して、何時までも執着して行く男も女の側から見て好ましい男といえるだろう。しかし本当の意味で、薫は女にとってどんな存在なのか。作者は物語の進展によってそれに答えを与えている。

薫の友人匂宮は、薫と対照的な性格を与えられた。匂宮はいい女だと見れば寄らずにはいない。中の君の邸で新参者の浮舟を見かけた匂宮は、すぐさま近寄り、浮舟を押えて夕方の陽のある明るいうちから真暗になるまで離さなかった。これについてはすでに記した。その報せをうけた中の君が「例の御癖だから」といったとある。このひとことで匂宮の性格を知ることができる。しかし匂宮にはまた別の一面がある。宇治を訪れて中の君のもとで一夜をすごした翌朝、宇治川の激流が洗う岸辺を見て、こういう淋しい所で「どのようにして年月を暮しつづけておいでなのか」とさっと涙ぐまれたと書いてある。匂宮は限りなく優雅で「きよら」な人であった。女に向っては来世をかけて誓約し頼みにさせる。思いも寄らないそうした言葉に驚くものの、薫のようないつも物のへだてを感じさせる人間に較べれば、女にとってこれはずっとすばらしく感じられたと書いてある。しかし究極的には匂宮は光源氏が持っていた女性に対するゆとりある愛情、周到な用意には欠けている。ひたすらに「好き」であり、それ以外ではない。

　以上の人物によってⓓの物語は「第二の場所」で展開して行くのであるが、その「第二の人々」の中にも階層意識の差があり、それが事の成行きの根柢で働く。それを図に示せば、次の通りになると思う。

匂宮

薫

八の宮　大君　中の君

浮舟

常陸介　左近少将

匂宮と薫とは友人ではあるが、薫は時に匂宮に対して一種の劣等意識によるひがんだ言葉を吐くことがある。薫は「清げ」と遇されている。しかし現実の社会的位置から言えば、皇女を正妻に迎える人間である。宇治の八の宮の一族にとっては財力においても全く大きな懸隔がある。そのへだたりが大君や中の君を苦しめる。

浮舟も同じ八の宮の子ではあるが、劣り腹の生れであり、ことに東国で育てられたということが顕著な劣等扱いの原因である。作者は浮舟を登場させるときに、物慾による人々の醜悪な動きを描いて、それにすら弾き出される彼女の姿にその運命を予告している。「浮《う》き舟」とは「憂《う》き舟」であり、浮き漂いさすらう小舟として位置づけられた。

作者の視点は、大君、中の君そして浮舟に据えられている。ⓓの物語はこうした「第二の場所」に生れ、育ち、置かれた女性を中心にして生起する事件を通じて、女にとって男とは何であるか、女はいかなるときに死に、いかなるときに生きるものか、また女は男に対してどうあるべきかを問い、その答えを記そうとしたのである。

さてⓓの物語は「その頃」という言葉で始まる三つの部分から成っている。

㊺橋姫　その頃世に数まへられ給はぬ古宮おはしけり。

㊾宿木　その頃藤壺と聞ゆるは故左大臣殿の女御になむおはしける。

㊼手習　その頃横川になにがし僧都とかいひていと尊き人住みけり。

これを順次考えて行くことにしよう。

ⓓの主題を明らかに知るには、結局筋を正確に読み取らなければならず、特にはじめの薫と大君との物語については、やや詳しく原文について物語の進行のあとをたどる必要がある。物語は最初次のような二組の男女によって進行するように構想されている。

薫 ――― 大君
匂宮 ――― 中の君

薫は人生を自分の目で見るようになったとき、すでに人間に対して不安と不信とを抱いていた。この世を苦しみと感じて世を棄て仏道を学ぶことを求めたのだったが、八の宮に学ぼうと通ううちにその二人の娘を知り、姉の大君にひかれはじめた。八の宮は薫に信頼を寄せ後事を托す。大君との結婚に承認を与えたのである。しかし八の宮は、一般論として、娘たちに親の名をはずかしめるな、軽々しく宇治を離れるなとの遺戒を与えた。「宇治を離れるな」とは「第二の場所」を離れるなということであり、宮廷の男をたやすく信じるなという意味になる。この言葉は早く母親を失い、父親さえも亡くした二人の娘に厳しい戒律として記憶される。こうした抑制は、未婚の娘たちの行動を固くしばる。

しかし薫は、大君と言葉をかわし、心を寄せて行く。以後の展開を大まかにいえば薫のかさねての求婚にもかかわらず、大君は応じないで死んだ。この経過を大君の結婚拒否、あるいは大君の男ぎらいとする解説が世に少なくない。

しかし大君が結婚を拒否したというような解釈を与えるならば、それは作者の意図を大きくそれることになる。たしかに大君は薫の求婚に対してたやすく応じていないが、大君は結婚を拒否しておらず、さらには男ぎらいなどではさらさらない。物語の進行は求婚をうけた乙女の不安、はじらい、恐怖、劣等感の苦しみによる動揺を正確、詳細に描写している。これは後にⓓの物語の主題に深くかかわる点である。

大君は言葉を交わすに至った薫に対して「やうやう心静まりて」「けうとくすずろはしくなどはあらねど」(なじみにくさは消え、会って落着かない気持もしなくなったが)と感じる。薫への受け答えのさまは「思ひほれたまへるけはひ」(一つことを思いつめてふっと力を失った様子)であったとある。彼女らには宇治の暮しはわびしく耐えがたく「春が来てほしい」と思う。そして薫の言葉に対して「何と申しあげてよいやら」と言って笑い、「おいらかなる」(素知らぬ)さまにふるまうが、それは脇から見れば目にとまる様子だと書いてある。とはいえ薫が少し直接の言葉を使うと「ものしうなりて」(うとましくなり)返事もしない。けれどもその時、実は大君は「この頃の若い人のように派手なことはなさらないし、安心できる、やさしい心の方のようだ」と感じ、「こうした男の方に逢いたいと思っていた通りのお方だ」と思っていた。薫が事にふれて気色ばみ寄ると、それに対して大君は「知らず顔に」もてなしたという。これらの記述は、大君の薫に対する感情が自然にとけ、徐々に薫になじんで行く姿をとらえている。

　薫は大君を都に迎えたいと思う。そしてある日、薫は二人の娘に気づかれずにその姿をかいま見る。薫の恋心は激しくつのる。薫はしばしば宇治を訪れ、女房も薫の気持を有難がる。薫は泊って静かに会話をしたいとのぞむ。

　しかし、薫の様子につきつめた気持を感じると、大君はそれがわずらわしく「気分がすぐれないので」と部屋にひきこもろうとする。切迫した感情に駆られ、薫は屏風をやおら押し開けて大君の部屋に入りこむ。大君は半ば部屋から脱け出ようとする。薫は「仏のお前で誓言もいたします、どうぞこわがらないで下さいまし。御気持を破ることはいたしませぬ」と言いながら大君に迫り、うす暗い灯影に向って大君の髪のこぼれかかるのを掻き上げ掻き上げ、その顔を見る。かねて思ったように美しい顔である。大君は泣いた。薫は突き進む心をひかえて、大君の応対のゆるむ折もあろうと思いかえし、手荒であったことをわびる。

大君は薫に馴れて近づいた自分を慰めようがないと言う。そして今、父の喪に墨染の着物を着ていることを薫に対して「はしたない」と感じたとある。二人はかりそめに添い臥し、薫は自分の気持を多くの言葉にする。それを聞いた大君は、薫が前からそんな気持だったのに、真面目そうにしておいでだったから、自分に近づくことを許してしまって恥ずかしいと思う。八の宮の仏壇に向けて几帳を立て、自分たちをかくし、薫が語る言葉に大君は「時々さし答《いら》へ」たと書いてある。女房たちは、二人は結ばれたと思って遠ざかった。

何事もなく夜は明けた。二人は並んで暁の空を見た。薫は「ただこのようなことでよいからこれからもお逢いしたい」という。ようやく恐ろしさも静まって、大君は「こんなにじかにではなくてお話しするならば、心の隔ては全くございませんでしょう」と答える。そして周囲の人に気をかねて薫にいう。「せめて今だけでも早くあなたの部屋にお帰り下さい。見苦しくて耐えられません」。薫は部屋を出ようとしない。「今後は、なさる通りにいたします。今朝だけは私の言葉に従って下さいまし」と大君の言葉である。二人は一首ずつ歌を詠じて別れたとある。

いつの世でも親に大切に育てられた娘ほど空想と礼儀との住みなれた世界に生きつ

づける。娘たちは本当は自分が何を望んでいるのか、その形を正確には知らない。自分の本然の望みが実現する状況を明らかに自分で描くことはできない。男の接近はただ小砂利が荒々しく肌にふれて来るかのように感じられる。女になることは過去と断絶することであろう。誰もが経過することだからとみずからを強いて安心させてゆるめるか、あるいは親たちへの信頼によって恐怖を消すことにつとめないかぎり、男の暴力をうけ入れることは過失であり堕落であるかもしれぬと娘たちは恐れ、それを遠ざけたいと思う。だから大君のように母も父もすでになく、古女房にも信頼が置けないと感じている場合、危惧と羞恥が何ものにも優先して、露骨な力を行使するかもしれない男を近づけまいとする。大君の心には、自分たちが「第二の人々」、劣等な人間なのだということを忘れてはいけないと教えた父親の言葉がいつも響いている。だから薫に顔を見られ、薫と別れた後には、独りでいる不安に耐え得ず、彼女は妹の部屋に行って一緒に臥す。その時、こう思ったと書いてある。

「この人(薫)の御様子が並みで、取り立てていうほどもない方ならば、こうした長いおつき合いの結果として心をゆるめてお申し出に応じることもあり得るけれど、自分がとても劣っていると感じるようなご立派な方でいらっしゃるので、かえって私は気がひける。私は独身で一生を終えたい」。彼女は声を立てて泣いて夜を明かした。

未婚の乙女が自己のいたらなさを恐れるのはいつの世にも同じであろう。大君の右の言葉も、そうした乙女の心の表明である。注

それに、一つ指摘して置きたいことがある。

さきに私は本文に従って訳して置いたが「心にくきほどなる灯影《ほかげ》に御髪《おんぐし》のこぼれかかりたるを掻きやりつつ見給へば、人の御けはひ思ふやうに、かをりをかしげなり」という文章がある。今日われわれは女性の顔を日常見馴れている。しかし周知のように、当時の宮廷社会では女はたやすく男に顔を見せるものではなかった。女が男に素顔を見られることは、今日でいえば一糸も身にまとうことなく体を人にさらすような、そうしたことであった。だから、柏木は、女三の宮の前に立ち現われて「私は荒々しい心に負けてしまうかも知れません。どうかかわいそうなと一言でも言葉をおかけ下さい」と言ったあとで、女三の宮をかき抱いて屏風を引き広げ、戸を押し明けて、明けぐれの薄明りの中でせめて一目でも女三の宮の顔を見ようと格子をやおら引き上げている。

こうした男の行動は、女の側からは、暴力をふるわれて男の思うままにされることである。男にとってはそれはつのる激情の果ての行為である。「見る」という言葉は平安時代には「結婚する」という意味を持つ。それは、こうした男の行為をうちに含

んでいる。

大君の気持として、薫が大君の「御髪を掻きあげ」たことは、もはや薫に「見」られたのであり、結婚してしまったのである。だから、その後で彼女は薫と夜明けまで形だけでも添い臥しており、薫が話しかけたとき大君はそれに時々返事をしたとある。娘がその男を嫌い、拒否したいときに、部屋を脱出もせず何でこうしたことがありうるだろう。

大君の結婚拒否とは、男である薫の側からの印象にすぎない。それをそのまま大君の気持ととるのは、乙女の不安、羞恥、恐怖を知らない誤解である。

八の宮の一周忌が終えた後に再び薫が近寄ったとき、大君は、その手をのがれて隣室に這い入るが「さすがに入りも果てたまはぬを」と書いてある。逃げきらずに彼女は中途でとまった。また、後で「私も盛りの過ぎた身である。鏡を見れば痩せて行く。今眼の前に見る女房たちも、身の衰えに気づかず化粧などをして自分は美しいという気でいる。私はまだあれ程ではないと思うのも、自分ひとりの思い込みだろうか」と悩む。

大君が病に沈み重篤といわれたときに、薫が見舞う。薫が手をとらえて、目覚めさせようと「どうしてお声だけでもお聞かせ下さらないのですか」と言った時、大君はこう答えている。「日ごろお訪ね下さいませんでしたから、もはやお目にかかれず死ななくてはなりませんのかしらと「くちをしく」(期待にはずれ心残りで)ございました」。薫は泣いた。直面《ひたおもて》に顔を見合せるわけではないが、薫が這い寄って見とろうとすると、近づく薫の顔に大君は心苦しく恥ずかしいけれど、こうした因縁であったのだろうと思い、薫が安心できる性格であるのを、しみじみ有難いと思う。私が死んだ後の思い出にも、「かたくなで、心の至らない女だった」と思われないようにと、彼女はすげなく薫を押し離そうとはしなかったと書いてある。

ここには省いたがこの類の記述が他にもある。それらを見れば大君の気持は薫に明らかに寄っており、主観的には大君は薫と結婚していたのである。彼女が本当に拒否し、許し得ず、それがために病気になって死んだのは別のことである。別のこととは匂宮の行動であり、薫の行動の一部である。

大君は、自分の代りに中の君と薫とを結婚させようと考えたことがあった。それで薫と逢うことをひかえ、中の君と逢わせる。しかし薫は大君を忘れることができなかった。そこで薫は中の君と匂宮とを結婚させてしまえば、大君は自分に傾くだろうと考え、匂宮を手引して中の君と結ばせてしまう。薫は中の君の結婚三日の夜の祝儀の用意を都から盛大に送り、匂宮も押して宇治に通う。中の君は匂宮と会ったことを喜び、匂宮は中の君を都へ迎えようとする。しかし皇子である匂宮はほしいままに宇治を訪れることはできない。宇治の娘たちにはそれは匂宮の心の途絶えと受け取られた。匂宮は初冬に紅葉狩を企てて宇治に行く。しかし、随伴する従者は儀式ばって極めて多く、匂宮は宇治の邸に立寄り得ずに素通りした。匂宮もそれを苦々しく思ったのだが、二人の姫君は、自分たちの社会的位置を知らされ、この人々に交わっていくことは、つとめるかいのないことだと悲しむ。

これは中の君だけの問題ではなく、妹を保護したいと思って来た大君の問題でもあった。大君は思う。「やはり噂に聞くように移りやすい月草の心をお持ちの方だった。男とは嘘をよく言うものだという。思ってもいない人を思い顔に言う言葉が多いと、女房たちの昔物語にもいわれている。そんな人々の中にはそうした「けしからぬ」心あるものもまじるだろうが、立派な筋の方々は言葉の手前もあり、きちんとした行動をなさるものと思ったけれど、そうでもなかったのだ。亡き父も、匂宮が「あだめきたまへるやうに」(不実のようだと)伝え聞いてこれほど深い関係になろうとは考えておいでになかった。それなのに中納言(薫)は匂宮を心の深い方といわれた。こんな見劣りする心の方をどうお考えなのだろう。人の物わらいになって生きて行くことは苦しい」。大君は思い乱れる。

匂宮の行動はいよいよきびしい制限をうけ、夕霧の六の君との結婚が決定される。匂宮の執心を知った明石の中宮は「それほど気に入った人がいるなら、ここに連れて来て、召人《めしうど》として手許におけば、わるい噂のもとになる忍び歩きをしないでいいのに」と言ったと書いてある。ここにも宇治の姫君たちの社会的位置が冷たく記されている。

大君は病に伏す。そこに夕霧の六の君と匂宮との縁談の進行の噂が聞えてくる。「やはり言葉だけの人だった」と思う大君は、もはや世に生きている力を失う。親のいさめが繰返し思い出され、大君は死への道をたどる。

八の宮は大君と薫との結婚は認めていた。大君は気持の上ですでに薫と結婚していた。また妹中の君と匂宮との結婚を、よかったと大君は思っていた。だから匂宮の来訪の途絶え、六の君との正式の結婚の進行は単に中の君に対してだけではなく、結婚した、男に許し、男に寄り添う心を持つ女一般に対する背反と受け取られた。やはり男は信じがたい存在なのだと確信せざるを得なかったとき、絶望によって大君は死んだ。

「女は男の二心に耐えて生きていることはできない」と作者はここで言っている。それが薫と匂宮と大君の物語の意味である。

二番目の「その頃」で始まる㊾宿木の巻の終り近くに浮舟は始めて登場する。大君の亡きあと、薫は大君の面影を求めて中の君にしきりに近づいては彼女を悩ました。それを避けようとした中の君は最近東国から上京した妹の浮舟が大君によく似ていると薫に話す。こうして浮舟は姿を現わすが、その登場の仕方は何処かぎごちない。多くの言い訳をつけてはじめて浮舟は筋書の中に入れられる。それは何故なのかについていくつかの指摘がある。注 現在の物語で浮舟が果している役割を、はじめは中の君がになう予定であったのではないか。それで全体が薫――大君、匂宮――中の君のように構想されていたのだが、主題を具体化して行く上でそれでは不都合だと作者は感じた。その結果、予定の変更が行われて浮舟が登場したのだろうという見解は、もっともな推定であるように思われる。

ともあれ浮舟も八の宮の子供の一人である。しかし彼女は大君、中の君と異なる条件を負っていた。彼女の母、中将の君は低い階層の出身である。また浮舟は東国で育った。それは当時の宮廷社会では決定的に劣等の刻印を押されることである。それだけでなく、彼女は浮舟の名の示すように居どころのさだまらない運を始めから負わされている。㊿東屋の巻で浮舟のことが語られ始めるとき、それは彼女の結婚が破談になる話である。左近少将は彼女に結婚の申し入れをしながら、彼女が常陸介の実子でないと分ったとき、資産目当ての左近少将は浮舟を断って妹に乗りかえる。それは東国を象徴する物慾の行為である。と同時に、浮舟がこれからいかに不安な人生を送るかを象徴する出来事でもある。浮舟は劣りの位置に置かれた女性が安住するところなく世を漂う一つの実例なのである。

浮舟の処置に困って別の仕合せの道を求めた母親は中の君に頼るが、そこでも浮舟は匂宮の残酷な仕打ちに会う。匂宮が浮舟を押えた事件である。母は彼女を三条の小家にかくまう。聞きつけた薫がそこに現われ、彼女を東国の田舎者としては、見劣りもしないと思いながら一夜をすごし、すぐ宇治の家に連れて去る。それは彼女が大君によく似ていたからで、彼女はその人形《ひとがた》にすぎなかった。だから宇治に浮舟を「おとし置く」だけで、薫は特に通いつめることもしなかったし、浮舟に女として生きるよろこびを与えたりはしなかった。ただ母親や、従う女房たちは薫の社会的な位置の高さに気を奪われ、その人に「すゑ」られることを幸運だと考えるばかりである。

薫は物の手当については周到な男であるが、女に働きかけて行くことにはゆるい人間なのだった。匂宮はそこに突如として訪れる。真夜中の闇の中で「別の人だ」と気づいた時の浮舟については、私は「清ら」「清げ」のところでやや詳しく記した。再び匂宮は雪を冒して訪れ、対岸の小家に浮舟を抱いて連れ出した。薫の印象のしみついた邸を離れて未知の家にいざない、浮舟の心に抑制のない二人の時を作ったのである。匂宮はみずからも身軽なよそおいをして、浮舟には下着だけをつけさせたりする。「不体裁なまでにたわむれた」と書いてある。激しく一途に寄る匂宮に浮舟は自分の中の未知の女に気づく。匂宮に抱かれて川を渡り、その小家ですごした二日間は浮舟にとって一生忘れ得ない刻々であったはずである。

しかしその浮舟を側に置いたときに匂宮の心をよぎったことが書いてある。「この女を姉の女一の宮の邸に奉ったなら、大切な女房になさるだろう。そこには立派な女房が多くいるが、これほどの女は少ないだろう」。薫と大君の間柄においても描かれていたが、階層の上の男が下の女をどう見て、どう扱うかがここにつれなく書いてある。

やがて、匂宮も薫も浮舟を都に迎えようとする。匂宮とのかかわりが薫に洩れる。事態は急迫し、薫は問責の手紙を浮舟に送り、邸の警護を固くする。女房は薫か匂宮かのどちらかに決めよと進言する。匂宮は折角訪れても邸に立ち入れずに帰京する。

このような浮舟の物語の㊿東屋、51浮舟、52蜻蛉《かげろふ》の三巻にわたる原文の展開は寸分のすきもない緊密な叙述である。入り組んだ状況が次々に生起する事件とともに鮮かに書き分けられ、行動の進展にともなう人々の心理の精緻的確な叙述の進みは『源氏物語』の中の白眉である。到底つたない要約によって話をすすめることを許さない。原文を読むものは誰しも浮舟と同じように心も身も奪われ、傾き、揺れ、動き、恐れ、悩み、苦しみ、宇治川への入水へと追いつめられるだろう。

浮舟は邸から消えた。仕方なく遺骸のない葬儀が行われた。薫も匂宮もはげしく悲しむ。薫は行き届いた手当をして物を贈る。しかし間もなく彼ら二人は、女一の宮や女房たちに気持を移し、その人たちを相手に慰みはじめる。階層が上の男たちは、いかに浅くしか女を遇しないかを作者はここでも描いている。

これで(52)蜻蛉《かげろふ》の巻は終る。この巻の終りに、薫の歌が一首点出されている。

ありと見て手にはとられず見ればまた行方も知らず消えしかげろふ
あるかなきかの。

と薫は独り言を言ったという。「そこにあると見てもたしかに手には取れず、手に入れたかと見るとまた行方も知れずに消えてしまったかげろうよ。あるか無いかも分からないような」という意味である。

薫は幼少のときから、自分の出生に関して疑念を抱いていた。成年に達してそれは確かな事実であったことが判明した。実の父親の手紙も手に入れた。それは男が女に働きかけることの恐ろしさを深く薫の心に刻み込んだ。薫は心注ぐ相手に対するほど、いよいよひるむ男になった。大君に対して、いますこし迫って行けば、実は大君は薫に心を許していたものを、本当の拒否と乙女心のはじらいとを薫は見分けることができなかった。大君の死後、中の君も浮舟も大君に似ていることで薫の心をひいた。薫は浮舟を宇治に連れて行った。浮舟にとっては薫は初めての男であった。しかし「色なる」匂宮に領じられて薫の影はうすれ、浮舟は遂に身を何処ともなく消した。

薫自身の気持の上で、この世は「かげろふ」のようにきらきらと光りはするけれどもひらひらとはかなく、捉え得たかと思えば、あるかなきかに失われてしまうものであったろう。しかし浮舟にとってもこの世はさすらいの場であっただろう。この光かすかな「第二の場所」に生きている「第二の人々」には、大君にとっても、浮舟にとっても、またさらに薫にとっても、この世には確かなもの、煌々と輝くものは何一つない。その感想が、この歌によってよく現わされている。

こうして見ると、ここでⓓの物語は終結を迎えているかのように見える。しかし実はここで終ったと受け取るのでは作者のいうところを本当に汲んではいない。作者は三度「その頃」で始まる文章を書きつぐ。㊸手習㊹夢の浮橋がそれである。

㊸手習の巻は、浮舟の発見から始まる。

宇治院の森の木の下でうずくまる形で見出された浮舟は尼君たちの手厚い介抱によ

って蘇生する。しかし意識は不明で、わずかに「不用の人間です。人に知らせず、夜、この川に落し入れて下さい」と言った他は言葉を口にしない。小野の里に連れて行かれ横川の僧都の加持により物の怪が落ちて正気づく。顧みると「邸からさまよい出たとき激しい風の中で立派な男が自分のところへ来なさいと抱く心地がした。それは匂宮であったように思われた。しかしその男も自分を置きざりにしたと見えた。それでついに私は投身の本意もとげ得なかった」とまでは意識にあるように思われる。

ここで始めて浮舟自身によって失踪の状況が語られたのである。匂宮との初めての夜の、また対岸の小家に抱かれて行った日々の匂宮のあしらいは浮舟の心に刻みこまれ、その記憶は後々まで決して消え失せるものではなかった。それがこの記憶の糸のたどりからも知られる。浮舟は「尼にして下さい」と願う。僧都は五戒だけを授けた。在家の仏弟子として認めたのである。浮舟は「自分が生きていることを誰にも知られたくない、聞きつけられでもすればつらい」と泣く。ただ母親や乳母はどうしたろう、私が生きているとは知るはずもないが、と思う。

そうした思いにとじこもる浮舟を尼君の婿であった中将が見かけて心ひかれ、求婚する。尼たちもそれをよいことだと思う。もとより浮舟にはそれに応答する気持さえない。

こうした経過をたどった後で、浮舟は次のように自分自身を考えている。

昔からのことを眠れぬままに思いつづけると、どうにもならぬ自分の生いたちが本当につらく苦しい。「私は父と申し上げる人のお顔も知らない。遠い東国を転々として年月を送り、たまたま訪ねて来て嬉しい頼もしいと思った姉のところも、意外なことで行き来が絶え、世話をして下さった方(薫)の縁でようやくわが身のつらさも安らぎそうになった間際に、あさましくも「もてそこなひたる」(しそこないをした)わが身を考えて行くと、匂宮をすこしでも「あはれと思ひきこえけむ」(好いお方だと思った)わが心が「けしからぬ」。この匂宮の御縁で、このようにさすらう身となったのだと思うと、〔匂宮が〕言葉だけで変らない心を契って下さったことをどうして嬉しい、楽しいなどと私は思ったのか」。

浮舟はつづいて考える。

〔薫は〕はじめから心の薄いお方だと思われたけれど、実は心長い方でおられた。あれこれと思い返せばあの方は格別な方でおいでだったのだ。私がこんな形でここにいると〔薫に〕聞きつけられたら誰に聞かれるより私は恥かしい。しかしこの世で〔薫の〕御様子をよそながらでもいつかは見たいと、ふと思う。やはりいけない心だ。こんなことは思ってはならない、など胸一つに繰返してそれを思う。

「けしからぬ」の一句を含むこの文章は浮舟の心を知る上で——そしてそう言わせている作者の気持を考える上で——極めて重要な一文である。

これまでに見て来た、浮舟をめぐる薫、匂宮およびその周囲の人々の動きによって、作者は「清ら」で「ゆゑある」層の人々が、「第二の人々」をいかに見下げて扱うかを描いている。また「第三の人々」が、いかに粗雑でかつ貪欲であるかも描いている。そうした社会的な状況においてⓓの物語で中心的役割を演じる女性は、みな「第二の人々」であった。その中で浮舟は一段低く位置している。教育も少なく、親ゆずりの財産も少なく、さすらい人である浮舟が、ⓓの物語の後半では主役である。その果した役は一体何であったのか。作者は彼女にどんな役目を負わせたのか。それを右の浮舟の思いとの関連において考えてみよう。

作者は浮舟を匂宮に会わせることによって、女の魂を奪う男、女に女を目覚めさせる男がいることを詳しく記述した。それはⓓの物語の後半の大きな部分を占めている。人々はそれを重く見る。それは重いどころではない。そうした男こそ女を女たらしめるということを作者は精細に描いている。その男に会った結果として、魂を領ぜられた浮舟は宇治川に身を投じかつそれに失敗した。しかしそのところまでだけを読んだのではⓐⓑⓒに対立するⓓの物語、『源氏物語』の総収としてのⓓを読んだことにはならない。ⓓで作者は次のことを記している。

先に指摘したくだりで、浮舟があれほど引かれ、はじめて女の命を輝きと思った匂宮との出会いを回想してそれを「「いとけしからぬ」(全くあってはならぬ)と思う」と、言い切っている。そのことについて考えなければならない。㊾手習の巻で浮舟にそう言わせている作者は何を考えているのかということである。

さきにⓓの前半における進展の帰結である大君の死について、作者は「女は男が二心を持てば死ぬ」ということを言った。それが女として生きることの最も根源的な条件であることを、作者は大君の死によって一つの命題として提出した。これがⓓの物語の前半の主題であった。

そのように、女は男が二心を持つことによって死ぬものであるならば、それならば女自身が二心を持った場合はどうなのかと、作者は後半において問うているのである。それは女にとって極めて苛酷な事態である。女が二心を持つとは、女が女として生れたことを歓びであると、二人目の男によってあらたに気づかされることだからである。

繰返して記すが、浮舟は自己を顧みている。激しい風の中をさまよい出たとき、誰か立派な男が私を抱いて、こっちへ来なさいと言った。それは匂宮であるような気がする。(女を生かすことを知らない薫ではなくて)匂宮こそ自分に、女と生れたことが輝かしいと教えてくれた人であった。にもかかわらず今や浮舟はその匂宮を好いと思ったわが「心ぞ、いとけしからぬ」と思う。あれは、あってはならないことなのだ。

自分は死ななくてはならないのだと言っている。

浮舟は薫と匂宮とのはざまに追い込まれて行ったのだった。親に先立つ罪をお許し下さい。匂宮が初めての夜の翌朝、自分に描いてくれた絵を取り出して見ればその時の匂宮の手つき、顔色が眼の前に浮かぶ。一言だけでも、もう一度言葉をおかけしたい。しかし心のどかに遠い将来に一緒になろうと仰言っているお方(薫)も、何とお思いになるだろうと、私はつらい。世間では私が死んだ後には、いやなことを言いふらす人もあるだろう。それが一番恥かしいが、生きていて、この女は二人の男に会った、心浅い、あってはならぬことをした女だと物笑いになるのを(薫に)聞かれるよりは、と浮舟は思う。母親も恋しい、姉弟《はらから》にも一度逢いたい。

夜となると、人に気づかれずに邸を脱け出る手順を思案して、浮舟は眠れないまま、気分が悪かった。

このように浮舟は追い込まれて行った。しかも死ぬことに失敗した。その後がこう描かれている。

思いがけずあさましい事もあったわが身であるから、われながらうとましい。すべてが朽木のようになって人から見棄てられて終りたいと、浮舟は自分で考えおのれの身をもてなしている。それ故、この月ごろ、いつも心が結ぼほれて、物思いに沈んでいた。(手習)

彼女が思いに沈んで、つきつめて行ったことは、男とは一体何なのか。男に対して女はどう身を処すべきなのかという問いであったはずである。浮舟はいよいよ本式の尼になろうとする。在家でなく出家の仏弟子である。

「この世に生きているべきでないと思い立ちました身が、あやしく今まで生きておりますことを、思いのままにならずつらいと存じますけれども、何かにつけて〔僧都が〕心づかいをして下さいますことを有難く存じますが、やはり私は、この世の生活になじみませぬ」

浮舟は僧都にこう言って剃髪を懇願した。この言葉の背後には、二人の男に会うことによって二心を持つに至った女もまたこの世で生きることはできないという判断がある。それは先に掲げた浮舟のわが「心ぞいとけしからぬ」という言葉に応じている。機を得て浮舟は出家した。出家するとは、この世を捨てることであり、この世における関係を絶つことである。それは生きながら死ぬことである。

みずからの力でこの世の煩悩を脱することのできない衆生を仏がすくいあげて下さるという。出家とはその大慈大悲の救済にすがることである。浮舟は死ぬこともできなかった。このあやまちの身をなお魅してやまない何かからのがれるには、自分はもはや何ともする力がない。今は浮舟は光のない人間を超える大きな力によって安らぎを得ようとした。剃髪を得て彼女は明るくなり、会話をするようになる。法華経や法文を読むとともに碁を打ち、戯れるようになったと書いてある。

浮舟の生存を耳にした薫は浮舟を出家させた横川の僧都をみずから訪れ、丁重にしかし厳しく事情を問いつめる。横川の僧都は薫の執着を知り、浮舟に向って、一日だけでも出家をしたことはそれだけでも功徳になることであるからと再び薫にあうことをすすめる意向の手紙を送った。しかし浮舟はそれに耳を借さなかった。

とはいえ、なお母親の様子はどうかとききたい、よそながらでも薫のお姿を見たい、とほろほろ涙が頬をつたう。にもかかわらず浮舟は、薫の使者として尋ねて来た弟の小君を、人違いでしょうと逢わずに帰らせる。「もはや自分はあのお方に逢うことはできない人間である」。

そうした浮舟の心に対して『源氏物語』の最後の文章には、空しく帰って来た小君の話を聞いて、薫は、ただ、自分が以前に浮舟を宇治に棄てて置いたと同じように誰かが浮舟をかこっているのだなと推測したと書いてある。

「致富譚」に始まり、軽妙活潑な「失敗に終る挿話」を加え、ついで栄華の極限にある人間関係の崩壊の姿を描いて来た作者は、ⓓにおいてこの本当の人間の世界の男と女との間柄を、齟齬《そご》の相においてとらえている。薫は大君の気持を理解できなかった。夕霧の六の君との結婚を強制された匂宮を心の背反として大君は死んだ。浮舟について薫は最後に至ってなお全く外《そ》れた推測を下した。と同時に浮舟もまた薫や匂宮の「第二の女」に対する扱いの実際を知っていない。作者は、ⓓに登場する人物を通して、男と女との間には本質的に齟齬だけがあると言っている。その齟齬の世界の相として、女は男の二心によって死ぬ、女自身が二心を持った場合も死ぬ以外にないという。しかもみずから死ぬ願いもついに遂げ得なかった女が仏の慈悲という大きな力に帰依して救いを求めるさまを描いて、この『源氏物語』を閉じた。

私は『紫式部日記』を思いかえす。

五位の階層に生れて育ち、学問が好きで、よく出来る娘であった作者。四人目の妻として結婚した作者。その夫は彼女を心つくして愛しはしなかったのではないか。それを知りながら作者は夫を慕う心のある自分に気づいていたのではないか。夫を亡くし、出仕して二人目の男に会った作者。藤原道長は彼女に女であることが輝きであると、目を開かせたのではなかったか。しかもその男は突如として彼女を打ち棄てて行った。そのことによって紫式部は、女にとって男とは何か、女と男はどのようなかかわりを持つものであるかを考えつめるように追い込まれたはずである。女は男の何によって生き、何によって苦しみ、何によって死ぬのか。それらが彼女の内奥の課題となっただろう。

『紫式部日記』の記述による限り、激烈なもだえの後に彼女は「私が私であるのは学問ができるということだ」と、わずかにそこに生きる拠り所を求めている。出家についてはその近くにまで寄りながら、日記の最後の部分でも仏法に身をまかせられる自分だとはしていない。彼女は道長が去った後の孤独の中で、

心すごうもてなす身ぞとだに思ひ侍らじ。

と、みずからをからくも支えた。

しかし『源氏物語』の末尾においては浮舟をこう描いた。

すべて朽木などのやうにて、人に見棄てられてやみなむともてなし給ふ。（手習）

この二つの文章はまさに一対の表現である。先には「心すごうもてなす身ぞとだに思ひ侍らじ」と言った作者が、物語では「人に見棄てられてやみなむ（終ろう）ともてなし給ふ」と書いている。「心すごう」を私は「見棄てられ」と訳すべきだと述べた。つまり一方では「見棄てられた人間だとみずからもてなしなどするものか」といい、一方では「見棄てられて終りたいとみずからをもてなしている」と書いてある。ここに『紫式部日記』と「ⓓの物語」との鮮明な相違がある。紫式部は日記の段階では自己の力によって自らをささえて出家の一歩手前でとどまっている。しかしこの光のない物語の終局では、浮舟は自分の中の女を呼ぶ自分の声を聞きながら、それを「あっ

てはならぬ」と断定して、すべて自分は朽木のようなものだともてなし、人間を超える大きな力にすくい取られることを望んでいる。

果して紫式部自身は、観念の世界、物語の世界だけで出家を果したのだろうか。それとも愛執の念を離れるには実際の出家による他は本当に道はないと考えるに至ったのであろうか。

物語や小説はどう読まなくてはいけないということはない。読み手が好きに読んで楽しめばそれでよいものだと思う。読み手は原文の読みから想いをはばたかせて自由に心を飛翔させる。作品をめぐってあれこれの思いを楽しむ。それこそ文芸作品を読む最も基本的な悦楽である。私は日本の古典を学ぶものの一人として私の「源氏物語遊弋」のあとをここに記した。

注

ページ

七　婚姻の制度については、主として、高群逸枝『招婿婚の研究』(大日本雄弁会講談社刊、一九五三年)による。ただし高群氏は、貴族の家における正妻(北の方)の位置をそれほど重視しないような記述をしている。それは平安朝の事実と合わないように思われるので、その点は従わなかった。

云六　吉岡曠「源氏物語における『けり』の用法一・二」(『学習院大学文学部研究年報』23・24、一九七六・七七年)による。

三六　吉岡曠前掲論文。

三九　萩原広道『源氏物語評釈』(一八六一年刊)の総論に「此の物語に種々の法則ある事」の項があり、登場人物、あるいは類似の事件に、対照の妙のあることを多くの例をあげて指摘している。

四五　和辻哲郎「源氏物語について」(『思想』一九二二年一一月号。『日本精神史研究』所収)。

四八　青柳(阿部)秋生「源氏物語執筆の順序」(『国語と国文学』一九三九年八月号・九月号)。

五一　武田宗俊『源氏物語の研究』(岩波書店刊、一九五四年)所収。この書物は一九八三年に第二版が出版されて一般の手に入りやすくなった。第二版には吉岡曠氏の解説が付せられ、武田氏の研究発表の後の学界の否定的反応についても記述されている。

一五六 長谷川(常磐井)和子『源氏物語の研究』(東宝書房刊、一九五七年)。

一六二 この吉岡氏の解釈は武田宗俊『源氏物語の研究』第二版の解説の中に詳述されている。

一七六 『源氏物語奥入』の原本には、この漢詩の傍訓は少ししかついていないので、ここに補って読者の便に供した。

一八五 この難題婿の部分を含む『竹取物語』については、最近中国のチベットに伝わる長編説話『金玉鳳凰』の中の「斑竹姑娘」の話との類似が指摘され、種々興味ある事実が明らかになって来た。

九七 拙著『日本語をさかのぼる』(岩波新書、一九七四年刊)八二ページ以下。

一三九 秋山虔氏は「源氏物語――その主題性はいかに発展しているか――」(『日本文学講座Ⅱ古代の文学　後期』河出書房刊、一九五〇年)においてはやく武田宗俊氏の見解を取り入れて考察を行っておいでである。また『源氏物語』(岩波新書、一九六八年刊)において、極めて慎重周到な考慮のもとに、武田宗俊氏の見解に賛意を表しておられるように見受けられる。

国史学者山中裕氏は「源氏物語の成立順序についての一考察」(『国語と国文学』一九五五年一月号)において⒜系⒝系の年中行事、一般行事を吟味し、両者の間に明確な相違のあることを指摘して、⒝系が⒜系に後で挿入されたものであろうと説いて、武田宗俊氏の見解を支持された。

吉岡曠氏は『源氏物語論』(笠間書院刊、一九七二年)において、武田氏の見解に賛意を表し、その上に立って『源氏物語』の内容の分析を行っている。

武田氏の見解を積極的に発展深化させようとする意見の公式に発表されたものは右の外にほとんどない。

一四六　助詞「は」の意味については拙著『日本語の文法を考える』(岩波新書、一九七八年)に書いた。

二七七　「水鳥は無心らしく浮いているが実は苦しいのだ」という意味の本歌があるはずと思い、学習院大学大学院学生伊東祐子さんに調べてもらった。伊東さんは『源氏物語』の引歌について研究している学生であるから、すぐこの『曾丹集』の歌を見出して他にも類想の歌が多くあることを示してくれた。

二八九　南波浩「紫式部日記の変貌」(『源氏物語と女流日記　研究と資料』武蔵野書院刊、一九七六年)に、こうした見方に似た見解があることを木村正中教授が教えて下さった。

三二二　学習院大学大学院学生風間ゆみ子さんは『源氏物語』の形容動詞の使用がⓓの部分に極めて多く、かつそこで新たに加わった「……ゲ」型の単語が多いことを一九八四年度の修士論文で指摘している。

三三五　このところ本文は「神よゝり世にあることをしるしをきけるなゝり日本記なとはたゝかたそはそかしこれらにこそみち〳〵しくくはしき事はあらめとてわらひ給ふ」(大島本)とある。『源氏物語大成』を見ても異文は「しるしをきけるなゝり」の傍点の部分について、

「なり」とする一本、あるいは「な也」とする一本があるだけである。しかし、ここは、「なゝり」の「り」は「る」の誤写であると思う。「り」と「る」の誤写は古写本の字形では往々見られるものである。このところ「ななり」で切れては文意をなさない。「ななる」と連体形と見てはじめて文意が明らかにとれる。

三四二　宮田恵子さんの「源氏物語に於ける「清し・清ら・清げ」」(『学習院大学国語国文学会誌』第二号、一九五八年)に「清ら」と「清げ」の区別についての考察がある。

三六九　このところの大君の心の動きを理解するにはボーヴォワール『第二の性』(第一巻)の記述が役に立つ。その二つの記述に極めて多くの対応を見出すことができよう。

三七四　浮舟の役はおそらく最初の計画では中の君がになうはずであったのだろうが、皇統の姫君が宇治川に身を投ずることは激しすぎる行為であり、薫が中の君をそのように追込むことは、薫の性格にも反するところから、ここに浮舟を登場させ、低い身分であることを示すために東国育ち、東国に縁の深い話を展開したものと見るべきであろう。その考えは森岡常夫『源氏物語の研究』(弘文堂刊、一九四八年)、藤村潔『源氏物語の構造』『源氏物語の構造第二』(桜楓社刊、一九六六、一九七一年)などに見えている。このように後半部の主役が変更された結果、中の君の役割は現在の形では中つぎのようになっている。

あとがき

日本とは何なのだろうという素朴な疑問に自分の答えを求めて、日本の古典を読むことを始めたのは旧制高等学校に入った年のことである。『万葉集』『古事記』『日本書紀』などを読み、万葉仮名の研究に手を染めて、やがて日本語の系統の研究へとそれは展開して行った。朝鮮語・アイヌ語への関心の深まった時期もあった。そして今は日本語とインドのタミル語との比較に私は心を注いでいる。語彙や文法においてこれほど深い関係のある言語に、はじめて出会ったと私は思っている。この研究は今後永くつづくことと思う。

日本を知りたい、言葉を通して日本を知りたいという私の願いは、平安朝の物語を読むといういま一つの道を通った。私はもともと小説を読むことが好きであったから、この道は、勉強であるとともに楽しみであった。一度、文学作品を作品として味読して、いわゆる語学ではなくて、文学としてそれを扱う機会が得られたらと私はひそかに思っていた。それで、『源氏物語』について書かないかと鈴木稔氏にさそわれたとき、素人であるということも忘れて、これをお引き受けしてしまった。

しかし考えてみると、すでに八〇〇年にわたって『源氏物語』研究は連綿と続けられて来ており、おびただしい研究の蓄積があるのみならず、現に毎年一〇〇篇以上の研究論文が公にされているという。古書肆の目録には、二五〇冊の『源氏』研究の書名がつらねられている。私はそれらに関する知識はほとんどない。ただ原作を原文で読みかえして来たにすぎない。私の受け取っていること、考えていることが、すでに周知の常識であるのか、それとも異端の見解であるのかも実は分らないのである。

ところが学習院大学には木村正中教授、吉岡曠教授という平安朝文学、『源氏物語』の専門家が二人もおいでで、いつも研究室での何となない談話の中で私はいろいろとお教えを頂いている。このお二人が今回私の原稿あるいは校正刷の大部分に目を通して下さった。その結果、数々の誤謬が訂正され、また有り難い示唆を頂いた。大臣家の収入に関する部分は、平安朝の国史学の専門家である宮内庁書陵部の橋本義彦氏に御校閲頂いて修正した。紫式部については数々の先行の研究の中で、ことに萩谷朴氏の『紫式部日記全注釈』(角川書店刊)に負うところが極めて大きかった。こうした方々のお蔭を蒙らずには本書はあり得なかったと思う。(しかし、見出されるであろう誤りについては、もとよりすべて私のものである。)

私は数多くの研究論文、研究書には前述のようにとても目が届ききれないので、同趣の見解が既に公にされていてもそれに言及していない場合があるかもしれない。その場合に、またさまざまの誤りについて、何卒御教示を賜わりたいと思う。

なお、『源氏物語』の巻名のルビは旧仮名遣で書いた。その他のルビは編集部の判断でつけてくれたものである。

終りに、岩波書店編集部の鈴木稔氏、校正部の土方邦子さんに実にお世話になったことを記して置きたい。

昭和五十九年四月

大野　晋

同時代ライブラリー版のために

この本の初版が刊行されてから十年あまりがたった。近頃私が『源氏物語』について思っているところを書きとめておきたい。

いうまでもないことだが『源氏物語』は大河小説である。光源氏の出生から始まって、光源氏が栄華を極め、やがて死ぬまでを扱うだけでなく、光源氏の次の世代の若者たちにわたる男女恋愛の相を描きつづけている。

しかし、単に主人公の生から死までを描いただけで終るなら、それは大河小説ではないだろう。大河小説とは、主人公の一生、あるいは二世代、三世代にわたる人々の生活を描く中に、人生とは、社会とは、あるいは女にとって男性とは、男にとって女性とは何なのか、そうした課題についての作者の見方、考え方が一本貫いていなくてはならない。作者の完結した見方によって主人公の一生が書かれることもある。しかし作品は長年にわたって書きつがれるのだから、作者が生きていく途中で新たな視点を取りこんだり、主題が深化されて行ったりすることもある。

この物語についていえば、「いづれの御時にか、女御、更衣あまたさぶらひ給ひける中に……」と書き始めたとき、五十四帖の末に至って、浮舟が入水に追いつめられ、そして出家という事態に至るまでを、作者は心の中に描き上げていたわけではなかった。作者が生きていく間に生じて来た出来事によって作者の、人間や、恋愛を見る目が広くなり深くなり、男と女を見る目が鋭くなって、物語はⓐⓑⓒⓓの区分を持つ構造体として仕上げられた。

三十歳そこそこで寡婦として生きることになってしまった作者は、心のなぐさめとして、物語を書き始めた。主人公としてあらゆる意味で比類なく卓越した、光に満ちた男性を設定して、占いのいう通り結局は幸福の頂点に至る筋を作り上げた。これがⓐである。

その物語の成功が作者の運命を思いがけない方向へ導こうとは、全く作者の知ることではなかっただろう。作品の好評を聞いた藤原道長という最高の権力者が娘の中宮彰子の家庭教師として作者を雇いたいと考えた。――そうした道長側の「女房」として出仕すれば、予測される行く手は、父親や弟の就職の便が得られること、女として作者自身が道長のものとなること、それが当時の社会の常識であった。儒学の書物を厖大といえるほどに読んでいた作者は、当然、「二夫に見《まみ》えず」という儒教倫理で育っていた。だからその出仕についての作者のたじろぎは日記その他に明らかである。しかし作者は結局「女房」という生活に入っていった。そこで目の前に見た宮廷の男性の動きを揶揄的に、男の読者を予想して描いたのがⓑである。予測通り父弟は官職を得た。そして中宮彰子が出産のために道長の邸にさがるのに付き従った作者の部屋の戸を深夜、道長はたたいた。

こうした展開のもとに成った『源氏物語』を的確に理解するためには二つの条件を素通りしてはならない。

一つは武田宗俊氏の唱えた「紫の上系」と「玉かづら系」の二つ――つまりⓐ系とⓑ系――の区別を確認し重視すること。これを抜きにしては『源氏物語』の前半を正確に読むことは到底できない。(不思議なことに現在の源氏学界では依然としてこれをタブーとして手を触れたがらない。それは大学教授という肩書きに安住して、いわゆる源氏学者たちが原文をきちんと読まないか、あるいは読めないか、そして考えないからであると思う。)

二つは『紫式部日記』の構造を理解すること。道長の邸での半年間ほどのことを書いたこの日記の前半の時期と後半の時期とに、作者の感情生活が鮮明に、明と暗とに区分されている。前半は道長に対する信頼・好意・幸福感に満ちており、後半は不快・憂鬱・恐怖・嫌悪が連続している。その顕著な対照が何によってもたらされたかを考え、それと『源氏物語』「若菜」以後の巻々ⓒとの関係を読み取ること。『日記』の後半で作者が「心すごうもてなす身ぞとだに思ひ侍らじ」(自分は、見棄てられた二流の人間だなどと自分で扱ってはならない)と叫んでいることはよく記憶しておくべきことである。これはⓓの最後の人物、浮舟との対比において重要である。

このような「作者の生活と作品との結びつけ」によって作品を解釈することは、今日の文学研究では一般に行ってはならないこととされているらしい。たしかに作者の瑣末な日常生活の事象をとらえて、作品と引きくらべるような文学研究は無意味であると私も思う。しかし、男と女の交渉、恋愛の関係については、作者がどのような経歴を持つか、どのような生活をしていたか、可能な限りは深く注意を払うことが作品理解の上で重要と思う。

激しい恋愛を経験していない人でも、激しい恋愛を描いた作品の読者としてそれを自分なりに理解できる。しかし、激しい恋愛を経験しない人が、激しい恋愛の種々相を的確に文章化し作品化することは決してできない。つまり、作品を読んで、その内容をそれなりに理解することと、みずから作者として作品化して事態を精確に書くこととは別である。

このことを次の点について考えてみよう。ⓐ系の巻に出てくる藤壺、朧月夜の二人は、夫を持ちながら光源氏とひそかに逢って、一人は子供を産み、一人は露見して事件をひきおこした。しかし作者はこの二人の女性の、立ち入った心理描写や二人の男に接する女性としての喜びと苦悩を何一つ具体的に書いていない。作者はその二人の女性について筆を節約したのではなく、そうした位置に立った女性を描くことが不可能だったのだと私は考える。作者は三角関係の一角に立ったことがなかったのである。

しかしⓒでは――ここには光源氏以下柏木、夕霧という男性三人と、紫の上、女三の宮、女二の宮、雲居雁という女性四人が登場して、順次に五つの三角関係が成立する。作者はそれぞれ異なる条件のもとでの、異なる三角関係を区別して的確に描き分けた。つまり彼女は三角関係において生起する種々の相をこまかく見分け、考え分け、それを作品化するだけの分別を「若菜」以降ⓒを書く段階では獲得していた。いいかえれば、ⓐを書いたときの作者とⓒを書くに至った作者との間には大きな相違が生じている。ⓐとⓒの執筆の中間に何らかの作者の「体験」が存在したと見るべきだと思う。その体験から作者は多くを得た。その事情が『紫式部日記』から読みとれることについては本書の中ですでに縷々述べたのでここでは繰り返さない。ともかくも研究者ならば『紫式部日記』を重く見るべきこと、その前半と後半との感情生活の差違を深く考えるべきである。

宇治十帖といわれる巻々はⓓと名づけた部分。光源氏が世を去った後の、次代の人々の話で、これはⓐⓑⓒと対照的な「光」のない暗黒の世界の話だと作者は最初から断っている。中心の舞台は、宇治、東国、洛北の小野という、都からはずれた「心すごき」(荒涼たる、劣った)地域で、そこには失意、寂寥、強慾、齟齬だけがあって、「光に満ちた幸福」は何一つない。作者はそれを「匂兵部卿」の巻以下で明確に予告して話を進める。だからこれらの巻は決してⓒの終りの「幻《まぼろし》」の巻をずるずると延長して、そのまま連続するものでなく、区切りをつけられた、対照的な闇の世界として描かれた巻々なのだということ、作者は全く異なる観想をもってこれに対していることを心得ておかなくてはならない。

ⓓの中心的人物の一人は浮舟である。その浮舟と紫式部とを考えてみる。

浮舟は薫にかこわれながら、匂宮に懐抱された後は匂宮にひかれる。浮舟の苦しみは次のような三角関係によって生じた。

ところがこの関係は紫式部の生活の上で起きた次の三角関係と酷似している。紫式部

の夫、藤原宣孝はすでに死去しているが、彼女と道長との間に関係が生じたとき、彼女の中に、心理的に次の三角関係が形成された。

藤原宣孝 ＼
　　　　　　紫式部
藤原道長 ／

この二つが酷似しているのは次の点である。薫も宣孝も、ともに相手の女にとって最初の男で、夫である。しかし二人とも相手の女を心こめて愛しはせず、それぞれの仕方でないがしろにしていた。それに反して、道長は多能で実力にあふれた人間の魅力をもって紫式部に女である愉悦を与えた。匂宮は男として浮舟に女であるとは何かということを目覚めさせた。だからこの二組の三角関係は基本的に構造として同型なのである。その場合、女は二番目の男にひかれながら、その男との関係をそれぞれどう受け取ったか。

『日記』の前半では明らかに紫式部は満足、幸福の頂点にいた。しかし中務宮の隆姫をめぐる道長の「かたらひ」に対する紫式部の一瞬のたじろぎを道長は見逃さなかった。道長にとっては紫式部は所詮「女房」のひとりにすぎない。本当の味方ではないと感じた道長は、もはや紫式部の部屋を夜半に訪れなかった。

突如生じた出来事によって有頂天から突き落された紫式部の悲傷、劣等感、違和感、孤独は『日記』の後半に綿々と記されている。そして『日記』の最後に、日記としては省かれた事柄が「断片」として集められている。そのほとんどすべてが道長を中心とする挿話である。それは二番目の男である道長という存在が、紫式部にとってたやすく忘却のかなたに追いやりなどできない男性としてからだの中を経《へ》めぐっていたことを示している。

その衝動と対立して、紫式部の内部にはいま一つの潮流が渦巻いていたことが『日記』にある。「私はそのあたりの女など及びもつかないほどに学問のできる女なのだ。劣等の人間だなどと自分で自分を扱ってはならない」。この思いこそ彼女が生きて来た自己存在の証明であって、それはたやすく失ってはならないことであった。

この二つの流れの相剋が、『日記』の後半で奔流しており、彼女の悶えと懊悩がそこに露呈している。この道長の呪縛から脱却できるか、どのようにして道長を超克するか。それが彼女の後半生の――三十五歳前後からの――最大の課題であっただろう。

紫式部と道長との関係を、浮舟と匂宮との関係に移したとき、物語の作者はどう書いているだろうか。そこに展開するのは当時の一般の習俗とは異なる浮舟の行動である。それが一般の習俗に異なることに注意している研究者はないのではあるまいか。

当時の一般の慣習として、「女房」が二人の男の抱擁を受け入れる状況に至ったときには、女は自分の気に入った方にかくまわれてしまえば、それでよかった。浮舟に対しても女房は助言している。「お二人の間でぐずぐず迷っておいでなのがいけないのです。どちらでも、心を引く方にお寄りなさいませ」。ところが浮舟はどうしたか。

入水が果たせずに老尼たちに助けられてしまった浮舟は、「心すごき」所、洛北の小野に引き取られる。記憶喪失を装って過去を何も語らない。そしてひそかに思う。「少しでも匂宮様にひかれて「優しい、しみじみと心をうつお方」と思った自分が間違いだったのだ。自分はもはや朽木のようになって果てたい。薫様は本当は心優しい方でいらしたのだ。今やお目にかかるわけにはいかない」。薫にも母親にも逢いたいと思いながら、浮舟は自分自身を「けしからぬ」ときめつけている。

この判断は当時の社会では極めてまれな、異様なものである。と同時に、この浮舟の自分自身の扱い方は、単に慣習にそむくだけでなく、さきの三角関係の図で、匂宮と同じ位置にある道長に対して、紫式部が『日記』の末尾で、苦しみあらがい、対抗して、負けるものかと叫んでいたのと、全く逆の判断である。

つまり、どうしても超えることのできない道長という存在に対して、紫式部は、それにひかれた自分が間違っていたのだ、自分こそが「けしからぬ存在なのだ」と思いさだめることによって道長から離脱したのだということを、この浮舟は示すのではなかろうか。

徳川三百年間の儒教倫理の体制、それを引きつぐ明治憲法下で生きて来た人間たちにとっては、浮舟の断定はむしろ自然と思われるだろう。しかし平安中期の当時としては浮舟の判断は習俗とちがう。しかし、「貞女は二夫に見《まみ》えず」とは儒学で身をかためた紫式部の心の底を統制する理念であっただろう。あれほどに女である悦びを与えてくれた道長をつきはなしそのことを納得するためには、彼女はその倫理の桎梏《しっこく》を受け入れ、みずからを罰する形でその男性から離れる以外に道はあり得なかったのではあるまいか。

すでに述べたように⓭の話は、書き始めの部分で、これは暗闇の世界の話である、ここには光は、幸福はなにもないと作者は予告している。ということは作者は実は「夢の浮橋」の末尾までの進行を最初から確定したコースとして構図に収めた上で筆を取りはじめたのである。ここは光のない、幸福などのない闇の世界である。浮舟はたまたま知った横川の僧都に乞うて五戒をうけ、やがて髪を切ってもらって出家した。浮舟は心が明るくなって、はじめて碁打ちなどして遊んだとある。

これほどまでに現世を見はなして作者は⓭を書いた。これは、栄華に登りつめるまでを華やかに描いた⒜、ひそかに女たちに働きかけて見事に失敗に終った四つの挿話を描いたⓑとは全く異なる世界である。三人の男、四人の女の間で繰りひろげられた五つの三角関係を鮮やかに深く描いたⓒですら、この「宇治十帖」ほどの暗黒の世界という扱いをうけてはいなかった。ⓓの世界では「男の二心」に会ったために、一人の男にも会わずに死んでいった落魄の姫君の心の動きがこまかくやさしく描かれた。次に二人の男に逢って「女の二心」を持った女を描き、その女の自己制裁という形で終局に至る物語を書いている。作者はそれらすべてを暗黒の世界の相として見おろしている。

作者は、『日記』の末尾では、仏道にひかれていると暗示するだけだった。それに対し、ⓓを書くことが可能になったときには、姿勢が全くちがう。すでに瀬戸内寂聴氏が述べていることだが、あるいは作者自身が「尼削ぎ」の身に、みずからを赴かせていたのではないか。さもなければこれほどまでの鮮明なⓐⓑⓒとⓓとの対照、『日記』の末尾とⓓの末尾との対照は、あり得ないことのようにこのごろ私は考えるようになった。

一九九五年十一月

大野　晋

まぼろし電話

丸谷才一

大野晋さんの『源氏物語』は、見かけは小ぶりなのに持ち重りのする充実した本で、ずいぶんいろいろなことが書いてある。読みごたへがある。しかしそれをわたしなりに大別すると、

1　『源氏物語』の語法についての解説
2　武田宗俊が大成した『源氏物語』成立論への賛成
3　その作者紫式部の生活と『源氏物語』との関係

の三つになるでせう。

1の王朝語についての講義は非の打ち所のない立派なもので、入組んだむづかしい語義をじつに明晰に説明する。たとへば三三八ページの「ほのか」と「かすか」との違ひを言ふくだり。まことに的確であつて、きれいに納得がゆく。一五二ページの副詞や助詞・助動詞を受ける「は」(つまり名詞を直接受けるのではない「は」)の用法に

ついての説明。それがどういふ効果をあげるかといふ指摘などあざやかなもので、ただ感服するしかありません。さらには九七ページから一〇六ページに至る『源氏物語』と『枕草子』の単語による比較論。とりわけ紫式部が形容詞をどんなに整然と組織的に使つてゐるか、使ひ分けてゐるかといふ提示。圧倒されてしまふ。碩学の名講義とたたへていいでせう。

2の成立論もこれに劣らない。もともと大野さんは橋本進吉の上代特殊仮名づかひについての説を早くから支持し、さらにはそれを補足した学究であるだけに、革命的な新説をわかりやすく紹介することに長《た》けてゐます。さういふ人がさらにタミル語と日本語との関係を論じつづけ、数多くの反対論を相手取つて自説を擁護しなければならない立場に追ひ込まれたため、いよいよその技に磨きがかかつたせいもあるでせう、厄介な文脈をきれいに解きほぐして、推論し断定し、ものの考へ方、論じ方の模範を示す。水際立つた学問の芸を見せてくれる。大古典の成立過程はこれによつて明らかになりました。わたしはまつたく異論がありません。実を言ふとわたしはこの、和辻哲郎にはじまり武田宗俊を経て大野晋に至る新説を受けて、二〇〇三年に『輝く日の宮』といふ長篇小説を発表した者です。その作品は若い女性日本文学研究者が、専門は十九世紀文学なのに、公開の席で武田説を支持したため、今は失はれてゐる「輝く日の宮」の巻を小説の形で復元しなければならない羽目になる、といふ設定でした。つまりわたしはもともと武田の説に親近感をいだいてゐたのですが、大野さんの本のせいでいよいよ強く支持するやうになつて、この作品を書いたのです。わたしの長篇小説に対する学界の反応はほとんどないに等しかつたのですが、ただ一つ、『源氏物語』成立論といふ話題は今ははやらないといふのがあつた。これを読んで、時勢に疎い小説家は、ほほう、今の日本の学問で大事なのは真理の探求ではなく、業界の情勢に遅れないことなのかと驚いたのだつた。そして大野さんのこの本は、学問が髪型や衣裳とは違ふものだといふことをよく教へてくれるでせう。

ここまでは問題がありません。納得し、賛同し、感嘆してゐればそれでいい。問題なのは3の、紫式部の生活と『源氏物語』との関係である。わたしはこの件については、一九八四年に本が出る以前から大野さんと意見が合はなかつた。たしか八九年の『光る源氏の物語』上下のための対談の席でも、ちよつと対立してゐるはずです。

そのへんの所にすこしこだはりたい。普通、文庫本の解説といふのは、意見を異にする局面にはあまり触れないものだけれど、何もそんな風習に遠慮する必要はない。この機会を利用して、二人がいくら論じ合つてもうまく意見の一致を見なかつた話題について語るのも意味があるでせう。

大野さんは主として『紫式部日記』の精読によつて彼女の生活を探りました。それによれば、この日記は明るい前半と暗い後半にはつきりと分れる。明るい前半は、権力者であり、雇傭主であり、そして愛人である藤原道長との関係がうまく行つてゐることの反映であり、暗い後半は彼との関係が断たれたせいである。このことの結果、彼女は自分の一生を回想した。「夫、宣孝に死に別れた彼女が二人目の男に会うに至り、つかの間に突き放されたという経過と、それに対する彼女の『心すごうもてなす身ぞとだに思ひ侍らじ』(見棄てられて、荒涼と寄るところなく生きる人間だとみずから扱うことすら考えもすまい)という思いとは、同じ彼女の別の作品である『物語』に重大な関係があつた。彼女のこの感懐は『源氏物語』のⓒ(㉞若菜上から◯雲隠まで)とⓓ(㊷匂宮から㊹夢浮橋まで)、とりわけⓓに強く作用してゐる。

わたしは大野さんのこの考へ方に全面的に反対するものではありません。『紫式部日記』の生きのよい書き出しと終り近くなつてからの沈んだ文体とはたしかに違ひます。紫式部と藤原道長とのあひだにはやはり破局が生じたらしい。それが大野さんの言ふやうに縁談の斡旋《あつせん》の件で彼女がためらつたせいかどうか、わたしには確言できませんが、とにかく何かあつたのでせう。そして道長の愛といふか寵といふかを失つたことが彼女を悲しませたことは言ふまでもない。

しかしそれが直接ⓒとⓓとにあのやうな形で反映するものだらうか。わたしにはそこが疑問なんです。長篇小説といふ複雑で長大な世界は、前まへからの構想に従つて創造される。もちろん多少の手直しは、途中でも一応の完成後でもあり得るけれど、しかし大筋は、たとへゆるやかにであらうと決められてゐる。その条件を大野さんは想定してゐないのぢやないか、つい失念してゐるのぢやないかと心配になります。極端なことを言へば、もし紫式部と道長との仲がつづいてゐれば、浮舟は入水せず、尼にならなかつたのかしら。わたしには、浮舟が仏門に入るといふ結末はかなり以前から考へられてゐたやうな気がする。『源氏物語』全体を支配してゐる仏教的な色調、とりわけ末法信仰を思ふと、あのお女中は、結末にはどうしても飾りをおろすしかないと感じるのです。

大野さんの論旨でゆけば、紫式部の感懐が直接に浮舟の想念や心理の基調となり、彼女の造型にかかはつてゐるわけです。しかし一般に長篇小説の世界とは、主人公個人や女主人公個人によつて出来あがるものではない。それは多数の作中人物の織りなすパターンによつて成立する複雑な世界である。作者のいだいてゐる思想や心情が主人公や女主人公(これをイギリスの小説論では一括して central character 中心人物と呼ぶ)に托されるかもしれない。しかし彼や彼女にだけそれが托されるといふ単純な構図では、長篇小説の壁画的な意匠は生じない。

バフチンはドストエフスキーの方法を評して、対話によつてポリフォニックな世界を形づくるとした。この場合、対話とは、具体的な言葉のやりとりだけではなく、もつと広い意味に取るべきもので、それゆゑこの小説論は『罪と罰』や『悪霊』や『カラマーゾフの兄弟』のやうな作中人物たちの会話が観念的で饒舌を極める場合だけでなく、『源氏物語』のやうな作中人物たちがごく口数のすくない場合でも(たとへば雨夜の品さだめでは光源氏は至つて無口で、男たちの女性論にまつたく参加しない)、充分に当てはまるはずである。宇治十帖は浮舟の存在だけが大事なのではなく、匂宮や薫大将や横川の僧都や小君やもちろん八の宮や大君や中の君も忘れてはいけないけれど、その他大勢の作中人物たちを加へての多声的な構図によつて成立してゐる。大野さんはこのへんのことをどうしたことか忘れがちで、中心人物の声だけを重んじてゐるやうな気がします。

とここまで書いてきて、思ひ出話をしたくなつた。昔わたしが『後鳥羽院』を書かうとしたころ、当時の勤め先である国学院大学の佐藤謙三さん(そのころは教授、のちに学長)に相談したところ、すごい助言をしてくれた。

「宣長の『新古今』評釈なんか相手にしないことですね。連歌師の書いたものが参考になる。国学者は出来ないもの。賀茂真淵が宮中に呼ばれて『源氏』の講義をしたとき、あんまり男女のことがわかつてないのでお女中たちが笑ひをこらへるのに苦労したんだつて。有名な話ですよ。その点、連歌師たちはわけ知りだから」

このことを何かに書いたら、大野さんは非常におもしろがつてゐた。宣長はともかく真淵は出来ないといふのは大野さんの持論なのである。そして十年くらゐ経つてから電話がかかつて来て、あの真淵の逸話の出典は何か、いくら探しても見つからないと訊ねられて往生した。何しろ佐藤さんは亡くなつてゐるし、それにあの人は大学生時代に「群書類従」を全巻、大学院生のときに「続群書類従」を全巻、読みあげたといふ多読者なので、どう探したらいいか見当もつかない。岡野弘彦さんに相談したけれど、わからないとのことだつた。

大野さんに問はれたせいで、疑問が一つ生じました。真淵がお女中たちの失笑を買つた箇所はどこなのだらうといふことです。まづ思つたのは「夕顔」の、六条御息所と一夜を過した翌朝の情景だつた。光源氏が霧の深い朝に出ようとすると、当時、女は男を見送る風習なのに御息所は起きあがらない。侍女が几帳を引いて「お送りなさいませ」と促すあのくだり。これはわたしが『光る源氏の物語』のとき大野さんから質問されて、わからなくて困つた箇所ですが、実は光源氏が夜どほし励んだため御息所はぐつたりしてゐたのですね。つまり若い主人公の生命力といふかエネルギーを示す場面。あそこかな？　それとも？　などとわたしはあれこれ考へた。

ところが今度、大野さんの『源氏物語』を読み返してゐると、「浮舟」を論じてかう述べてゐる（三七五ページ）。

薫は物の手当については周到な男であるが、女に働きかけて行くことにはゆるい人間なのだった。匂宮はそこに突如として訪れる。真夜中の闇の中で「別の人だ」と気づいた時の浮舟については、私は「清ら」「清げ」のところでやや詳しく記した。再び匂宮は雪を冒して訪れ、対岸の小家に浮舟を抱いて連れ出した。薫の印象のしみついた邸を離れて未知の家にいざない、浮舟の心に抑制のない二人の時を作ったのである。匂宮はみずからも身軽なよそおいをして、浮舟には下着だけをつけさせたりする。「不体裁なまでにたわむれた」と書いてある。激しく一途に寄る匂宮に浮舟は自分の中の未知の女に気づく。匂宮に抱かれて川を渡り、その小家ですごした二日間は浮舟にとって一生忘れ得ない刻々であったはずである。

つまり浮舟は匂宮によつてはじめてエクスタシーを知つたと指摘してゐるわけです。真淵はひよつとするとここで変なことを言つて、お女中たちから軽蔑されたのかもしれませんね。

もちろんわたしは今度はじめて気がついたので、これまではどうして匂宮に夢中になるのだらうなんて思つてゐたのだから、真淵を笑へませんが、とにかく大野さんの読解は鋭くて深い。すばらしい小説読みだなあと改めて敬服しました。

その大野さんが『源氏物語』をとかく単声的にとらへたがるのはどうしてかしらとわたしは怪しみます。これはやはり、作家が自分の体験で小説を書くといふ考へ方に引きずられてゐるせいでせうね。想像力の働きといふ要素に重きを置いてゐない。でも一般に小説家は、自分自身の体験だけによつて書くものではないし、書けやしない。それは体験なしには書けないのと同じことです。かういふ事情は、フィールディングも、スタンダールも、ジョイスも、カフカも、変らなかつた。紫式部が例外でないことは言ふまでもありません。

そしてわたしとしては、紫式部が『かげろふの日記』を読んだことが大きかつたと思つてゐます。彼女はこの実録日記を読み、なまなましい写実性に感心して学び取りながら、しかし作家個人の体験に加ふるに想像力をもつてすればもう一まはり柄の大きい作品が出来ると夢想したのではないでせうか。

それに大野さんは紫式部の儒教倫理を重んじすぎてゐました。たしかに彼女は漢文がよく読めて儒学に詳しかつた。儒者の家に育つた。儒の倫理はなじみの深いものだつたでせう。しかしそれはやはり外来の思想、異国のイデオロギーにすぎない。彼女は先進国の倫理を知識としては知りながら、しかし同時にお女中たちの自由で闊達な恋愛風俗のなかに生きてゐて、それにひたりきつてゐた。ついでに言へば藤原道長は「寛」といふ、中国の年号では避ける字が大好きで、この字を入れた年号を定めようとし、貴族たちの反対を押切つて「寛仁」を採用した(大津透)。これはおそらく儒教の性に対する峻厳に対抗する立場の表明だらうし、紫式部はさういふ人物の主導する社会に住んで、その風俗を肯定してゐたわけである。

大野さんはわたしとの会話のなかで、紫式部は夫の死後、出仕して二人目の男に会つたことを「二夫に見えず」(『史記』田単伝では「忠臣不㆑事㆓二君㆒、貞女不㆑更㆓二夫㆒」)といふ戒律に背くとして気にしてゐたらうとしきりに言つてゐましたが、これはをかしい。夫の死後、再婚することはむしろ当時の貴族社会一般の風習でした。

そしてこの色情に対する態度といふ点で先進国の文化に屈伏しなかつたからこそ、日本は中国文化の圧倒的な禁忌を排除して、『古今集』『伊勢物語』『源氏物語』『新古今集』などといふ一連の恋愛肯定的文学を生み出すことができたのです。あれは奇蹟的な偉業でした。

と書き終へた上でもう一つ思ひ出話。大野さんの『紫式部日記』による『源氏物語』論に対するわたしの反駁の歴史は長い。おそらく一九八六年に『光る源氏の物語』のための対談をはじめる以前から、いろいろ論じ合つてゐたのではないでせうか。その対立がつづくうちに、あるとき大野さんから問はれました。

「結婚したことがなくて、それなのに結婚生活をうまく書いた作家はゐますか?」

これがわたしの、想像力を強調する小説論に対する反論の準備ないし前提であることは明らかですが、わたしは即座に答へました。

「ゐます。まづジェイン・オースティン。一度も結婚しませんでしたが、あれだけ上手に結婚生活を書きました」

「オースティン。読んでないなあ」

「ぜひお読み下さい。損はしませんよ。まづ『自負と偏見』、とりあへず」

「はい」

「それからもう一人、これはホモかもしれませんからちよつと変ですが、ヘンリ・ジェイムズ。彼はおそらく性交の体験が一ぺんもないんぢやないか。それにもかかはらず、小説家といふ職業のせいで男女関係を書かなければならないので、やむを得ず友達に性交のことを具体的にいろいろ質問した、とデイヴィッド・ロッジは書いてゐました。本当でせう。ロッジは作家で、ジェイムズを主人公にする長篇小説を書いてゐます」

「ジェイムズは何がいいですか？」

「結婚生活といふ限定からははづれるかもしれませんが、長篇では『ある婦人の肖像』、中篇では『アスパンの恋文』、短篇ではやはり『ねじの回転』でせうか」

「読んでみます」

と約束なさつたが、ジェイムズについては何もおつしやらなかつた。オースティンに懲《こ》りたのかもしれない。オースティン『自負と偏見』は翻訳が肌に合はなくて読めないとのことであつた。わたしは別の訳をすすめたのだが、そのうちタミル語関係の二著に熱中して、オースティンもジェイムズも目を通されなかつたらしい。それでかまはない。結局のところそれでよかつたのだとわたしは思つてゐる。大野晋の小説論など、日本語についてのあの偉大な業績にくらべれば末技にすぎないのである。

と記してきて、懐旧の情を禁じ得ない。わたしは今でも、朝早くとか、夜遅くとか、常識はづれの時刻に電話がかかつてくると、おや、大野先生かしら、と思ふ。おとむらひで弔辞を読み、お棺が出る前に死顔をしつかりと見て、お別れをしたにもかかはらずである。大野さんからの電話はそれほど頻繁だつた。そのなかにはもちろん『源氏物語』論もあつて、そのときはかなりの激論を闘はせたこともある。両人の対話において、この話題のときだけはまつたく対等であつた。この解説をお読みになつての反論をうかがひたいと切に思ふ。まぼろしの電話を待つ。

（小説家）

本書は一九八四年五月、岩波書店より刊行された。
底本には同時代ライブラリー版(一九九六年)を用いた。

源氏物語

2008年 9 月 17 日　第1刷発行
2023年 11 月 15 日　第3刷発行

著　者　大野《おおの》 晋《すすむ》

発行者　坂本政謙

発行所　株式会社 岩波書店
〒101-8002 東京都千代田区一ツ橋 2-5-5

案内 03-5210-4000　営業部 03-5210-4111
https://www.iwanami.co.jp/

印刷・精興社　製本・中永製本

ISBN 978-4-00-600197-1　Printed in Japan

岩波現代文庫創刊二〇年に際して

二一世紀が始まってからすでに二〇年が経とうとしています。この間のグローバル化の急激な進行は世界のあり方を大きく変えました。世界規模で経済や情報の結びつきが強まるとともに、国境を越えた人の移動は日常の光景となり、今やどこに住んでいても、私たちの暮らしは世界中の様々な出来事と無関係ではいられません。しかし、グローバル化の中で否応なくもたらされる「他者」との出会いや交流は、新たな文化や価値観だけではなく、摩擦や衝突、そしてしばしば憎悪までをも生み出しています。グローバル化にともなう副作用は、その恩恵を遥かにこえていると言わざるを得ません。

今私たちに求められているのは、国内、国外にかかわらず、異なる歴史や経験、文化を持つ「他者」と向き合い、よりよい関係を結び直してゆくための想像力、構想力ではないでしょうか。

新世紀の到来を目前にした二〇〇〇年一月に創刊された岩波現代文庫は、この二〇年を通して、哲学や歴史、経済、自然科学から、小説やエッセイ、ルポルタージュにいたるまで幅広いジャンルの書目を刊行してきました。一〇〇〇点を超える書目には、人類が直面してきた様々な課題と、試行錯誤の営みが刻まれています。読書を通した過去の「他者」との出会いから得られる知識や経験は、私たちがよりよい社会を作り上げてゆくために大きな示唆を与えてくれるはずです。

一冊の本が世界を変える大きな力を持つことを信じ、岩波現代文庫はこれからもさらなるラインナップの充実をめざしてゆきます。

（二〇二〇年一月）

岩波現代文庫[学術]

G462
排除の現象学
赤坂憲雄

いじめ、ホームレス殺害、宗教集団への批判——八十年代の事件の数々から、異人が見出され生贄とされる、共同体の暴力を読み解く。時を超えて現代社会に切実に響く、傑作評論。

G463
越境する民
近代大阪の朝鮮人史
杉原達

暮しの中で朝鮮人と出会った日本人の外国人認識はどのように形成されたのか。その後の研究に大きな影響を与えた「地域からの世界史」。

G464
越境を生きる
ベネディクト・アンダーソン回想録
ベネディクト・アンダーソン
加藤剛訳

『想像の共同体』の著者が、自身の研究と人生を振り返り、学問的・文化的枠組にとらわれず自由に生き、学ぶことの大切さを説く。

G465
我々はどのような生き物なのか
—言語と政治をめぐる二講演—
ノーム・チョムスキー
福井直樹
辻子美保子編訳

政治活動家チョムスキーの土台に科学者としての人間観があることを初めて明確に示した二〇一四年来日時の講演とインタビュー。

G466
ヴァーチャル日本語
役割語の謎
金水敏

現実には存在しなくても、いかにもそれらしく感じる言葉づかい「役割語」。誰がいつ作ったのか。なぜみんなが知っているのか。何のためにあるのか。〈解説〉田中ゆかり

2023.11

岩波現代文庫[学術]

G467
コレモ日本語アルカ?
—異人のことばが生まれるとき—
金水 敏

ピジンとして生まれた〈アルヨことば〉は役割語となり、それがまとう中国人イメージを変容させせつつ生き延びてきた。〈解説〉内田慶市

G468
東北学/忘れられた東北
赤坂憲雄

驚きと喜びに満ちた野辺歩きから、「いくつもの東北」が姿を現し、日本文化像の転換を迫る。「東北学」という方法のマニフェストともなった著作の、増補決定版。

G469
増補 昭和天皇の戦争
—「昭和天皇実録」に残されたこと・消されたこと—
山田 朗

平和主義者とされる昭和天皇が全軍を統帥する大元帥であったことを「実録」を読み解きながら明らかにする。〈解説〉古川隆久

G470
帝国の構造
—中心・周辺・亜周辺—
柄谷行人

『世界史の構造』では十分に展開できなかった「帝国」の問題を、独自の「交換様式」の観点から解き明かす、柄谷国家論の集大成。佐藤優氏との対談を併載。

2023.11